MINGUO TONGSU XIAOSHUO
DIANCANG WENKU

民国通俗小说典藏文库·冯玉奇卷

龙凤花烛·忠魂鹃血

冯玉奇◎著

中国文史出版社

目　录

龙凤花烛

忠魂鹃血

2

龙 凤 花 烛

第一回

痴心俏姑娘百般追求

是一个春光明媚的艳阳天，风和日暖，云淡天青。大地上的万物欣欣向荣，尤其是清华大学里的校园内的草木花卉，红花争艳，绿叶斗妍，在暖和和的春阳笼罩之下，相映成趣，显现了无限美好的色彩。这时有个身穿西服的少年，身材魁梧，眉清目秀，外表显得十二分的英俊。他坐在树蓬下的一张亮眼长椅子上，右脚搁在左膝上，膝上放着一本厚厚精装的国外地理，低了头，静悄悄的正在细细研究着的样子。

"司徒明，我瞧你真要就成一个书呆子了。今天是星期假日，你一个人还躲在校园里低了头看书，把这大好的春光这样虚度过去，那岂不是可惜吗？"

"哦，我道是谁，原来是曼丽小姐。"

不见其人，先闻其声。司徒明抬头一望，原来是同学王曼丽，这就向她点点头，含笑招呼。曼丽身材长得很窈窕，像水蛇般地具有相当的曲线美。尤其是她的胸部发达，高耸耸的，完全有一种西洋美人的体态，她的脸虽然并不十分美，不过因为善于化妆和修饰的缘故，也会令人感到一种妩媚的风韵。尤其是她头上脸上的香粉香水的香，一股子浓郁的芬芳，时时地向每个男子会发生了一种勾引的魔力。确实，曼丽小姐真是一个天生的尤物，她此刻在司徒明的身旁紧紧地偎坐下来，一手还去按搭他的肩胛，似乎含了无限情意地逗给他一个倾人的娇笑，低低地又问道：

"干吗不回答我？"

"回答你什么？"

"这么好的天气，还躲在校园里看什么劳什子的书？快些陪我一同去游玩吧。常言道：一寸光阴一寸金，寸金难买寸光阴。年轻不行乐，老大徒伤悲。我再念两句诗给你听听：大好春光莫虚度，还是快点去跳舞。假使少年不行乐，等到老来徒自苦。司徒明，你听听我这一首诗觉得很有意思吗？"

司徒明见她眉飞色舞还显出特别得意的样子，一时望着她的粉脸倒也忍不住哑声失笑起来，遂连连点头，赞不绝口地说道：

"好诗，好诗。曹子建七步成章，曼丽小姐随口成诗，不让古人专美于前，实在令人可敬得很。"

"不过我的诗和曹子建不同，他是古诗，我是新诗。现在时代进化了，国学都应该淘汰，古诗更加落伍。什么留学回来的某博士提倡新诗，更有什么新文艺作品，算是前进有思想的东西。我平日最崇拜新诗新文艺这一类作品，所以我能够即口成句，这完全是受了这些有价值作品的影响呢。"

曼丽被他这样一赞美，芳心里更加喜不自胜，乌圆眸珠在长睫毛里一转，她益发兴奋地笑起来，遂把他手中的书本拿来合上，拉了他的手，站起身子，说道：

"司徒明，假使你要学新诗新文艺，你可以时常跟在我的身后，保险你会有很多的进步。来，用功的时候要用功，游玩的时候应游玩，这时快跟我走吧。"

"曼丽小姐，对不起，我没有兴趣去游玩，请你另找别个人去好不好？"

司徒明觉得她的举动和说话都有点莫名其妙，这就赖在椅子上不肯站起来，向她摇摇头回答。曼丽被他拒绝以后，心中顿时觉得不高兴起来，遂回过身子，秋波瞅了他一眼，皱眉怔怔地问道：

"我真不相信一个年轻的人对于游玩难道会感不到兴趣？我知道了，是不是你觉得我这个人很讨厌，所以不够资格跟你一同去游玩吧？"

"不，不，绝对没有这种意思。像你曼丽小姐那么讨人喜欢的脸蛋身材，假使本校选举校后，你准可以稳稳地当选。你想，我有你这样一个女同学陪着游玩，我怎么还会把你讨厌呢？所以这是你一种误会，还得请你不必多心才好。"

曼丽听他这样解释，一时把绷住了的粉颊倒又展现一丝笑容出来，立刻又偎坐到他的身边去，扬着脸，几乎要凑碰到司徒明的脸颊上去，温情地问道：

"既然你没有讨厌我，那么你干吗没有兴趣跟我一同去游玩呢？你瞧，这些大好的春天，小鸟儿也三五成群地在枝头上跳跃着玩呢，何况我们是个万物之灵的人？司徒明，少年时候不行乐，明天白了头发，脱了牙齿，在灯红酒绿中游玩，那倒是真的要被人家笑骂了。说这个老甲鱼，死都快死了，还寻什么开心？那时候你听了这些话，心里要懊悔便恐怕来不及的了。"

"曼丽小姐，你这些话，我不敢说你不对，但是我心中的思想，却和你显有不同。我在书本上看到过的好像并不像你那么所说的句子：少壮不努力，老大徒伤悲。这和岳武穆在《满江红》词中这句'莫等闲，白了少年头，空悲切'是一样的解释。不过这里应该把努力两个字分别一下，你所谓努力是努力行乐，但我所谓努力是努力学业。一样是一个努力，目的各有不同。我不能叫你来实行我的目的，但是我也不愿跟着人家去实行人家的目的。曼丽小姐，很对不起，我在这里已经对你说得很明白了，还是请你自便，因为我还要来研究研究这个书本哩。"

司徒明显出一本正经的态度，望着她滔滔不绝地说出了这许多话，一面把她合上的书本又拿回来，翻开来细阅。这神情简直把曼丽有点冷淡的样子。曼丽觉得他呆得有趣，遂恨恨地把他那本书又夺了回来，娇嗔地说道：

"你要看，我偏不许你看。你讨厌我，我偏跟在你的身旁，看你把我预备怎么样？"

"你假使一定要跟在我的身旁，那我就一点儿也不能把你怎么样。"

在这里女人就占一点便宜，假使换作了男同学，凭司徒明的体格和他暴躁的性子，说不定就会给予饱尝老拳。但在女人家的面前，他到底是失却了抵拒的勇气，因此望着她薄怒微嗔的娇容，反而忍不住感到好笑起来。接着他又道：

"其实你与其是钉住在我的身旁，那你还是自个儿先去找寻娱乐的好。因为我们这样互相地僵住着，岂不是双方面都有损失吗？"

"我最多不过损失游玩而已，你要用功，你想考洋状元去，我偏叫你在书本上有点儿损失，叫你洋状元考不成。"

"这又何苦来？损人不利己，这在年轻人是最伤道德的。虽然我并不想出国去留学，但国外地理能够多知道一点，这总是一件有益的好事情。难道你自己不用功，叫我也跟着你一同不要用功吗？"

司徒明微微地叹了一口气，他起初对她是包含了一点劝告的成分，但说到后面，他却有点生气的样子。曼丽笑了一笑，飞给他一个媚眼，说道：

"我并非是妒忌你的用功，我说一个人用功也应该要有一个分寸。从星期一到星期六，这当然是我们用功的日子，现在你放假的日子也低了头，苦苦地用脑筋，我对你说，一个人精神有限，脑力也有限，所以我叫你去一同游玩，根本还是爱惜你身子的缘故。谁知你不识好人心，狗咬吕洞宾。你想，叫我气人不气人呢？"

"你的话虽然有点道理，但下星期快要月考了，我若不预备预备，缴了白卷子，那不是太坍台了吗？所以你这份好意，我表示心领了，谢谢。"

"月考算得了什么稀奇？看我何尝预备过？这是毫无问题，反正陆教授是一千度以上的近视眼，我们尽管可以作弊。"

"曼丽小姐，我认为大学里再有作弊等情，那就无怪目前官场中都在舞弊受贿了。因为大学生毕业之后，接近官场的机会较多，在大学里既然养成了舞弊的习惯，那么不论进商界入政界，自不免故态复萌，而抄求学时代的老文章了。所以我觉得考试作弊，实在是件太不应该的事情。"

曼丽说的这些话，听到司徒明的耳朵里，是感到无限的心痛。于是他摇了摇头，忍不住又迂腐腾腾地大发起愤时嫉俗的牢骚起来。曼丽心中有些怨恨，遂啐了他一口，纤指在他的额角上一点，说道：

"你这个书蠹头，别给我发什么高论了。要如做官不舞弊，洋房哪儿住？汽车哪儿来坐？要如做官不受贿，小老婆哪儿来讨？官运哪儿亨通？做父母的栽培儿女进大学读书，其目的就在养成他们舞弊的行为和经验，如其不然，何以官场中的舞弊案这许多呢？司徒明，好了，我和你并非是在开座谈会，正经的，我们还是跳舞去吧。"

"曼丽小姐，正经的，我不去，我不去！"

"你敢再说一声不去？我要你好看！"

司徒明见她涨红了脸，从她那两道目光中看起来，就可以知道她的心中实在有些恼怒，一时心里倒别别一跳，皱了眉毛，低低地问道：

"假使我再说一句不去，你要把我怎么样？"

"你说，你说，我叫你没脸见人！"

"曼丽小姐，你不必威胁我，我真的不去。"

曼丽掩不住她脸上的微笑，用了警告的口吻对他说。司徒明认为她完全是一种开玩笑，所以显出毫不介意的样子，偏向她拒绝地回答。不料司徒明话还没有说完，曼丽凑过嘴去，却是喷的一声，在他脸颊上吻了一下。经此一吻，司徒明的颊上就印了一个血红唇膏的嘴印。她似乎感到胜利的快乐，忍不住咯咯地笑出声音来了。

就在这个时候，忽听后面也有一阵笑声，而且还有人在叫道：

"好啊，好啊！表演得真不错！"

这一阵子喝彩，倒把两人都惊住了，连忙回头去看，原来是同学沈志强。志强后面还有一个女同学金雅琴，他们两人躲在树蓬里已经偷窥了好多时候，因为司徒明和曼丽演戏演到这里，可说是最精彩的一幕，所以沈志强哈哈地一阵大笑，再也忍不住喝起彩来了。当时司徒明觉得十二分的受窘，通红了脸，恨不得有个地洞可钻，来避免自己的难为情。不料王曼丽却相当地大方，还上前去把沈志强拉了过来，问道：

"沈志强，我倒要叫你来说句公平话，到底是他的错，还是我的错？"

"唔，唔，你快告诉我，到底是怎么一回事呀？我向来说话是公公平平的，从来也没有什么偏心。王小姐，你说吧，你说吧。哎，我听着，我听着。"

沈志强在同学之中是一个有名的幽默大家，他说话总欢喜啰里啰唆有一种噱头的样子。他平日和司徒明最莫逆，同时也知道曼丽小姐是女同学中最浪漫风流的一个。她要如爱上了一个人，能使每一个青年会服服帖帖拜倒在她的旗袍角下，然而她要遗弃一个人的时候，任你怎么眼泪鼻涕地向她苦苦哀求，她也会硬着心肠连正眼都不向你看一看的。志强在看过了刚才曼丽对司徒明那一种情形，心中就明白曼丽是已经爱上司徒明了。所以他存心吃吃两人的豆腐，对曼丽笑嘻嘻地说。曼丽方欲告诉，后面的金雅琴也笑盈盈地走了上来，她先有趣地说道：

"曼丽，你不用告诉了，我们在后面已经看得很清楚很仔细了。的确，我也觉得司徒明这人太不受抬举了。曼丽在星期日叫你不要用功书本，这完全是一番好意，至少对你有着一番爱护的心。谁知你像泥塑木雕的，竟然是一点儿也不明白。这不要怪曼丽心中生气，就是连我也代为有些不平哩。"

"对啦对啦，曼丽小姐，我也非常地同情你。来来来，干脆地在他那边脸颊上也吻一下，要吻索性吻得平均一点儿，你说对吗？"

沈志强还是一味地开玩笑，怂恿曼丽再向司徒明吻一下子。曼丽是个无所谓的厚面皮，她认为沈志强的怂恿是使自己感到一种兴奋，所以她正想上前去实行的时候，但是司徒明却很快地站起身子，闪躲开去，向志强雅琴逗了一个白眼，说道：

"志强，你还算是我的好朋友？那你就太不应该了。还有雅琴小姐，今天什么事情太高兴，所以才一吹一唱地跟我瞎取笑？"

"你瞧人家一吹一唱真活似夫唱妇随，你连我来引逗你唱，你都不肯开口。谁像你这么的一个大傻瓜？"

司徒明无意中说了一句一吹一唱的话，谁知却被曼丽听了去，她怨恨地逗了他一瞥娇嗔，咒骂地说。雅琴听了，早已羞红了脸，啐了一口，向司徒明不依道：

"都是你不好。你怨人家不该向你取笑，可是你为什么却取笑到我的头上来？我不依你，我一定不依你。"

"谁叫你帮了曼丽小姐来欺负我？现在你反被曼丽小姐取笑了去，叫我听了也高兴。这叫作拍马屁拍在马腿上，讨好反吃了亏哪。"

"好，好，你把我当作马腿看待吗？雅琴，他这个人看着很老实，说话却老是那么厉害，一开口就得罪了我们两个人，我们今天可不能饶他。"

曼丽听他们虽然在斗着嘴，可是吃亏的却还在自己头上，一时连叫了两声好，她便奔向司徒明的身旁去。司徒明急得逃到沈志强的背后，把志强当作屏风，去抵挡曼丽的进攻。志强忍不住哈哈地又笑起来道：

"曼丽小姐，你且不要动手，我先来说两句公平话。他把女人比方作马，凭良心说，倒也并不差什么。"

"好，你还算是个公正人？单凭你说这一句话，那你公正人也该打了。"

"啊呀，曼丽小姐，你别忙呀，我后面还有话说呢。"

"你还有什么话？要如说得没有理，你们两个人就一个都不饶。"

"你听着，我并不是赞成司徒明把你们女人比作马呀。因为事实上虽然也有这个感觉，但是以他一个大学生的身份，确实是不应该从嘴里说出来的。因为这种油腔滑调的话，不是一个有知识的人所能随便乱说，所以我觉得要罚的。要罚！要罚！"

沈志强真是一个有趣的人，他的话是说得俏皮极了。但是曼丽却抓不住他的辫子，心中虽然怨恨，但也无可奈何他只好集中在一个焦点上，问道：

"那么你预备把他怎样罚一罚呢？"

"我的罚他，保险可以使你感到满意。你刚才不是要他陪你一同去游玩吗？可是这书呆子偏偏不肯答应你。现在我就罚他陪你一同上舞厅去玩，你说满意不满意？"

曼丽听他这样说，心里倒又欢喜起来，遂点了点头，表示许可的意思，说道：

"也好，但他若不答应，我可要你负完全的责任。"

"当然，当然。司徒明，难得的，我们四个人一块儿上舞厅去玩一回。逢场作戏，无伤大雅。年轻的人在课余之间活动活动，那也是应该的事啰。"

"唔，你这话也可说是推己及人的意思了。"

司徒明望了他一眼，有些讽刺他的意思回答。志强见他口里虽然这么说，但脸上似乎含了微微的笑容，知道他是答应了。于是说声"我们走吧"，遂拉了司徒明向校门外走了。这里曼丽和雅琴也手挽手地跟着他们走出学校去。曼丽似乎想到了一件事，她附着雅琴的耳朵，低低地说了一阵。雅琴忍不住扑哧一声笑起来，遂向前面叫道：

"志强，你倒看看阿明的脸上有没有把这个记号擦去呀？"

"什么记号？阿明！阿明！哈哈！原来是这个红红的嘴印子，唔，这样子在路上走，那可太漂亮了。回头要如被这个老学究陈教授看见了，这可不得了啦。"

沈志强在前面听雅琴在身后这样地说，这就回头向司徒明望了一眼，只见他右颊上果然还留了一个红红的唇膏嘴印子，一时不由哈哈地笑起来，站住了步说。司徒明听了，方知是刚才被曼丽吻上的，这就摸出手帕来，连忙在面颊上乱揩了一阵，急急地问道：

"你看看，还留着没有？"

"比刚才好得多。回头到舞厅内盥洗室里去洗一个脸好了。喂，雅琴，你们到皇宫舞厅来好了，我们先走一步。"

沈志强回头又向后面在走的金雅琴关照了一声，他便和司徒明先匆匆地走了。曼丽望着雅琴，显出有点羡慕的样子，说道：

"雅琴，我很羡慕你的幸福，而且我也很佩服你对付男朋友的手段。我见志强对你那种小心翼翼的态度，好像他的心和人完全已经属于了你的样子。你不知用什么方法可以去抓住一个男子的心，好姐姐，你能不能向我告诉一个秘诀呢？"

"曼丽，你何必太客气？其实你应付男子的手段是全校闻名的，我哪里及得来你的高明呢？"

雅琴听她这样说，芳心别别地一跳，两颊上不由飞过了一朵桃花，摇了摇头，在她回答的话中，表示自己绝不能和她相提并论的意思。曼丽很感喟地叹道：

"在外表上看起来，我好像比你手段高明，但按诸实际，你已经有了一个知心着意的志强，而我呢？到现在还是得不到一个真正心爱的知己。我见了你和志强每日形影不离的情景，我的心中就会觉得非常的感触。"

"不过我和志强的情形与众不同。一则从小一块儿长大，二则我们是表亲，三则彼此家长同意我们这一头婚事。所以这学期毕业后，我们也许要订婚了。其实我之所以好像比你感到幸福，是因为我并没有像你这么好活动的一颗心，更没有像你这种高深的欲望。假使你肯稍许马虎一点儿，我想以你这么善于交际的手腕，要找一个对象，那似乎可以不费吹灰之力。你说我这话可是不是?"

雅琴这几句话至少是包含了一点儿讥笑她的成分，但是说得并不露骨，所以粗心的曼丽也就听不出来。她觉得雅琴说的也未始不是，因为自己的心太活，这个还是那个好，那个还是这个好，朋友最多，但结果还是一个都没有。想到这学期大家都要毕业了，离开学校以后，找男朋友的机会似乎要少一点儿。那么我在最近期间，非找一个对象不可，那么毕业之后，就可以结婚。想自己年已二十五岁了，再过五年，便是三十岁了。韶光易逝，青春不再，假使再不早点去找对象，恐怕是要人老珠黄不值钱的了。曼丽想到这里，她有点悔恨的意思，低低地说道：

"雅琴，你说的是我从前的脾气，但是现在我心中的意思也完全和以前不同了。我现在只想跟你一样，能够找一个忠实的男子，来做我终身的伴侣。雅琴，你能不能给我介绍介绍呢?"

"曼丽，你这话就未免太开倒车了。像你这样的人，难道还用得了我给你介绍男朋友，那可不是笑话吗?"

"不，真的。我在交际场中所见的男子太多了，所以反而弄得我糊里糊涂起来，也不知道究竟是哪一个好，所以我要你给我拣一个。我知道你的眼光不错，要不然，你也不会找得像志强这样一个忠实的好对象了。"

在曼丽的意思，她是看中了司徒明，不过司徒明对她好像并没有什么好感，所以她要雅琴介绍，这是外表的话，其实就是要她从中拉拢的意思。因为她知道司徒平日和志强很好，只要志强在旁边一鼓吹，那么这头婚事也就不感什么问题了。曼丽心中虽然这样打算，但嘴里难为情说出来。在她以为雅琴一定会明白她的心理，但是很可惜的，雅琴却并不曾理会到这一点，因为曼丽的浪漫给予雅琴的印象并不十分好，所以忍不住又微微地笑了笑，俏皮地说道：

"你说的话也不尽然，因为你是你，我是我。我的心目中以为是好的，但在你看起来也许会不大满意。比方说，像志强这个人，他外表上好像对我小心翼翼的样子，不过使起性子来，谁都受不了。因为我知道他脾气，所以我会忍耐，假使换作了你，今天结婚，明天若不离婚，随便什么东道。"

"哦？真的吗？想不到他成天嘻嘻哈哈的人也会使性子？"

"一个人使性子那本来是免不了的事情，不过彼此最要紧的是能够谅解。比方志强使性子了，我让他三分，假使我发脾气了，那么志强当然也得让我三分。倘然肯这样子，我觉得家庭之中就不会发生什么悲剧了。不过我所说的，是男女双方自己看中意而结成夫妻的，否则，那我就觉得难以保险。曼丽，你到底爱上了谁？你说给我听，要如我也认识对方的，那我至少可以给你帮点儿忙。"

雅琴虽然没有结婚，但是她已能够说出家庭中一番夫妇之道的大道理来，说到后面，她向曼丽又低低地问。在她心中是表白自己并非不肯给她介绍的意思。曼丽被她一问，这就再也忍耐不住了，她红了脸，低低地说道：

"雅琴，你觉得司徒明这个人怎么样？"

"他是一个很有为的青年，怎么啦？是不是你有意思爱他？"

雅琴这才有所恍然了，不由哧地一笑，轻声问道。曼丽逗了她一瞥羞涩的目光，却并不作答。雅琴想起刚才校园里曼丽对司徒明的大胆作风，真觉得好笑。今见她这样的意态，知道她是默认了，遂拉了她手，俏皮地问道：

"啊呀，曼丽，我想不到像你这样一个豪爽的个性，竟也会怕起难为情来了。这又算得了什么？他的脸蛋儿也被你吻过了呢。"

"雅琴，你取笑我，我也不依你！"

曼丽却又撒痴撒娇地"嗯"了一声，逗给她一个妩媚的白眼。两人且谈且行，不知不觉地已经到了皇宫舞厅的大门口。只见志强司徒明站在那里，翘首而望。一见两人缓步行来，遂"呀"了一声，笑道：

"从学校到这里一共只有穿过三条马路，你们怎么在踱方步吗？真把我们等得急都急死了。"

"我们又不会被拐子骗走的，何必要急得至死的地步呢？阿明，你脸上益发白嫩起来，大概在盥洗室内洗的吧？"

雅琴因为志强急急地埋怨着，遂不以为然地回答，一面向司徒明瞟了一眼，却忍不住笑盈盈地打趣。司徒明指着曼丽，嗔恨地笑道：

"要不她和我恶作剧，我怎么会去洗脸呢？"

"谁叫你不答应我一同玩儿，我不是预告警告你，你再不答应，我会叫你见不了人？"

曼丽厚了脸皮，忍不住也笑起来回答。大家一面笑，一面步进舞厅，侍者招待入座。今天是星期日，下午茶室舞，都是学生的市面。此刻音乐是奏得热闹，舞侣们是跳得兴奋。雅琴微微地呷了一口茶，因为她已经知道曼丽有真心爱上司徒明的意思，所以她不得不尽一点儿拉拢的义务，向司徒明笑道：

"阿明，你刚才告罪过曼丽，应该向她求舞一次，以予处罚。"

"这是什么法律？倒叫人有点不知其然了。不过既到舞厅，理应跳舞为主。志强，来来来，我们大家去舞一次。"

沈志强点头说好，遂站起身子，四人分作两对，携手一同入舞池里去了。曼丽在志强、雅琴面前似乎还有一点羞涩的顾忌，此刻在司徒明的身怀里，她是显出绵羊似的温顺，极尽柔媚的意态，施出风流勾人的手腕，简直把司徒明迷惑得有点神志昏迷起来了。其实司徒明对她并没有一点儿好感，何况他的心眼儿还有一个难以告人的隐痛。不过女人的魔力是伟大的，尤其像曼丽这一种淫荡的女子，在一个从未亲近过女色的司徒明身上感觉，他会糊里糊涂地任她摆布，借此得到一点肉欲上的安慰。两人紧紧地抱在一起，跳了一会儿舞。曼丽终于忍熬不住地开口问道：

"阿明，你近来的舞步越跳越熟了，我想你瞒着我一定时常在跳舞。既然你也是一个喜欢跳舞的，你为什么在我的面前偏要一本正经呢？"

"曼丽小姐，你不要冤枉我。我除了偶然高兴，被朋友们拖着到舞厅去游玩一回，一个人是从不上舞厅的。"

"真的吗？我可有些不相信。你外表虽然很老实的样子，但是你的内心一定很滑头的。"

曼丽秋波水盈盈地斜乜了他一眼，低低地说。她偎在司徒明的怀内，显出无限娇媚的样子。司徒明却并不作答，他好像在想什么心事的神气。曼丽又低低地问道：

"阿明，你这学期毕业之后，真预备出洋去留学吗？"

"没有一定，假使有机会的话，我倒很有这个意思。"

"倘然你要去留学的话，我一定预备跟着你一块儿走。"

司徒明向她笑笑，依然并不作答。不多一会儿，音乐停止，两人携手归座。志强和雅琴亦已回到桌子旁来。音乐是继续不断地奏着，舞侣们也相当地忙碌，一会儿坐下，一会儿站起，有时候因为音乐不间断地又连了一曲，便一班舞侣们来不及回座，立刻又在舞池内舞蹈起来。雅琴好像腹内有什么成见似的，她含笑站起，挽了曼丽的手一同到舞池里去。这里志强向司徒明望了一眼，微微地一笑，低声问道：

"阿明，我瞧曼丽对你倒是很有一点子情分呢。"

"志强，你似乎不应该对我说这几句话。曼丽的个性难道你我还不明白？所以你开我的玩笑，那你对我朋友身上似乎太不忠实了。不说别的，据我们所知道，同学之中已经有四五个人都遭她玩弄过，害得李海亭还生了一场病，几乎把命都丢了。你想，这样一个三心二意的女子，哪里还谈得到情分这两个字呢？"

志强听司徒明向自己埋怨了一大套的话，好像有点怨恨的样子，一时倒不禁愕住了一会儿，良久，方才缓和了口吻，说道：

15

"你不要生气，其实这也并不是我自己的意思。因为雅琴刚才在舞池里对我说，曼丽在路上和雅琴说了许多话，大概是她已懊悔从前不该过分浪漫的意思。现在她真心爱上了你，想和你做一对终身的伴侣。可是你对她好像很冷淡的样子，所以雅琴从中帮一点忙。雅琴在一个女子心里总有点心肠软，所以她要我向你劝说劝说。我以为曼丽这个女子，就是好活动，思想太新奇，和男朋友跳跳舞是有的，至于什么苟且的行为，我想大概还不至于吧……"

"好了好了，你不必再说这些话了。我以为你假使真正爱护你的好朋友，你就不该再向我做盲目的劝告。我想你是因为听了雅琴的话，所以也不免有点感情作用吧。"

司徒明说到末了，微微地一笑，显然有点俏皮的成分。志强倒不免微红了脸，很不好意思地连忙摇了摇头，解释道：

"这个你倒不要误会，我并不是十分盲目地向你说这些话的。因为凭我经验所得，一个浪漫的女子，假使回头之后，也许会变成一个贤淑的女子。这和俗语所谓败子回头金不换，那是一样的道理。阿明，我的意思，你先试她两个月，看她对待你的态度是否有真心的爱。假使她仍旧这样浪漫，那自然不必谈，否则，你就不妨……"

"志强，对不起，请你不必再谈这个问题，因为我心中本来还有说不出的痛苦……"

"你还有什么说不出的痛苦呢？"

"这是一个秘密，我从来没有向人家告诉过。"

"那么你今天是应该对你的好朋友告诉啰。"

"告诉你那也没有关系，因为我的婚姻爸爸是从小已经给我定好的了。"

"啊，真的吗？为什么一向没有听见你说起？"

"不是预告跟你声明过吗？这是我的秘密，我不忍再向人家提起这种心痛的事情。"

司徒明见志强惊讶十分地问自己，好像还有点不相信的样子，就这轻轻地叹了一口气，大有凄然泪下的神态。志强见他十分逼真，觉得并不像是说谎，遂详细地问道：

"那么对方姓什么叫什么？人长得怎么样？今年几岁了？在学校里读书还是在做事情？你们时常可曾来往？请你详细对我说一个明白。"

"听说姓曹，名叫慧英。长得怎么样我可没有见过面，所以无从知道。比我小五年，还只有十八岁。因为家庭陈旧，恐怕没有读上几年书，就闲在家里了。"

沈志强听他这样告诉，不由微蹙了眉毛，沉吟了一会儿，显然在他也认为这样的女子绝不是司徒明的配偶，遂很武断地说道：

"我想你已经是上了法定年龄了，现在很可以向父母提出抗议。这种盲目的婚姻，在未经当事人的同意，可以无效成立。我以为解除婚约也不是一件难事情呀。"

"你的意思虽然不错，不过事实上有许多困难，那在你是不会知道的。"

"这困难是指哪一处而言的？你能向我告诉一个明白吗？也许你所想不到的，我可以给你想一个法子。"

司徒明听他这样说，虽然很感激他对自己一番关怀的热心，不过他却摇了摇头，深长地叹了一口气。沈志强见他并不回答，也不知他葫芦里卖的什么药，遂急急地追问道：

"哎，你到底也给我说一个详细呀？我被你真有些闷坏了。"

"你别忙，我告诉你，你知道曹慧英是谁的女儿？就是这儿赫赫有名的恶魔王曹绍雄的女儿。你想，我爸爸有胆量敢向顶头上司提出解除婚约的话吗？再说我爸爸是欢喜的，他根本就不允许我提出在他认为是无理的要求。所以这一件事情，你觉得不是也太麻烦太困难了吗？"

曹绍雄在那时候盘踞北京城里，称孤道寡，完全像小皇帝一样。司徒明的父亲司徒卫就是绍雄身旁的参谋总长，平日和绍雄形影不离，完全是绍雄的心腹。绍雄对司徒卫言听计从，也当作一条手臂看待。这些沈志强也看得很详细，当时听了司徒明的话，他也觉得束手无策，不由叹了一口气，说道：

"我当初以为像你爸爸那么有势力的人，要给儿子解除一头婚约，那真可以说是不费吹灰之力的。可是我万万也料不到你的未婚妻竟是曹将军的女儿，这真是为难了。因为除了他一人外，还有谁的势力能及得到你的爸爸呢？不过我想一个大人物的女儿，如何会空闲在家，不到学校里去读书？所以我的意思，说不定这位曹小姐也是个时代的女儿呢。"

"志强，你真不知道曹绍雄他是个什么东西？原是关外马贩子出身的呀。他是一个没有知识的粗鲁的武夫，他之所以有今日的地位，也是时势造成他的。那时候他的妻子还在帮人家做仆妇，你想在这样家庭产生的女孩子，哪里说得上是一个时代的女儿呢？唉，这一头婚姻，我是到死都不赞成的，可是却也没有办法解除它，除非我脱离家庭逃到上海去。"

司徒明说到这里，忍不住又连声地叹气。沈志强在平日也可以说是足智多谋，但是在今天，他也会一计莫筹。

正在这时，雅琴和曼丽携手回座，她窥测两人的脸色，好像是吵闹过了的样子，一时还以为司徒明不肯答应而和志强闹了意见，情不自禁地急问什么缘故，两人的脸色这样难看。沈志强为了使曼丽可明白个中的详细，他便很老实地把司徒明已从小定亲的事向她们告诉了一遍，并且说对方的姑娘就是曹绍雄将军的女儿。曼丽一听这些话之后，一颗芳心不免浇了冷水似的凉了下来。原来曼丽所以爱上司徒明，大半也是为了司徒明爸爸有财有势的缘故。现在一听他已经定亲，而且又是曹将军的女儿，那么这简直是一点办法都没有，所以红了脸，也不由怔怔地愕住了一会儿。

大家静静地沉默着，显然在这一角落里空气是相当紧张。不料正在这时，忽然见一个西装少年走过来，向大家招呼。沈志强抬头看去，原来也是同学路季祥。路季祥平日对曼丽追求甚烈，曼丽因为他并不十分漂亮，所以十分冷淡。此刻季祥在坐下之后，对曼丽略献殷勤，曼丽居然也和他有说有笑，状殊亲昵，而且两人还去跳了好几次舞。司徒明虽然对曼丽本无爱情作用，不过看了他们的情景，总有点感触，所以拿了带来的这本外国地理史，预备站起身子走了。志强和雅琴知道他心中烦恼，遂叫他慢走，一面付了茶资。这时曼丽、季祥回座，志强等三人便和他们两人说声"你们多玩一会儿"，大家便作别走出舞厅去。

志强为了引逗司徒明高兴起见，他说请客吃点心去。司徒明说应该我来请客，因为志强在舞厅里已会过茶资了。三人沿街道走了一截路，只见那边有一家新开的小吃部。雅琴说道：

"这家馆子装潢很清洁，我们不妨进内去试试。"

志强司徒明认为赞成，遂跨步入内。只见里面生意很好，司徒明瞥眼忽然瞧见账柜上坐着一个年轻的女子，生得容貌绝丽，倾国倾城。偶然那女子秋波一转，和司徒明四目相触，各人心中都别别一跳，倒是怔怔地愕住了。

第二回

多情美少年无意惊艳

司徒明见那个女子也向自己秋波盈盈地斜瞟了过来，一时心头更加别别地乱跳，连忙别转身子，跟着志强坐到那边方桌旁去了。伙计上来泡了三杯茶，这时司徒明因为呆呆地想着那个女子好像在什么地方看见过，觉得十分面熟，所以连志强已点上了哪几样点心，他都一点儿也不知道。志强见司徒明这一种颓伤的情景，只道他是为了婚姻问题而感到闷闷不乐，遂向雅琴望了一眼，努了努嘴，是叫她劝劝他的意思。雅琴伸过手去，在他肩胛上轻轻地一拍，司徒明回头望了她一眼，有点茫无头绪的样子，雅琴方才微微地笑道：

"阿明，你不要闷闷不乐，你可以向你爸爸提出一个要求，就是先和这位曹小姐大家走动走动，说不定她倒是个多才多情的好妻子，这也未可知哩。"

"不，我并没有为了这种婚事而感到烦恼。我以为事情做到哪里就哪里，在必要的时候，当然我有一个办法应付这黑暗恶势力的环境。"

司徒明摇摇头，表示他有他的计划，在眼前始终是只有静静地忍耐为主。志强觉得这问题太难以解决，所以呆呆地竟说不出什么话。这时伙计把点心拿上，司徒明见是一大盆水饺，因为肚子正有些饿，三个人便自管地吃了。吃毕点心，志强伸手摸袋，司徒明站起身子，却先到账柜旁去抢着付钱了。在付钱的时候，那柜内的少女忽然向司徒明盈盈地一笑，司徒明被她这一笑，心头的跳跃更加快速起来，微红了脸，真不知如何是好。谁知那少女乌圆眸珠一转，逗了他一瞥媚眼，低低地问道：

"您这位先生是不是贵姓司徒？"

"是啊，你……你……怎么知道的呀？哦哦，我想起来了。我在汉口强民中学读书的时候，我在陆超仁家里和您见过一面的。怪不得我有些面熟，只不过您小姐贵姓，我却是忘记了。"

司徒明听她叫出自己的姓字，他不免感到无限的惊喜，在满腹寻思之下，猛可地也想到了。因为陆超仁是自己中学里的同学，有一天超仁的爸爸做寿，所以同学们大家都去道贺，似乎曾经遇见过她。当时由超仁介绍过，大概她和超仁有些亲戚关系，所以也来拜寿。在当初不过是萍水相逢，就此分开，万料不到五年后的今日，在北京城内又会相遇在一处，所以使司徒明的心中倒又忐忑地活跃起来了。

那少女听他连自己的姓字都忘了，遂微微地一笑，低低地说道：

"这也难怪的。我们只见了一次的面，而且又分别了这样多年，谁还记得这么许多？敝姓张，草字兰芬，司徒先生的大号我也记不起来了。"

"我叫司徒明，是日月明。"

"啊呀，你们原来还认识的？"

沈志强和金雅琴从后面跟上来，见司徒明和那少女好像很熟悉地在谈话，一时倒觉得很惊异，遂忍不住笑嘻嘻地插嘴。司徒明于是给大家介绍了，张兰芬一一地招呼，显得十分客气，并且把柜上放着付账的钞票不肯收，交还给司徒明。在她当然表示请客的意思，司徒明自然不好意思吃人家的白食，说"不要客气，我们下次再向你叨扰吧"。因为人家生意很忙，不能耽搁人家的公事，于是点头说声再会，便匆匆地分别走出去了。沈志强见司徒明此刻走在街道上的神情和刚才从舞厅里出来的时候显然是大不相同，他喜滋滋的样子，一点没有颓伤的表情，这就含笑问道：

"阿明，你和这位张兰芬小姐到底是怎么样的朋友？我倒真有些模糊起来了。"

"我详详细细地告诉你吧。我在汉口读书的时候，张小姐是我同学的一个亲戚，我们在同学父亲做生日那天遇见了一次，这是偶然的事情。却想不到隔别了五年，我们在北京城里又会相遇在一处，这真是叫人意想不到的事情。"

金雅琴见他末了这一句话，显然含了无限兴奋的样子，一时微微地笑起来，秋波斜乜了他一眼，低低地说道：

"只怕偶然的相遇，而会成了固然的相识。那么我觉得你和家庭就有戏可以做了。"

"唔，我想不会的，曼丽小姐他也不爱，何况是一个才见了一次面的姑娘？阿明绝不至于盲目到这样的地步。"

沈志强也怕司徒明会和张兰芬去发生恋爱，为了人家姑娘的终身幸福着想，所以他不得不故意地向司徒明认真地劝阻。司徒明并不回答什么，他只有微微地一笑。这时天色快黑了下来，司徒明便和两人握手分别，自管匆匆地回家去了。

沈志强见他去远，遂向雅琴低低地说道：

"雅琴，你瞧着，我猜阿明对那个张小姐一定会钟情了。"

"我也这样想，他对于家里这头盲目的婚姻当然不赞成，对于曼丽这个人，年龄固然比他大了两年，而且举止上又是这样浪漫，所以也无怪他不喜欢的。不过对于这位张小姐，恐怕是一见倾心了。"

"那么再见就得定情，所以我代他们前途真觉得有点儿担心。"

"要你担心什么？看事情怎么样地发展，我们在可能范围之下尽我们的力量。假使事情闹得不可收拾，这当然也是徒唤负负的了。"

沈志强和金雅琴暗暗地言论了一会儿，遂也各自分手回家。

司徒明回到家里，先到上房见过了母亲。母子俩闲谈了一会儿，仆妇开上晚饭，司徒卫是十天倒有九天在外面吃饭，所以也不用等他。母子两人匆匆地吃完了饭，司徒明便自管回房来做功课了。

其实他坐在书桌旁的台灯下，一点儿功课都做不出，他脑海里浮现的是只有兰芬那个倾人的娇靥。一头卷曲的乌发，覆着下面那个鹅蛋的脸儿。皮肤的细腻，几乎可以榨得出水来。眉毛又细又长，真像两条柳叶似的清秀。乌圆的眸珠亮晶晶的，盈盈欲活，真好像秋天里的水波一样。总而言之，她的美丽完全不是用人工修饰和化妆而成的，她是一种天然的美丽，不要说曼丽及不来她，就是金雅琴也和她相差得多了。

一时又想到自己婚姻问题上来，曹小姐的人品才貌到底怎么样，我是莫名其妙，那么这种盲目的亲事，我是绝对地不要它。至于曼丽对我那种热情，虽然是亲爱到了极点，不过一个女孩儿家，有了过分热情的表演，那就会叫人感到了一种轻贱相。所以这种女子也根本不是我的配偶。我的配偶需要幽静娴淑，令人感到一种柔情绵绵的可爱，那么这位张兰芬小姐，是很属于我的理想了。

司徒明既然一缕情丝已经缚到张兰芬的身上，所以在第二天放学之后，他便匆匆地又到那家小吃部里去找张兰芬了。

张兰芬对于司徒明的到来，她也许是早已意料中的事情，所以在柜内站起身子，向他招了招手，含笑相迎。司徒明很快地走过去，把夹在胁下厚厚的书本在柜上一放，兰芬方才低声问道：

"司徒先生，你刚从学校里放学回来吗？"

"是的，张小姐，你很忙吧？"

"还好，忙不了什么。司徒先生，你到那边桌子旁去坐一会儿，我马上来陪你。"

张兰芬说了这几句话，忽然觉得一个女孩儿家对待一个还很陌生的男朋友，似乎不应该有这样亲热的表示，所以在微笑之中，红晕了粉脸，不免有点羞涩的意态。司徒明的心中是甜蜜蜜的，他点头忍不住哧地一笑，遂拿了书本，走到那边桌子旁去坐下了。伙计上来泡了一杯茶，问先生吃什么点心。司徒明正欲回答，只见张兰芬含笑走过来，向伙计说道：

"你不用问了，我已向里面叫好了点心。他是我的朋友。"

"张小姐，你自己忙得很，怎么能离开账柜呢？"

"没有关系，你瞧，我已叫我的舅父在柜上坐着了。"

司徒明待伙计走开之后，遂向兰芬低低地问。兰芬一面在他对面坐下，一面指了指柜上回答。司徒明回头望去，只见一个年约五十多岁的老者，戴上了一副近视眼的眼镜，他似乎还在偷偷地张望过来。司徒明知道这个人就是她的舅父了，被他偷望得有些难为情，遂避过了他的视线，向兰芬望了一眼，低低地问道：

"张小姐，你怎么也会住到北京来了？不知道对于陆超仁先生的消息时常有吗？"

"这事情说起来话很长，陆超仁的消息在三年前还知道，他已经在汉口结婚了。"

"哦，真的吗？我竟一点儿也不知道。张小姐大概是爸爸的职业调到北京，所以也住到北京来了吗？"

张兰芬听司徒明似乎很需要知道一点儿自己的身世和生活状况，这就轻轻地叹了一口气，她的粉脸浮现了一层凄凉的样子，低低告诉道：

"我爸爸因为在汉口死了，所以我们回到北京来住了。原来我妈是从小在北京长大的，后来嫁了爸爸，就跟着爸爸到汉口去。现在爸爸去世，我们母女孤苦无依地游落在异乡，觉得难以维持生活，所以写信给舅舅。我舅舅回答我们，还是回到北京来住，那么彼此也有一点照顾，所以我们就搬回来了。这里原是我舅父开设的，因为是小本经营，所以要我给他做个账房。为了生活的鞭策所驱使，那也是没有办法的事情。司徒先生，你别见笑。"

"张小姐，你何必说得这样客气？一个人能够在社会上自食其力，那是很体面的事情。我虽然是个大学生，但一切生活还依赖着家庭，其实我觉得还及不到你，怎么好意思还来见笑你呢？"

司徒明见她红了脸，似乎有点难为情的样子，这就用了一本正经的口吻，向她低低地解释。兰芬听了，方才把局促的态度平静了下来，雪白的牙齿微咬着她殷红的嘴唇，秋波逗了他一个媚眼，含笑又说道：

"那不是这样说的。你眼前在求学时代，当然需要家庭来负担你的。明儿你从学校里毕业出来之后，那希望就很大的了。"

"这也很难说。这个年头儿你打我我打你，只要带了十万八万的大兵，就可以割据城池，自立为王，我真觉得一点儿也看不入眼，所以我很担心毕业后应做的事业。假使不管国事的话，我情愿到商界里混一口饭吃，免得感到许多的麻烦。"

司徒明所以说这些话，是因为他爸爸在曹将军手下做参谋总长的缘故。虽然曹将军说起来还是自己的老丈人，不过对他暴虐不仁的印象真是感到恶劣透顶。所以他皱了眉毛，表示心中有无限牢骚的样子。兰芬当然不知道他是参谋总长的儿子，所以向他摇了摇头，很关切的意思劝他说道：

"司徒先生，你千万别随便乱说。这个年头儿说话不大自由，你要说得不好，被什么暗探听见了，那你就有犯杀头罪的危险。所以在这时代做人，就是多吃饭少开口。"

"是的，张小姐，谢谢你很关心我。"

司徒明不便向她说明自己父亲在北京城里是个怎样的人物，所以微微地一笑，表示对她有一种感激。两人经过了这一番谈话，彼此又静默了一会儿，这时伙计端上一碗酸辣面来，兰芬向司徒明遂说道：

"这里的酸辣面是最有名的，大司务的手段也还不错。司徒先生，趁热的你快尝一尝滋味，不知究竟好不好。"

"张小姐，那么你自己不弄一碗来吃吗？"

"你不知道，这儿晚饭是很早的，差不多五点钟一敲，就可以吃饭了。所以我此刻吃了点心，回头饭就吃不下了。况且我们干这项买卖的，看也看得多了，所以吃了也不觉有什么好滋味。"

"不过我叫我一个人吃，那我就觉得很不好意思。张小姐，叫伙计拿一只小碗来，我分一半给你吃。因为我这碗面也有些吃不下的。"

兰芬听他这样说，因为自己在这里总算是个主人的地位，假使不陪伴客人吃一点，这叫人家一个人真有点不好意思吃下去的。于是叫伙计取了一只小碗，给他分了一小半，笑道：

"司徒先生，我就陪你吃一半，那总好的了？"

"承蒙你赏给我面子，那叫我当然十二分地欢喜。"

司徒明向她脉脉含情地望着回答，在他的表情上看来，是显得这一份儿样的高兴。兰芬芳心里有些荡漾，一时也忍不住相对微笑起来。两人吃完了面，兰芬还亲自去拧了一把手巾来给他揩拭。司徒明见她这样殷勤，一时更加存了一种甜蜜的希望。两人又闲谈了几句，果然他们店内的伙计们都吃饭了。司徒明觉得还在初交的友谊上，那似乎不该多留恋不舍的样子，所以伸手摸出皮夹，预备付钱。兰芬不免惊奇地问道：

"司徒先生，你这是做什么呀？难道你来望我，还叫你上门来请我的客吗？"

"不是这样说，张小姐，我顺路走过，进来坐一会儿，我也不好意思叫你破钞呀。"

司徒明见她伸手把自己皮夹按住了，是不允许取钱的意思，因为这么一来，两手不免相互地接触了一下。在司徒明正对兰芬爱到心头的时候，认为这一下子的碰手也是十二分的艳福不浅，所以他笑嘻嘻地真有无限得意的样子。但兰芬却把手儿缩了回去，表示很生气的意思，低低地说道：

"司徒先生，你认为我这一碗面都请你不起？那你就只管付到柜台上去吧。"

"张小姐，请你不要误会，我并不是有这个意思呀。既然你这么说，那我就老实不和你客气了。"

"本来嘛，谁叫你这么闹客气的？"

兰芬这才又把平静的粉颊浮现出一丝笑容来，轻柔地回答。司徒明微微一笑，把桌上书本取了，说道：

"张小姐，你很忙，我不耽误你的公事，那么我走了。"

"没有事，这儿便饭也不要紧。"

"不客气了，过几天我再来拜望你。"

司徒明说着话，已经站起身子来。兰芬对他好像也有点恋情，一面送他出来，一面含笑说道：

"司徒先生，你有空只管请过来谈谈，只怕你嫌这儿地方太脏，所以心中会感到不愿意来。"

"不，有你张小姐这么一位姑娘在这里，我觉得比这儿地方小一点，我也会觉得仿佛进皇宫一般高兴。只要张小姐不感到我讨厌，那我说不定天天会上这儿来一次。"

司徒明已经是步出了小吃部的大门口，他又回过身子，用了温和的口吻，向她低低地回答。张兰芬听了，心中似乎涂上了一层糖衣似的甜蜜，红晕了娇容，赧赧然笑道：

"好吧，我准定恭候着你。你就天天来吧。"

兰芬既然说了出来，她当然又觉得难为情极了，这就掉转身子，匆匆地回进里面去了。司徒明知道她是怕羞的缘故，因为恐怕受人家的注目，所以他也吃下了定心丸似的，踏着轻松的步子回家去了。

兰芬回到账柜旁，她的舅父李寅生向她笑了一笑，低低地问道：

"这个少年是谁？瞧他夹了厚厚的书本，好像还是一个大学生。你和他是怎么相识的？"

"他复姓司徒，单名光明的明，是我从前在汉口读书的同学。"

兰芬听舅父很注意他，不知怎么的芳心里便别别地跳跃起来。她后面这一句回答，是无可奈何地圆了一个谎。李寅生点点头，说道：

"那么他也是北京人吗？不知父亲是做什么买卖的?"

"我和他在汉口同学，这是五年前的事，现在这儿相遇，完全是无意的巧逢，所以对于这一点，我却没有详细地问他。"

"我想在五年前，你们既然是同学，那么就很应该知道他这一点点身世和状况了。"

"舅父，你不知道，我们那时候年纪轻，只知道在一校读书，彼此从不过问家庭的事情。只晓得他的原籍是北京，对他父亲做什么职业，我又何必要去问他这么详细呢?"

兰芬因为舅父有点猜疑的样子，这就不得不很有道理地解释着。李寅生仔细一想，觉得这话倒也不错，遂又低低地问道：

"那么你们今日在这里又相逢了，我想这也不是一件偶然的事，所以你应该对他问个仔细。我说你们孩子年纪轻，到底有点糊涂。"

"这也算不了什么。舅父，你的意思我不懂，干吗一定要问人家的家庭情形呢？你知道我是一个女孩儿家，问人家这些事，那是多么不好意思。"

兰芬感到舅父的话中显然是包含了一点神秘的作用，这就红晕了脸，秋波瞟了他一眼，表示一个女孩儿家尤其在一个年轻的男朋友面前，当然说话更应该避一点儿嫌疑的意思。李寅生被外甥女儿倒又问住了，遂忍不住笑了一笑，说道：

"你也不知道我心中的意思。因为我瞧这个孩子人品生得不坏，假使他家庭也很好的话，那么你的终身问题不是也可以有个解决了吗?"

"舅父，你何必代我这样着急呢？我究竟头发还不曾白呢。"

李寅生说的话，虽然是正中兰芬的下怀，不过女孩儿家是偏喜欢假惺惺作态的，所以她的表面上是显出娇嗔的神情，向舅父抢白了几句。李寅生也知道外甥女儿的脾气，这就含笑不再作声了。

晚上，兰芬在结清了账目之后，便坐车匆匆地回家。她的家是住在狮子胡同十六号，租了人家一间后厢房，虽说并不十分宽大，

28

但是给她们母女三个人住着，倒也还算舒服。原来她的母亲李燕纹在生下第二个女儿兰芳的时候，不上半年，就死了丈夫。现在兰芳还只有三岁，尚在怀抱之中，牙牙学语。兰芬固然命苦，她的妹妹兰芳当然是格外命苦了。这时燕纹歪在床上，正哄睡着了兰芳，一见女儿深夜回家，自不免起了一阵怜惜之意，遂慌忙站起身来，低低地说道：

"兰芬，你今天回来得更晚了。唉，这样子也真够你辛苦了。"

"不，我倒不觉得什么辛苦。妹妹睡着了吗？我给她买了一个小洋囡囡回来。"

兰芬虽然觉得有点疲倦，但是她口里还竭力地否认着，一面在她皮包内取出一只小洋囡囡，一面笑嘻嘻地问。燕纹满含笑容地接过洋囡囡，一面给她倒了一杯茶，说道：

"兰芳明天见了洋囡囡，一定会喜欢得拉开了嘴笑哩。兰芬，你喝杯茶，时候不早了，也该早点儿休息了。"

"哦，妈，你也早点儿睡吧。"

兰芬点了点头，伸手按在小嘴儿上打了一个呵欠，一面喝茶，一面也向母亲催促。于是母女两人也就各自熄灯安睡了。

兰芬睡在床上，一时却不能合眼，耳听着右首那张床铺上的母亲已没有了咳嗽的声音，显然是酣然地入梦了，然而自己的脑海里还不肯休息，她是只管呆呆地想着心事。昨天夜里，我心中就这么地猜测，司徒明一定会来望我的，可是我想不到他急急地在今天就来望我，那么在他的心中怀念我的迫切也不亚于我的怀念他了。忽儿又想起舅父这几句话来，虽然他年纪老了，不免有点老背，但是他说的倒也句句实话。假使我真能够嫁给司徒明的话，那总算也不辱没了我这一副好模样了。

想到这里，一阵子热燥，两颊不免红晕起来，暗想：这个愿望不知到底能不能够达到目的？这当然还是一个问题，假使他的父亲是个有地位的人物，而且又是个封建思想极深刻的顽固人物，那么他一定会嫌我家贫穷，而绝不赞成这一头婚姻的。所以舅父刚才叫我问问他的家庭状况，此刻细细地想起来，真觉得是很有心计的。可见年老的人做事一点不含糊，我却还说他老背，这其实就是年轻人自以为是的过错。一面想，一面在她芳心里喜悦的思绪内已渗和了一点忧愁和悲哀的成分。她不知打哪儿来的一股子辛酸，她的眼角旁曾展现了晶莹莹的一颗。

兰芬正在暗自伤感的时候，忽然觉得一阵腹痛，起初还能忍熬，但越痛越紧，她不免痛得呻吟起来。燕纹被她在睡梦中惊醒过来，她揉了揉眼皮，低低地问道：

"兰芬，兰芬，你……怎么啦？"

"妈，我有些肚子痛。"

"啊！这是怎么会痛的？你一定吃了不清洁的蔬菜了。"

随了燕纹这两句话，室中的灯火又亮了起来。慈母的心是劳苦的多，她披衣起身，走到兰芬的床边，只见女儿两颊涨得红红的，而且额角上还冒着珍珠般大的汗点，可知她确实是痛得非常厉害了，因此急急地说道：

"兰芬，我给你吃一包仁丹好不好，怎么会痛得这个样子？"

"好的，真奇怪极了。我吃东西最小心，如何会吃坏呢？"

兰芬也觉得有点痛得受不住，遂连连点头回答。燕纹遂取了家中常备的仁丹，用开水给她吞服下去。不多一会儿，听兰芬腹内咕噜噜一阵子怪叫，只见她跳下床来，拖上了拖鞋，燕纹明白她是要泻的意思，遂扶她上便桶坐下。这时兰芬的手都冷汗淋淋，急得燕纹连声念佛，说老天爷千万可怜穷苦的人，不要给兰芬生病，一切灾难，情愿都降临到自己的身上来。一面祈祷，一面不觉滚滚泪下。兰芬见母亲这样悲苦的情景，心中虽然是痛苦到了极点，但还竭力忍熬住伤心的发展，含泪安慰母亲说道：

"妈，你不要难过呀。我泻了一阵之后，腹中反而觉得好过一点儿了。"

"是的，我知道老天一定会保佑你，要给你生病，也情愿生到我的身上来。"

"妈，你别这么说吧……"

兰芬这就再也不能忍熬了，她两行热泪已从颊上而爬行到嘴角旁来。过了一会儿，兰芬又回到床上去睡下，燕纹站在床边，颤抖地问道：

"你此刻觉得好过一点儿吗？"

"好得多了。妈，你放心，快去自管地睡吧。"

"那么你要不要再喝口茶？"

"不要喝了，妈，你放心去睡，听妹妹醒了。"

兰芳在床上发现没有了娘，她便哇哇地哭起来。兰芬听了，遂急急地催母亲去睡。燕纹没有办法，只好回到自己床上去哄兰芳睡。兰芬又叫母校熄了灯火，燕纹因为时已子夜一点多了，遂也熄灭了灯火，不再和兰芬多说话了。

第二天早晨，燕纹是起身得很早的。她悄悄地走到兰芬的床边，听她在低低地哼着，两颊是血红的，伸手在她额角上一按，真是十二分的热烫，一时吃惊地叫道：

"兰芬，你全身发烧得厉害，你真的病了吗？"

"没有关系，是一点寒热，让我静静地再躺一会儿，就会退热的。"

兰芬虽然浑身都感到不舒服，但是为了怕母亲难过忧急起见，她还装作没有什么大病的样子，反而向母亲低低地安慰。燕纹皱了眉毛，叹了一口气，说道："你的热度这样盛，还能够再到外面去吗？我给你到店里去关照一声吧。好在是自己的娘舅，请几天假，那也算不得什么吧。"

"不，妈，此刻还早，我再躺一会儿，说不定热度会退的。我仍旧要到店里去照顾的，这几天店里的生意很忙，舅父一个人怎么忙得过来呢？"

兰芬的意思，是既然为人家而服务，那么总应该忠于职守，所以她不肯轻易地忽略自己的职务。燕纹有点埋怨的口吻低低地说道：

"本来你一个弱女子，日班夜班一天差不多十八小时工作，那怎么能挡得住呢？所以我对你舅父去说，店里生意好，多用几个人也不会开销大。唉，要如你爸爸在世上的话，哪里你会受到这样被生活压迫的苦楚呢？"

"妈，你不要伤心。常言道，吃得苦中苦，方为人上人。所以我吃苦倒不怕，只要能够精神上感到愉快，那也心满意足的了。"

燕纹说到末了，她又想起了丈夫早死的悲伤，一时眼泪像雨点般地滚落下来。兰芬还是用理智来克服悲痛的情绪，向母亲低低地安慰。她一面挣扎靠起床来，只觉头晕目眩，难以自持。这就想到自己的确是病得很不轻，连靠坐都觉困难，那何况是到外面去办事情呢？想不到好好的会生病，假使司徒明因不见我出去做事，而发生什么意外误会的话，那老天也不是太会捉弄人了吗？兰芬在这样感觉之下，终于也默默地流起泪来。燕纹见她摇摇欲倒，遂忙又扶她躺倒在床，说道：

"你看，你连坐着还感到吃力，你怎么能支撑得住到外面去？我准定给你去请假吧。"

兰芬这回没有再阻止母亲，她点了点头，神情是非常悲惨。燕纹匆匆地洗漱完毕，正欲开步向外走，忽听兰芳哇的一声哭醒过来，于是又急急地回到床边，要想把她再哄睡了。可是兰芳闹着要起来，燕纹只好给她穿衣起身。小孩子也不知道为什么不如意，她又哇哇地哭着。兰芬向母亲提醒着说，快把小洋囡囡取给她玩儿。果然，兰芳在见到了小洋囡囡之手，方才破涕为笑了。不过她还离不开娘的怀抱，燕纹没有办法，只好抱着兰芳到外面去给兰芬请假去了。

燕纹给兰芬请了假回来，那时兰芬的热势最盛。她睡在床上，几乎有点昏迷的样子。可怜燕纹是多么焦急，她是只有暗暗地祷告上苍，保佑女儿病体快好。到了午后，兰芬的热度还没有退，而且从早晨到下午没有吃过一点儿东西，只有喝了两壶开水，那当然是因为她腹内发烧的缘故。燕纹忍不住向兰芬低低地说道：

"兰芬，我觉得你这个病势很不轻，所以非请个大夫来瞧瞧不可。"

"妈，请一次大夫，家里又有好几天可以开销，所以我觉得还是省省吧。"

"不是这样说，钱是可以去赚的，只要你毛病好起来，破点儿财也算不了什么。我刚才问你舅父给你暂支了一个月的薪水，我想你这个病总得吃一两剂药，那么才会好得快起来呀。"

"话虽不错，但这个年头儿，赚钱就很不容易。妈，我想看明天的情形再做道理。也许明天热度会全都退的，假使再不退去的话，那当然是只好请一个医生来诊治诊治了。"

兰芬还希望有病勿药的发愿以偿，低低地回答。燕纹知道女儿完全是为了舍不得花费金钱，觉得病魔会缠绕在穷人的身上，这似乎也太没有眼睛了。母女两人相对感叹，由不得又泫然泪下。

光阴是无情的，转眼之间，天色又黑了下来。这时兰芬的心里又有一种遗憾的思忖，记得昨天司徒明临走的时候，曾经对我这样地说：只要我不感觉讨厌，他会天天来看望我一次的，那么今天下午他当然不会失约地来看望我，可是结果使他感到失望。也许他此刻回到家里，正在暗暗地猜疑，以为我今天不出去做事，是故意地避而不见。假使他要这样地猜疑我，他对我自然死去了一条心。万一他另外去找别个女朋友了，那我不是太受一点儿刺激了吗？可怜兰芬也是相当痴心，这天的晚上，以她有病之身，还暗暗地流了一夜的眼泪。

也许老天真的同情一个贫苦的人是不该生病的，所以次日醒来，兰芬的热度已完全地退尽。不过经过了一整天的发热之后，此刻两眼有点深凹进去，颊上也憔悴了不少，而且全身发软，一点气力也没有。这大概还是为了没有东西落肚的缘故，今天早晨才觉得有点饿了，燕纹烧了一碗稀粥给她吃。

正在吃粥的时候，忽然听得院子里有人在说话，好像是问张兰芬小姐是住在哪一间的。燕纹听了，连忙跑到院子里去看。只见一个年轻的陌生男子，身穿西服，生得十分漂亮。他手里还提着许多一蒲一包的礼物，正是继续地问一个隔壁的儿子王小狗。王小狗一见燕纹，便向她指了一指，告诉说道：

"这边站着的就是张兰芬的母亲。"

"哦，这位就是张伯母吗？"

原来这个少年不是别人，就是司徒明。他听了王小狗的话后，说声谢谢，便含笑走到燕纹的面前，深深地一鞠躬，十分有礼貌地招呼她。燕纹因为和他素不相识，今见他这么地称呼，因此望着他倒怔怔地愕住了一会儿。司徒明知道她有点奇怪的意思，遂忙又向她加以补充地说道："张伯母，你大概还不曾见过小侄吧？小侄司徒明原是兰芬小姐从前的同学，因为知道她患病在家，所以特地来望望她的。"

"哦，原来如此，司徒先生，那么请里面坐吧。"

燕纹这才有点恍然了，不过她心里却在疑惑，兰芬在北京没有读过书，她哪儿来什么同学呢？再说兰芬的同学我也都见过，却从来没有听见她说起有个司徒明的同学呀。虽然是这样猜疑，但脸上还不得不含了笑容，向他招呼入内。

司徒明跟她步入后厢房，却和靠在床上的兰芬正巧打了一个照面。在兰芬的心中，对于司徒明这样早地会到自己家中来，这真是一件做梦也意想不到的事情，不觉"啊"了一声，倒是怔怔地呆住了。司徒明也想不到一进门就是人家的闺房，因此想到自己这次到来，不免有些鲁莽，所以红了脸，竟也不说一句话地呆住了。

燕纹对于两人的态度似乎并没有理会，她一面倒茶，一面笑着说道：

"司徒先生，舍间小得不成样子，坐不下，见不了贵客，真叫人有点儿不好意思。"

"哪里哪里，伯母，你何必这样客气呢?"

有了燕纹这两句话，司徒明以为自己愕然不坐的态度，所以引起人家心中的误会了，于是立刻把手中的礼物放在桌上，自己在桌边坐下了，连声地回答。这时兰芬就忍不住插嘴问道:

"司徒先生，我真觉得奇怪，舍间的地址你是打哪里知道的呀?"

"哦，昨天我到店里去望你，你舅父告诉我，我才知道你有点贵恙。我心里放心不下，所以来望望你。前天不是好好的吗? 怎么一忽儿就病起来了?"

司徒明含了笑容，很小心地回答。兰芬听了，这才有个恍然大悟，一时暗想:果然不出我之所料，昨天他真的又去望过我了。想起他的痴情，一时更使自己感到心头，因此红了脸，至少有点兴奋的样子。这时司徒明见燕纹走出去了，房中没有第三个人，这就望了兰芬一眼，又低低地说道:

"张小姐，昨天我听到你生病的消息，我的心里真是急得了不得。本来我想马上来望你，可是我又怕下午望人家的病不大了，所以我只好忍耐了一夜。可是这一夜我就睡不着，好容易挨到天明，我便一清早地来惊吵你府上了。在当初我没有想到这样许多，但现在我却觉得来得很孟浪，因为我在事先并没有得到你的许可呀，张小姐，我还得请求你原谅我。"

"承蒙你这样地关怀我，我心里除了感激之外，什么话都说不出来。司徒先生，你又何必这么客气呢? 只不过我家又狭小又肮脏，实在不能见客。假使你心里不觉得讨厌的话，那我当然是欢迎都来不及。"

兰芬听他说出这一番动人心弦的话来，可以说每一句都深深地印在她的心坎上。她秋波脉脉含情地凝望着司徒明俊美的脸庞，表示那一种感铭心版的样子。司徒明是得意极了，遂连忙摇了摇头，说道:

"我以为彼此结交朋友，就在意气相投，绝不是为了其他一切身外之物而做标准的。比方说，我和你心意不合，你纵然住在高楼大厦，我也是不愿意上你那儿来的。反转来说，我觉得你很好很可爱，那么你就是再住得小一点房子，我也喜欢一天到晚和你在一处的。"

司徒明说得忘其所以，他竟连可爱两个字都说了出来。但既说出了口，又觉得不好意思，顿了一下，才接着说完了后面的这两句话。兰芬似乎也有同感，不过在她芳心之中喜悦的成分是胜过了羞涩，所以红晕了娇容，却逗给他一个妩媚的俏眼，但立刻又垂下粉脸，暗暗地笑了。就在这个时候，忽听有人一路走进房来叫道：

"兰芬，你怎么会病啦？今天可好一点了吗？"

第三回

隐痛层层难以白知己

司徒明坐在人家姑娘的闺房里，正在和兰芬柔情绵绵地谈着话，忽听有人一面进来，一面向兰芬呼唤着问。因为自己不免有点心虚，所以心头倒是吃了一惊，连忙回头去望，原来是兰芬的舅父李寅生。因为昨天放学的时候，曾经和他有过一度的谈话，当然是认识了，遂很快地站起身子来，向他含笑点头，招呼道：

"李老伯，您早。"

"我道是谁，原来是司徒先生。不要客气，你请坐下。兰芬，你妈上哪里去了？你今天可好一点儿吗？你妈昨天来说你生了病，我心中真有点放不下。"

李寅生一面向司徒明含笑招呼，一面又向兰芬低低地慰问。兰芬因为被舅父撞见了房中只有自己和司徒明两个人，所以心里感到有点难为情，微红了脸，但还镇静了态度，低低地说道：

"我妈刚才还在这儿的，一忽儿不知到哪里去了。今天我已经好得多了，寒热也全退尽了，只不过身子软绵绵的，一点气力也没有。大概明后天就可以到店里办事情去了。"

"身子没有完全地复原，你就在家里多休养几天吧。你妈对我说，你一个人做日夜班太辛苦一点儿，我也觉得很对，所以我想另添一个职员，两人分日夜班地调换工作，我想这样就有休息的时候了。"

李寅生正在说话，燕纹买了一包西瓜子急急地进来，她一见寅生也在房内，便忙着含笑叫道：

"哥哥刚来吗？我知道你要不放心，这孩子从小娇养惯的，现在一天到晚地工作着，所以她是累苦得病了。昨夜还全身火烫似的发烧，今天早晨才算退了热度。司徒先生，哥哥，你们吃点瓜子吧。"

"伯母，你真是太客气了。"

司徒明见她还装了一只高脚玻璃盆，放在桌子上，而且抓了一把瓜子，送到自己的面前，这就连忙欠了身子，含笑着说。李寅生回头望了司徒明一眼，他似乎胸有成竹地放出做娘舅的架子，说道：

"司徒先生，你很关怀我们兰芬，所以使我们心里都很感激。不过兰芬这孩子年轻不懂事，有时候还常闹着孩子气，假使有什么得罪您的地方，还得请您包涵一点儿，不要生气才好。"

"李老伯，你太客气了。张小姐是个很贤惠很温柔的姑娘，她哪里会得罪人呢？"

司徒明听他话中多少一点神秘的作用，一时也红了脸，含笑轻声地回答。李寅生点点头，嗑了一粒瓜子，一面又趁此问道：

"司徒先生的府上住哪儿？"

"舍间就在财政厅隔壁三百八十五号里面，李老伯有便请过来玩玩。"

李寅生和燕纹母女两人一听他这样说，因为知道那边的房屋大多数是高大的洋房，从这一点猜想，可见司徒明一定是个有钱人家的大少爷了。于是继续问道：

"司徒先生，你爸爸叫什么名字，他老人家是干什么贵业的？"

"我爸爸叫司徒卫，他在曹将军部下任参谋之职。"

司徒明这两句话听到三个人的耳朵里，大家那颗心都忐忑地乱撞了一下。李寅生不由肃然起敬，忍不住"哦"了一声，说道：

"原来还是司徒卫参谋总长的公子，恕我们有眼不识，罪甚罪甚！"

"李老伯，请你不要这样说，我以为爸爸做参谋总长，这和他的儿子是并没有丝毫的相干。所以我希望你们把我看得普通一点，那倒反而叫我感到欢喜。"

李寅生的初意是想含了教训的口吻，来对司徒明解释男女的爱情是应该忠诚真挚为主，切不能当作儿戏看待。在他的意思，无非希望司徒明对兰芬有真心相爱的意思。现在一听他是参谋总长的儿子，凭他的势力，在北京城里可以说是一人之下、万人之上，因此把要说的话便再也开不出口来了。

兰芬既然明白了他的身份之后，芳心里也反而感到失望和悲哀，因为司徒明的身份越高，自己和他结合的希望恐怕也越加困难了。因为一个堂堂参谋总长的少爷，如何会娶一个贫家的姑娘做媳妇呢？虽然在司徒明的本身是绝对可以打倒阶级观念，但是他的父母又怎么会答应呢？经此一想，她脸上的笑意消失了，呆呆地依然显出病后的憔悴和苍白，至少是更添了一层惨淡的颜色。燕纹和女儿心中是有着同样的感觉，所以也沉默着不开口。

司徒明觉得整个卧房内有点秋天里萧条的意味，虽然他想加以解释，使他们可以得到一点安慰，但要说的话也不大容易说出来，因为彼此呆呆地僵住着，那叫自己有点很难堪。想到往后的日子还长，对兰芬自己解释，不难没有机会，所以他就站起身来，拿了带来的书本，告别要走。这么一来，才把他们三个人如梦初醒地理会过来。兰芬首先急急地说道：

"司徒先生，你别忙，再坐一会儿走吧。"

"不，时候不早了，我本当上学校里去，顺便经过这儿的，改天再来拜望吧。"

"司徒先生，那么这许多东西……"

"是我送给你病后吃的，你若不嫌少，请你不要和我客气。"

司徒明不等兰芬说下去，便向她急急地回答。一面又向李寅生和燕纹鞠了一躬，说声再见，便匆匆地向院子外走了。燕纹很过意

39

不去地追送出来，向他说道：

"司徒先生，你过两天到我家来吃饭吧。"

"好的，好的。伯母，你不要送了，进去吧。"

燕纹见司徒明又回过头来笑嘻嘻地说，但不多一会儿，他已走得无影无踪了，这才含笑走进房内。见寅生正在检视桌上的礼物，有鸭梨，有蜜橘，有饼干，有罐头牛肉及油焖笋等等。他回头对燕纹笑道：

"这孩子真有意思，在他能够想得到这许多，可见对兰芬是很有一番真心的了。不过他的身份太高了，倒叫我们有点高攀不上。妹妹，你说我这话可是不是？"

"这也难说，也许他们完全是为了一点同学友谊上的关系，所以我倒不敢想到这一点问题上去。况且他的门第这样高，的确是太不相配了。"

兰芬听娘和舅父这样谈着，自己一个女孩儿家当然不好意思插口上去，因此垂了头，也就默默地出神。不知经过多少时候，忽听舅父对自己说道：

"兰芬，我要走了，你就在家里多休息两天吧。等身子完全好了，再到店里来办事好了。你知道吗？"

"舅父，我知道，你走好。"

兰芬这才抬起头来，秋波盈盈地向他一瞟，低低地说。这里燕纹送寅生出去，室内的空气相当沉寂。兰芬微蹙了眉尖，由不得暗暗地想道：想不到司徒明的爸爸竟是一个时代的大人物，这比什么开银行开古董店的大富翁自然是更高一等了。一时想到自己一个无财无势的弱女子，怎么能够和他相配在一处呢？想到这里，似乎又多增加了一层烦恼，因此头脑不禁又隐隐地作痛起来了。但转念又想到司徒明所说的话，他并不以为自己是个要人的儿子为荣幸，前天好像曾经对我说过不满现现代政局的话，可见他对于这班军阀也并没有表示什么好感。那么他假使真心要爱我的话，说不定他会抛弃一切来达到爱我的目的。兰芬在这样思忖之下，倒又觉得有一点安慰了。这时燕纹悄悄地走进来，她把桌上的礼物望了一会儿，向兰芬笑道：

"我们无缘无故受了人家这么许多的东西，那可怎么好呢？叫我们心中很过意不去。"

"这也没有什么过意不去，又不是我们向他讨的，谁叫他自己送来的呢？"

"你这孩子说话就太没有分寸了。人家总算是一份心意，我们总也不能太不知好歹。所以我刚才对他说，过几天请他吃饭。"

燕纹听女儿毫不在意地回答，一时倒忍不住笑起来。她在这两句话中是包含了一点埋怨的成分。兰芬虽然认为母亲的话很有道理，不过一个女孩儿家有点难为情，所以她并不作声。燕纹遂又低低地问道：

"兰芬，这位司徒先生你和他是在什么学校里的同学？"

"那还是在汉口中学里读书的时候，但当初并不知道他的父亲是做什么的。"

兰芬在一撩眼皮之后，似乎逼不得已而说了一句谎话。燕纹信以为真，点了点头，正欲再向她细问的时候，兰芳在床上哭醒了，燕纹于是给她穿衣起身了。

第二天是星期六，兰芬已经起床了，午饭后她猜想司徒明说不定会到自己家里来，所以她对了镜子，薄施脂粉，略事化妆。果然不出兰芬之料，司徒明在两点钟的时候，笑嘻嘻地到来了。燕纹忙倒茶让座，因为兰芳吵闹，便借此抱着到外面买糖去。这时司徒明见兰芬病后新愈，那脸蛋儿更显清秀脱俗，又因为涂上了一层胭脂的缘故，更是妩媚可爱，有一股子倾人的风韵。这就望着她低低地说道：

"张小姐，你今天可好得多了？"

"谢谢你，我完全好了。这是老天保佑我，所以没有喝药就能起来了。"

"是的，我一见到你的脸色，我就知道你是完全地好了。"

兰芬听他这两句话说得有点俏皮，这就逗给他一瞥妩媚的娇嗔，忍不住抿嘴咻地笑了。司徒却故作不明白的神气，认真地问道：

"为什么张小姐你给我白眼看？我说你今天两颊红红的，比昨天在病中的时候不是要好看得多了吗？"

"这是因为我涂上了一点胭脂的缘故，又不是真有这样好的气色？"

"哦，原来如此……"

司徒明本来原带有点开玩笑的性质，如今被她老实地告诉了，这就不得不装作方才明白似的，"哦"了一声，便也笑起来了。兰芬有点难为情，却垂了粉颊，沉默了一会儿。司徒明见她这个样子，遂又问道：

"张小姐，你为什么闷闷不乐的神气？难道有一点儿心事吗？"

"不，我有什么心事呢？"

"那么你老是皱了眉尖干吗？哦，我知道了，莫非你对我这个人感觉得有些讨厌吗？是的，我自己也觉得太孟浪了一点儿。"

司徒明因为她不肯有所表示，遂故意用激将之法，去引逗她的反应。果然，兰芬听他这样说，倒不免急了起来，遂红了两颊，连忙解释道：

"司徒先生，你何必说这些话呢？我觉得像我这样一个普通的女子，恐怕够不到资格来和你交朋友。所以我心中既感到有点儿惭愧，而且更感到有点担心。"

"张小姐，你这话不是太客气吗？我好像在昨天已经跟你这么说过，交朋友并非是为了其他一切身外之物而做标准的。难道你还不了解我心中的意思吗？"

司徒明后面这一句话问得相当大胆，不但兰芬听了芳心像小鹿般地乱撞，就是司徒明自己那颗心也忐忑地跳跃不停起来。兰芬明眸含了无限情意，向他脉脉地望了一眼，然后低低地说道：

"你的意思我也许有点儿了解，不过你到底是个要人的儿子，我是个穷人家的女儿，所以我们的环境相差得太远了，将来的阻碍一定是免不了的。"

"只要你能明白我心中对你这一份情意，其他我以为不必再有多余的考虑。因为我不是一个三岁的小孩子，我绝不会让父母再来搀扶我走路的。"

兰芬觉得他说的话未免是太明显了，一时倒也难为情再有什么回答了，遂低了头，两手玩弄着一方小手帕，却默不作答。司徒明因为室内没有什么别人，使他心中增加了不少的勇气，遂站起身子，走到她的身旁。兰芬的胆子十分小，她怕母亲随时随刻会闯进房中来，遂向他挥了一下手，含笑低低地说道：

"司徒先生，你请坐着吧。哦，昨天你买来的蜜橘十分甜，我来剥一只给你吃吧。"

兰芬怕自己这举动会使人家心中感到难堪，这就乌圆眸珠一转，她又转出这个念头来招待着客人。司徒明红了脸，只好又退到桌子旁边坐下了。他心中也在懊悔自己不该被情感过分地冲动，因为这不是歌榭舞台中的女子，这里到底是人家良家妇女的闺房，我的举止倒不能显出太轻薄的样子。兰芬笑盈盈地拿出两只蜜橘，司徒明取出随身带着的六用小刀，把蜜橘切开四瓣，向她说道：

"这橘子里面含有维他命 B，你每天饭后吃一只，那对于身体是很有益处的。"

"每天饭后吃一只，那我认为太贵族化了。像我们这样阶级中的人物，似乎很不容易享受。不怕司徒先生讥笑的话，要不是你买来送给我，我家是很少有这种东西进门的。"

兰芬听他说的完全是大少爷的口吻，一时便故意这么寒酸地回答他。在她的意思，是试试司徒明对自己有没有真心的爱。司徒明听了似乎有点不好意思，他沉吟了一会儿，说道：

"我明白张小姐的意思，大概你认为我这种人是太会享受了吧?"

"不，司徒先生，这是你完全地误会了。因为我和你的阶级不同，假使我爸爸也是一个参谋总长的话，那我当然也会和你有一样的论调了。"

兰芬虽然是摇头竭力地否认，但她口里回答的却仍旧是十二分的俏皮。司徒明觉得她话中不免是带着些刺，遂局促不安地说道：

"张小姐，我很惭愧，因为我说的话，太没有大众化了。这原因当然是我并没有经过社会上一切磨折和痛苦，所以只管以自己的环境而说话。现在我要摒绝这豪华的生活，我情愿跟张小姐在社会上做个自食其力的自由人。不知道张小姐肯不肯携着我的手一同进行呢?"

"司徒先生，你对我说这两句话，真不知叫我该如何地回答你才好。其实我完全是莫名其妙地瞎说，你千万不要生气。这些空话我们不谈，你还是吃橘子吧。"

兰芬听他这样说，可见他对自己的崇拜和倾爱已到了最高峰了，一时反而有点局促。她连忙把几瓣橘子送到他的面前，竭力把谈话的题目扯远开去。司徒明道：

"那么你也一同吃吧。咦，你妈又到哪儿去了?"

"喏，妈来了。妈，快把妹妹抱给我，给她吃橘子。"

正是说时，燕纹抱了兰芳进来，兰芬伸了两手，把兰芳抱到怀内，一面给她吃橘子，一面指了指司徒明，笑着教她喊道：

"兰芳，你快叫他一声大哥，给你吃橘子。"

"大哥。"

"唔，这孩子真聪明，认生吗? 给我抱抱。"

司徒明见她生得可爱，遂伸手把兰芳抱来，在她小脸儿上吻了一个香。兰芳乌圆的小眼睛向他呆呆地望着，一点儿不认生，还微微地笑。司徒明心里高兴，遂在袋内摸出一块现洋来，交给兰芳，说道：

"小妹妹，这一点点给你买糖吃。"

"司徒先生，你又来这一套了。那叫我们太不好意思了。"

"兰芳，你快向大哥说声谢谢。"

"谢谢。"

兰芳听母亲这样教着说，遂照样说了一声谢谢。司徒明很欢喜地连说不要客气，一面又逗她玩一会儿，兰芬才抱了回来，忍不住咪地一笑，说道：

"叫一声大哥，有一块洋钱。妹妹，你这一声叫喊倒也很值钱哩。"

兰芬这句话倒把大家说得笑起来了。这天下午，司徒明在兰芬家里坐谈了许多时候，吃了点心，方才匆匆地别去。从此以后，司徒明在兰芬的家里时常出入，兰芳见了他就喊大哥，久而久之，在小孩子的心里，倒好像司徒明真是她大哥了。

光阴匆匆，不知不觉已到了暑夏天气了，离开学校里大考时期只有半个月光景了。司徒明和兰芬的认识也快近三个多月的日子了。在这三个月里，他们的情感像寒暑表上的热度一样，慢慢地只有升了上去，虽没有达至沸点以上，但也已经融洽到不能分离的样子。

这天是星期日，兰芬齐巧挨着夜班，所以她在白天里也没有事情，就陪伴司徒明作北海公园之游。公园里有一小湖，湖水澄清，游人多荡船湖面，喁喁情话，莺莺笑声，其乐融融。只羡鸳鸯不羡仙，固非过甚其辞也。两人划了双桨，慢慢地在湖面上驶行。司徒明见兰芬凝视湖水中的俪影双双，若有所思的样子，遂向她低唤了一声，说道：

"你又在想什么心事了？"

"我在想世界上的事，真是难以捉摸，你看天空中的行云，反映在湖面之上，徐徐而驶，不知何往。真像人生一样，做到哪儿就到哪儿，谁料得到将来的结局呢？不说别的，就说我国的国事，你打我，我打你，谁料到鹿死谁手呢？"

兰芬回眸瞟了他一眼，又指指水面上倒映的浮云，似乎很感叹地回答。司徒明觉得她的话中多少包含了一点作用，这就点点头，说道：

"你这话正是，所谓世事浮云都是幻，人生似假又如真。比方说，中国连天内战，闹得烽火遍地，十室九空，流离失所，满目悲痛。好好的家人父子，乐聚天伦，一忽儿炮声隆隆，各自西东。唉，说起来也够叫人烦恼的了。兰芬，不过我和你希望这样地沉醉在爱河之中，平平静静的微波，荡漾着我们的身子，过着我们的光阴。兰芬，你的心中也和我有同样的希望吗？"

"虽然我也有这样的希望，不过我却没有一定能够达到愿望的把握。"

司徒明把题目说到他们自己的头上来了，望着兰芬的脸，表示用情十分真挚的样子。但兰芬却并没有十分喜悦的表示，微蹙了眉尖，显然是有点担忧。司徒明听了，把她手紧紧地握住了，急促地说道：

"兰芬，你为什么要说这些话呢？难道你还不明白我爱你的一片心吗？"

"我知道，我在第三次见到你的时候，我就早已知道了。"

"既然你知道了，我老实地对你说，我在第一次见到你的时候，我敢大胆地说，我完全地爱上你了。"

"你爱上了我？"

"是的，我爱上了你。我是并没有一点虚伪的表示。我希望和你白首偕老，兰芬，你……你……能够答应和我做个终身的伴侣吗？在这三个月的日子中，我老早就要跟你说这几句话，但我总觉得时间太短促而不敢说出口来。现在，现在，我是再也忍不住了。兰芬，你快点答复我呀！"

司徒明越说越急促，越说心越跳得厉害。他紧紧地握着兰芬的手，希望她立刻有个允许的表示。但兰芬却垂了粉脸，反而默不作答了。因此司徒明更加急了起来，他颤抖地继续问道：

"兰芬，是不是我够不上资格来爱你？是不是你另有了好的爱人？"

"不，你不能红口白舌来冤枉我。"

兰芬这才急得抬起头来，秋波含了哀怨之情，在他脸上逗了那么一瞥回答。司徒明见她若有盈盈泪下之意态，这就又用了抱歉的口吻，低低地说道：

"兰芬，请你原谅我……可是，你又为什么不答复我？"

"我以为我和你这一头婚姻的成功不成功，绝不是在我的身上。因为我是一个庸俗的姑娘，不论身份如何，单说你这么一个英俊而博学的青年，能够要我做个终身伴侣，我已经是喜之不胜了，何况你又是一个要人的儿子。不过正因为你是一个大人物的少爷，我觉得纵然是我答应了你，恐怕在我的命运而说，也是没福消受的吧？"

兰芬绕着圈子说话，不肯有明显的表白。总而言之，她的意思，就是怕司徒明的家庭不肯答应。司徒明其实完全是被一种浓厚的情感所蒙蔽着，因为他没有想到自己已经是个有未婚妻的人了，再说丈人又是个权威高于一切的大人物。那么要想和兰芬很顺利地得到圆满的结合，这当然是件困难的事。此刻听了兰芬的话，把他的糊涂慢慢地清醒过来，这就皱了眉毛，也沉默下来。几次三番要把实情向她告诉，但又说不出口。兰芬见他竟然也不说话了，她心中一阵难过，便垂泪说道：

"可不是？司徒先生，所以你不必问我答应不答应，你先问你自己在家庭里有没有使你爸妈能够同意的把握。"

"只要你答应我，我当然有把握。"

"好，那么我就答应你。"

兰芬也不能挣脱这缕情丝的缠绕，她红晕了两颊，终于直爽地说了出来。司徒明听了，他有些喜欢得疯狂的样子，说道：

"兰芬，你真的答应我了？"

"那还有假吗？既然答应了你，活着是你的人，死了也是你的鬼。"

"不，你何必说死？你永远地活着，永远是我的人。兰芬，不管人心这么险恶，环境这样黑暗，我总得用我最大的力量，来达到我们的愿望，来实现我们的目的。"

司徒明这几句话，就是表示他要和家庭奋斗挣扎的意思。兰芬是并不知道他已经有了未婚妻，以为他向父母能够做誓死要求，那么父母总有爱子之心，说不定会软下心肠来答应这头婚事。所以她此刻芳心里又涂上了一层甜蜜的滋味，投进司徒明的怀抱，两人终于接了一个温情而又暖意的长吻。

两人在一抹斜阳的笼映之下，慢慢地离开了北海公园，在归家的路上，遇到了沈志强和金雅琴两个人。当时大家便招呼了。司徒明问他们在哪里游玩，沈志强说在北海公园，司徒明"呀"了一声，笑道：

"这就巧了，我们也在北海公园游玩，怎么没有看见你们呀？"

"也许是你们躲在树蓬里谈爱情，所以我们找都找不到。"

沈志强向他们取笑着回答。司徒明连说彼此彼此，兰芬却红晕了粉脸，有些赧赧然的样子，秋波斜他一眼，微笑道：

"沈先生倒会不打自招的，也许你是在说你自己和金小姐吗？"

"张小姐，我没有说你，你干吗拉扯到我的头上来了？"

雅琴也红了脸，向她瞅了一眼问。大家听了，都忍不住笑起来了。兰芬这时忙拉了雅琴的手，却连连地告饶，显出那份亲热的样子，一面又邀着大家到馆子里去吃晚饭。雅琴和志强觉得盛情难却，遂答应一同去了。这一餐饭是兰芬请的客，大家还喝了一点儿酒，表示十分高兴。直到晚上九时敲过，才吃完了这餐饭。不过司徒明的心中是有着无限的心事，因为眼看着志强和雅琴是一对无拘无束、自由自在的快活人，他们的美满姻缘在不久之后可以毫无阻碍地达到目的，而自己和兰芬的姻缘，实在还不能有切实的把握，所以他表面的欢乐，还是抵不住他内心的忧愁。常言道：心中有事酒醉人。所以他吃完了这餐饭，不免有些醉的意态。虽然他心里是很清楚，不过他的举止方面有些扮演。沈志强恐怕他发生什么意外的事情，遂给他讨了街车，送他回家。这里志强和雅琴也向兰芬道谢，匆匆作别。

两人在人行道上默默地走了一截路，沈志强忽然深长地叹了一口气，雅琴有点奇怪的神气，瞟了他一眼，低低地问道：

"志强，你好好的为什么叹气呀？"

"我为司徒明和张小姐而叹气，因为我早已猜到阿明是钟情在张小姐的身上，果然在三个月后的今日，他们的行动和举止上是很显明的了。不过他们的感情越深厚，我心中代他们越忧愁。你难道忘记了阿明对我们曾经说过他是已经有未婚妻的人了吗？而且他的老丈人又是他爸爸的顶头上司。你想，将来还不是要演出一幕悲剧来吗？我是阿明最知己的朋友，我怎么能够代他不感到无限的忧愁呢？"

沈志强皱了眉毛，向雅琴滔滔地诉说，表示他代阿明十分关怀的意思。雅琴听了，也不由颦锁翠眉，做出沉吟的样子，说道：

"那么你总得给他想一个办法才好，徒然给他忧愁，那对于事实上也是枉然的呀。"

"这不是一件普通的事情，你叫我有什么办法可想呢？我觉得司徒明今日的酒醉，当然也绝非事出无因的。不过我还没有知道在张小姐的心中，她是否也已知道阿明有了未婚妻呢，那倒是一个问题。"

雅琴见志强好像在加以研究的样子，遂把雪白的牙齿微微地咬着殷红的嘴唇，也沉吟了一会儿，忽然一撩眼皮，瞟了他一眼，低低地说道：

"据我的猜测，张小姐当然是没有知道。假使已经知道他有了未婚妻的话，那么一个女孩儿家也绝不会这样含糊地跟着他一同去游玩了。我看张小姐这人也不是一个平庸的女子，所以对于她这种不如意的遭遇，倒叫我表示同情的悲哀。现在我有个主意，你明天得向阿明问一个仔细，假使他决心和家庭预备闹翻，那么他也应该跟张小姐有个从长计议，否则这样下去，那也不是一个根本办法。明天阿明要是被父亲强迫结婚，他当然连抵抗的余地都没有，那时候让张小姐受到了这一重刺激，岂不是害了人家姑娘要遭到求生不能欲死不得的痛苦了吗？对于这一点，我认为阿明在真爱之中也带了点欺骗的虚伪。"

"可是你也不能以局外人不关痛痒地去责怪阿明，要知道在他处境，当然也有他的痛苦，因为这是一个使张小姐感到失望的秘密，假使这秘密给张小姐知道了，那么他们的爱情当然是起了波折。所以阿明的欺骗张小姐，也是出于无可奈何的事情。"

沈志强很同情司徒明的处境，他向雅琴代为阿明低低地解释。雅琴微微地叹了一口气，很凄怨地说道：

"你这话虽然有理，但欺骗的事总是暂时性的。假使可以永远地瞒过去，那倒也罢了。所以我的意思，还是叫阿明去和张小姐说明了，然后再想办法的好。因为在爱情上有了欺骗之后，那好像是白璧上有污点一样，这到底不是一件儿戏的事情呀。"

"唔，你这话不错。我是阿明忠实的好朋友，我似乎不能不管。"

两人在商量完毕之后，方才各坐街车分手回家。

次日下午，志强在校园里遇见了司徒明，因为这时同学们比较少一点儿，遂拉了他的手，在一丛树蓬下的石凳上坐了，望了他一眼，很正经地说道：

"阿明，我有一个问题，很想和你谈谈。"

"是什么问题？你说吧。"

司徒明还以为是书本上的问题，遂显出毫无介意的样子，低低地回答。志强点了点头，微微地沉吟了一会儿，方才很沉而重的语气问道：

"你是不是爱上了这位张小姐？"

"唔，是的，怎么啦？"

"那么你难道忘记了你是一个已经有未婚妻的人了吗？"

"这个……我以为父母之命，媒妁之言，婚姻未经当事人的许可，在法律上说，这头盲目婚姻根本不能成立。"

司徒明听他这样问，一时倒愕住了，但他立刻又镇静了态度，表示理直气壮地回答了这几句话。沈志强望着他，却忍不住笑起来了，说道："阿明，你这两句话是只好在我面前说的，可是你敢在你父亲的面前说吗？即使你有这个胆量，但是你父亲也绝不会承认你的理由充足。所以我的意思，你假使真正要达到自由恋爱的目的，你应该还得有个郑重的考虑不可。否则，以你这些口头上的抗议，是绝不能和你有势力的爸爸做以卵击石的挣扎。我因为不忍你将来遭到悲哀的惨事，所以我不能不预先来问一问你，你是否也有什么准备吗？"

"是的，离开我毕业的日子一天一天地近了，我的心是终日在歧途上彷徨徘徊。志强，你是足智多谋有见识的人，你快点儿给我想一个妥当的办法吧。"

司徒明听了志强的话，方才如梦初醒般地急了起来，一面愁眉不展，一面用了哀求的口吻向志强求援。志强以手摸着下巴，做个寻思的样子，低低地又问道：

"那么你有未婚妻一事，张小姐的心中是否已经知道了呢？"

"这当然不能让她知道。假使她晓得了，她怎么还肯答应和我做个终身的伴侣呢？"

"但是，你知道你自己已经犯了青年人最可耻的欺骗人家的罪恶了吗？"

"我以为只要我心眼儿不坏，我所以欺骗她，这也是出于不得已的事情，所以外界也许会同情我、可怜我的。"

司徒明的两颊浮现了羞惭的红晕，他虽然心中感到有些歉疚，但是他口里还这么地声明着。志强望着他呆住了一会儿，又说道："那么你父亲假使强迫你结婚的时候，我试问你还能够瞒得住人家吗？我以为你的心中总应该有个打算，免得事到临头，弄得一计莫筹。那时候叫人家姑娘受到失恋的刺激，说不定会误了人家终身的幸福。"

"我当然也有一个打算，就是抛家出走，最多到外面去过流浪的生活。"

"是不是带了张小姐一同走呢？"

"当然，我的意思就是这个样子。"

"那么张小姐一定会跟你走吗？倘然为了家庭的连累而不能跟你一同走呢？我想这些都是应该加以考虑的问题。"

沈志强这两话听到司徒明的耳朵里，他立刻又感到为难起来了，暗想：志强的话不错，兰芬上有老母，下有弱妹，她就是有跟我同走之心，不过事实上也绝不能够呀。况且我在事先并没有跟她说起过这些事，在她心中当然也会疑心我有拐骗她的行动了。想到这里，急得抓首不已，几乎眼泪也落了下来，因急急地问道：

"当局者混，旁观者清。志强，那么你快点儿给我想个两全其美的办法才好。因为我事情犯到自己的身上，更会急得六神无主的。"

"我以为你最要紧的是向张小姐从实告诉。看她对你有什么态度，你的行动可以随她的态度而定。假使你一味地瞒骗她，那么将来一旦知道了，恐怕在她的心中也会抹上了你一个不良的印象吧，到那时候，你就懊悔也来不及了。"

"聆君一席话，胜读十年书。我觉得你说的真是金玉良言。那么我一定和她先去从实告诉了，看她听了这个消息，对我有没有怨恨的表示。"

司徒明连连点头地回答，握了握志强的手，表示无限感激的意思。就在这个时候，上课钟声敲起来，于是两人终止谈话，也就回到教室去了。

下午一放了晚学，司徒明就急匆匆地到馆子店里来找兰芬。兰芬见他脸色慌张，好像心事重重的样子，便含笑问道：

"为什么愁眉不展的样子？昨晚喝醉了吧？叫你末了这一杯不要喝了，可是你偏喝。要知道喝醉了酒，那是容易伤身子的。"

"兰芬，你能不能早退两小时，我要和你找个地方谈谈。"

司徒明对于兰芬说的话好像一句都没有听进去，他自管地皱了眉毛，向她低低地问。兰芬奇怪地望着他，低声说道：

"有什么秘密的事？你就尽管在这里告诉我好了，何必要另找地方？那不是麻烦？"

"兰芬，我告诉你，因为……因为……我已经是个有未婚妻的人了。"

司徒明支支吾吾地过了好一会儿，方才无可奈何地向她说出了这两句话。这好像是晴天起了一声霹雳，把兰芬震惊得脸白如纸，不由得"啊呀"一声叫起来了。

第四回

压迫重重娇花落污泥

张兰芬突然听到了司徒明已经有了未婚妻的消息，这真所谓是迅雷不及掩耳地仿佛晴天中起了一声霹雳，使她粉脸儿变成了灰白的颜色，忍不住"啊呀"的一声叫了起来。不过她乌圆眸珠一转之下，却又镇静了态度，将信将疑的样子问道：

"司徒先生，你这话是打哪儿说起？是不是你父母在昨天你回家的时候，就给你定了亲事？因为我在过去并没有听见你说起过呀！"

"兰芬，这件事情说起来话很长，我想跟你到别的地方去谈谈。"

司徒明预先料到兰芬会问这一句话，于是对她低低地要求，表示非好好从长计议不可。兰芬也觉得这件事情太有关系了，遂点了点头，到里面和她舅父去说一声，遂和司徒明一同起出馆子店。兰芬是迫不及待的神气，先急急地向他说道：

"到底是怎么的一回事？你现在可以详细地对我告诉了。"

"在路上也不便谈，我们以旅馆内去弄个房间谈谈，比较清静一点儿。"

兰芬虽然觉得一个女孩儿家跟了一个年轻的男子到旅馆是很不体面的事情，但这时她的理智已被浓厚的情感完全蒙蔽了，竟没有了抵拒的勇气，不表示反对，那就是默允，所以司徒明带她步入了一家小型的旅馆。两人化了姓名，填入旅客单内，然后关上了房门。兰芬芳心是别别地跳跃着，她在猜疑着司徒明说不定对自己有一种不合法的行动，那么自己该用怎么样的手段去对付他呢？就在这沉思之间，司徒明深深地叹了一口气，说道：

"兰芬，我在没有向你告诉之前，我先得向你表示抱歉。因为我没有告诉你我心中的秘密，所以我至少是有了欺骗你的罪恶。"

"请你不必再说这些多余的废话，到底是怎么一回事？你快爽爽快快地告诉我。假使你有什么新的对象了，那也没有什么关系，反正我们还没有订过婚是不是？"

兰芬认为这突如其来的变化，一定有其他的作用，所以她表示很痛心的样子，对他豪爽地回答。司徒明听她完全误会了自己，心中这一急，涨红了脸，额角上的汗珠几乎也冒了上来，遂正着脸色，急急地辩解道：

"兰芬，你说这话，那叫我太心痛一点儿了。假使我有什么负心你的话，那我回头走到街上，定会被汽车碾死的。"

"阿明，你为什么要这样说？那么你快把原因说明了呀！"

兰芬听他念了咒语，心中一阵酸楚，眼泪忍不住夺眶而出，遂缓和了语气，又低低地问。司徒明眼皮也有一点红晕，他方才说道：

"我老实地告诉你，我是从小就订了婚的，对方就是曹绍雄将军的女儿。不过这头婚姻我并不表示满意。你不要以为我是参谋总长的儿子，但我对于他们的行为，完全一点儿没有好感，所以我绝对不需要有这一头盲目的婚姻，而且我也不愿仗着他们的势力来作威作福。所以我在当初见到了你，我的心中就不顾一切地爱上了你。不过我就是为了爱你，我没有告诉你我已经是个有了未婚妻的人。昨天沈志强见了我们的情形，他已看出我们的情感已经是到了彼此分不开的程度。因为他知道我已经是有了未婚妻的，所以他代我很担忧，并且问我这事你是否知道。我说没有说明，他却责我不该向你瞒骗，因为对一个心爱的人不忠实，那是一个青年人的罪恶。我听他这样说，我心里很忏悔，所以我觉得今天非向你明白地告诉了不可。兰芬，你能原谅我所以瞒骗你的一番苦心吗？"

司徒明这一番话听到兰芬的耳里，才算有了一个恍然大悟。不过她对于司徒明的老丈人就是曹绍雄将军，这觉得倒是一个最重大的难题目，这就忧煎地说道：

　　"这时候根本不在乎说原谅不原谅的问题上，阿明，那么你今天叫我到这里来，除了告诉我之外，是否还有什么计划说给我听呢？"

　　"就是为了这一点，所以我非和你商量不可。"

　　"其实这是没有什么商量的。我绝不改变爱你的心，只要你有办法可以和我结婚，我什么都不管。"

　　兰芬这几句话也是故意刺激他的意思，因为她恨司徒明既然有了未婚妻，照理就不该再向任何姑娘发生恋爱。除非先向对方解除了婚约，否则，岂非是害了别人家姑娘心中多留下了一个痕迹？司徒明听她这样说，又见她脸上的表情至少是包含了一点生气的成分，这就说道：

　　"兰芬，你不能这样说。你该知道我爸爸是曹将军的下属，他固然不敢向曹将军提出解除婚约的条件，就是他的心中也绝对不允许我有这一种要求，所以我要和你结婚，除非我们离开这个北京城不可。"

　　"离开北京城？那么我们上哪儿去呀？"

　　"世界是这么大，地球是这么广阔，我不相信难道就没有我们两个人的容身之地了吗？所以我的意思，就是只要你有这一个勇气。"

　　"勇气当然是有的，不过我一个人跟你走是不可能的事。要走，连我母亲和妹妹也要你带着走。你该知道我妈没有儿子，她老人家是倚赖女儿而生活的，所以我不能为了自私的爱，而忘记了骨肉之爱，你说对吗？"

　　兰芬听他要自己跟着他出走，一时皱了眉尖，沉吟了一会儿，方才低低地回答。司徒明点点头，他伸手摸着自己的下巴，表示有点为难的样子，说道：

　　"你这话虽然说得不错，但是在我也有一个困难。因为我还是一个求学时代的人，经济根本不能独立。这次和你逃奔他乡，也是出于万不得已的事情，至于将来的生活，还要看我们的挣扎努力。现在再加上了一老一小，假使在半路上遇到什么冻饿的时候，叫她们怎么受得了？叫我又怎么对得她们呢？所以这似乎是件值得考虑的事情。"

"那么你的意思，是叫我抛弃老母弱妹，跟你一块儿情奔吗？"

"我也不是叫你抛弃她们，无非暂时离开她们，好在你还有舅父能够照顾她们。只要我在外面一有了发展，我们不是可以来接你的母亲吗？至于你舅舅方面，我们再可以重重地谢他。你说，我这意思不是很好吗？"

司徒明见她好像有点不以为然的神情，遂把自己的存心向她低低地说了。兰芬仔细地想想，也觉得他的理由很对，遂说道：

"那么你是不是预备大学毕业后和我出走呢？还是眼前马上就走？"

"最好当然在大学毕业以后。假使在不得已的情形之下，那也顾不得一切地只好牺牲了。兰芬，你放心，就是我要带你一块儿出走的时候，我也起码给你母亲弄好了半年的生活费，使你母亲在半年之中绝不会发生冻饿的忧愁。我想半年之后，凭我们的努力奋斗，至少在社会上也有一点立足之地了。那时候再把你母亲和妹妹接在一块儿住，你们不是又可以母女团圆了吗？"

兰芬听司徒明絮絮地又补充了这一番话，一时芳心之中才得到了无上的安慰，暗想：假使果然能够设想得这样周到，那么母亲一定也不会因我的出走而感到伤心了。她点点头，把明眸脉脉含情地瞟了他一眼，说道：

"假使你有这一种计划，那就好极了，使我也可以放心跟你走了。不过你这一种计划，在无论什么人的面前别露口风，否则就有许多的变化了。"

"那当然，我是绝对不会跟谁去告诉的。不过只有沈志强，他是我的知己，我们应该要对他加以说明。假使日后你母亲发生什么困难的话，他也会代我向你母亲尽点互助的义务。"

"不过叮嘱他在别人面前千万保守秘密才好。"

"我瞒骗你的事也是他来叫我说明的，你看他可是一个含糊的人吗？所以我不叮嘱他，他也绝不会泄露风声的，这个你倒不必担心。"

司徒明表示很放心地安慰她。兰芬见事情已经商量定当，遂站起身子来，说我们可以走了。司徒明一瞧手表，已经七点相近，遂说道：

"差不多快吃夜饭的时候了，我们就在这里吃了晚饭回去好不好？"

"恐怕我的妈在家里等着心焦，还是早点回家的好。况且我们要防着将来，应该现在先节省起来，你说我这话可是不是？"

兰芬含了微笑，向他低低地说。司徒明认为很不错，于是便和她挽手步出了旅馆。不料他们的身后却有一个人注意着，这个人原来是司徒卫的秘书胡秉诚。胡秉诚见了他们从旅馆内出来，心中这就暗想：少爷年纪大了，居然和女人在外面开起旅馆来。因为他已经有了未婚妻，所以我应该对他老子去说，还是早点给他结婚了好，否则他在外面荒唐，那倒反而有伤身子。在秉诚的心中倒完全是一番好意，万不料因此却引出下面可歌可泣的故事来。

司徒明送兰芬跳上街车回家之后，他慢步地向人行道上低头匆匆地走，齐巧遇见了志强。两人当时握了了阵手，司徒明问他到什么地方去，志强说没有别的地方去，一面也问他可曾和兰芬谈起过这一件事，司徒明笑道：

"我正要告诉你对于我们的计划，那么我们一块儿上馆子吃饭去，详细地跟你谈一谈，而且还要请你帮一点儿忙。"

"也好。"

两人说着话，遂匆匆地跨进一家饭馆子，点了菜，不喝酒，两人先吃饭。司徒明一面吃饭，一面向他低低地把自己和兰芬的计划向他告诉，同时又说道：

"假使我们的计划成了事实，在一年之内，兰芬的妈还得请你随时照顾。我若有光明的日子，一定不忘记你的恩惠。"

"这个……我一定尽我的力量。不过你们千万要小心，因为事机不密，他们在车站上就可以把你们拦回来。那时你倒不成问题，就怕苦了张小姐，不遭他们的枪毙，至少也得毒打一顿哩。"

志强听了，向他低低地劝告，表示不能害人家弱女子的意思。司徒明点点头，连说这是当然的事。志强忽然想到了什么，又问道：

"张小姐府上在哪里，你该先告诉了我。"

"在狮子胡同十六号内，那边问一声就知道了。"

两人吃毕了饭，遂匆匆地各自分手了。司徒明回到家里，只见胡秉诚正从里面走出来，因为他是爸爸的秘书，时常和爸爸在一起的，所以和他点头招呼了一声，便自管走进上房里来。只见父亲和母亲好像在商量一件什么事情的样子，见了自己，大家便不说什么了，就小心地叫一声爸爸。司徒卫捻了一下胡须，向他望了一眼，问道：

"晚饭吃了没有？为什么这样晚才回来呀？"

"和一个同学在外面吃的，因为商量组织同学会的事情。"

有了胡秉诚刚才向他们告诉过一番话，在司徒卫心中就知道儿子这话是说的谎，心中虽然有点不快乐，但是却也不愿去说穿他，遂含了教训的口吻说道：

"一个青年最要紧的是努力学业，那么将来才能继父之志，在社会上干一番轰轰烈烈的事情。你要知道我是只有你这一点子骨血，所以我的希望也完全在你的身上。假使你不长进的话，我辛辛苦苦地劳力了半世，不是白花费心血吗？近来你好像很忙，至于忙些什么，我也不必追究，反正你自己总也明白。虽然年轻的人涉足歌榭舞台，那是在所不免，但我希望你偶一为之，切勿沉迷酒色，丢了你的前程。"

"是，爸爸，我并没有沉迷酒色呀。"

司徒明听爸爸一顿教训，好像是胸有成竹，并非是随口而出，一时心头不免别别地跳了起来，遂镇静了态度，小心地回答。司徒太太也插嘴说道：

"你的年纪也不小了，所以我说倒也难怪的。好在你的婚姻从小就定好了，等你毕业之后，马上就可以结婚，所以你在眼前千万不要过分地荒唐，总要给你父母争一口气才是。"

"其实我原没有什么荒唐的行为，而且我毕业之后，还想到外国去留学，对于结婚两字，就根本不放在心上。"

司徒卫心中暗想：胡秉诚是个年老的长者，他从来不会说一句谎话。再说他和阿明根本并无怨仇，那么他当然不会去冤枉他的。现在听儿子这么一本正经地回答，甚至还想到外国去留学，这倒自己有点儿可疑了。于是心生一计，故意试试他的心理，遂一本正经地说道：

"曹将军也屡次催我说，孩子们年纪大了，还是早完了心事，大家没有记挂。我想在最近就给你们结婚，结了婚后，你就只管到外国去留学。否则，叫人家姑娘又得等候四年悠长的日子，那曹将军恐怕不会答应吧。"

"你这话不错，我的意思本来在今年正月里就可以给他们结婚，因为他们早团圆，我就早可以抱孙子。谁知道这孩子偏要大学毕业之后，现在又说要到外国留学去，我心中也不答应了。"

司徒太太连连摇头，她有她的目的，所以并不赞成儿子去留学。司徒明却毫不介意的神气，微微地一笑，说道：

"其实再过四年，我们的年龄也不算大，人家三十岁结婚的也很多很多。"

"胡说！你这话简直有些像放屁了。我觉得你近来的态度不对，我非在三日内就给你结婚不可。"

司徒卫听了，不免有点恼怒起来，遂向他瞪了一眼喝着。司徒明听父亲这么说，一颗心更加跳起来了，遂不免惊慌地道：

"那么也不必这要性急，就等我毕业之后再说吧。"

"我以为不用你做主意，只要你穿了衣服拜堂，不管明天也好，后天也好。"

司徒卫还是怒气未消地回答，他在室中踱了一个圈子，吸着雪茄烟，似乎在烟圈子里还有一种考虑的样子。司徒明急道：

"不是这样说。爸爸，过几天就得大考了，忙了结婚的事情，我还有心思读书了吗？所以三日后结婚，爸爸，你别跟我开玩笑了。再说对方预备嫁奁问题也没有这么快速吧？"

"哼，我以为你这些都是一种借口，老实跟你说，我完全是试试你而已。我已经发觉你在外面另有了野女人了，所以你的心完全变了，是不是？"

司徒卫是再也忍耐不住了，他冷笑了一声，便揭穿了儿子的秘密，恨恨地说。司徒明脸像喝醉了酒一样地红了起来，他呆住了一会儿，到底又镇静了态度，竭力地否认说道：

"爸爸，不，绝对没有这一种事情，请爸爸不要发生误会才好。"

"误会？哼！我绝不会来冤枉你。我老实对你说，你不能太糊涂，你要知道你的老丈人他是何等样的人物，你好好地力图上进，有他再给你一提拔，你的前途还有限量吗？假使你头脑子要不弄清楚了的话，你固然逃不了他的手掌之中，恐怕还要连累你爸爸的地位都发生了动摇。我试问你，你不是将成为一个不孝的人了吗？"

司徒太太听丈夫这样以利害关系对儿子说，于是皱了眉毛，也叹了一口气，低低地说道：

"孩子，你爸爸的话全是一片金玉良言，你千万要听从了才好。可怜我养了八个儿女，只剩了你一个人，你若再不听我的话，叫我不是太伤心了吗？"

"妈，我原没有什么野心思呀，你为什么要自寻烦恼呢？"

61

司徒明见母亲流起泪来，一时心头感到一种左右为难的痛苦，一面低低地安慰，一面却皱了眉毛，搓着两手，似乎有种沉思的样子。司徒卫因为他一味地否认，同时又抓不住他真实的证据，所以也不再和他多说，只叮嘱他用功读书才好。司徒明点头答应，他便闷闷不乐地自管回房去了。司徒太太待儿子走后，心中有点怀疑神气，对司徒卫说道：

"我看这孩子也许不会另外有女朋友的，说不定秉诚看错人了。"

"你还当他是好人吗？我就看出他一定有野心思了。你不信，我马上可以派人注意他的行动。"

司徒卫一面说，一面便到外面去吩咐他的侍从们了。这在司徒明的心中当然是意想不到的事情，今日一回家，就被父亲这么的现况，好像自己的秘密已经被他发觉了的样子。父亲的话，说得出，做得到。他假使真的在三天之内强迫我结婚了，那可怎么办呢？左思右想，觉得事到如此也顾不得许多，还是三十六着，走为上着。

司徒明在想定了主意之后，第二天便先匆匆到兰芬的家里去。齐巧兰芬从狮子胡同十六号里走出来，她是到店里办事去的，一见司徒明这样早地到来，芳心就像小鹿般地乱撞，遂急急地问道：

"阿明，你这样早做什么来？难道又有什么事情变化了吗？"

"唔，这事情变化得太快了。唉，我爸爸昨晚对我说，恐怕要我在三天之内马上结婚。你想，这不是逼着我们立刻走这一条路吗？"

"奇怪，这是什么意思呢？难道他已猜透你的心思了吗？"

兰芬微蹙了眉尖，大有将信将疑的样子。司徒明也莫名其妙的神情，望了她一眼，说道：

"可不是？我也有点奇怪呢。昨晚我回家，爸爸就教训我，说年轻人不应该荒唐，后来又说我在外面爱上了别的女子，所以在三天内要我结婚。我怕我们的事已经有人告诉过我爸爸了，所以他才对我有这一步手段。"

"沈先生会不会泄漏消息的？"

"你说志强吗？那是绝对不会，我可以保险的。昨晚和你分手，我在路上又遇见他，他对于我们的事很关切，并且愿意给我们尽力帮忙。"

"奇怪，那么这又是谁在搬弄是非呢？阿明，你看情形既然这么紧急，到底预备怎么办呢？"

兰芬秋波凝望着他的脸，也表示那一份焦急的神气。司徒明见前面好像有个士兵走来，遂拉了兰芬的手，步入院子，一面低低地问道：

"你昨晚回家，可曾和你母亲谈起过这一件事情吗？"

"稍许说起过一点。母亲心中很忧愁，而且也很难过。"

"那么她对于我们这一种行动，她是否赞成呢？"

"母亲的心里当然很不安心，不过她曾经对我这样说，为了我的终身幸福着想，她不愿有所发表意见，只要你没有始乱终弃的心。"

"那你可以对她说，叫她老人家只管放心，假使我存心不良，一定不得好死。"

"为什么你又要说死说活呢？唉！"

兰芬叹了一口气，秋波逗了他一瞥怨恨的目光，却难过地垂下头来。司徒明轻轻地拍了她一下肩胛，遂决心地说道：

"兰芬，事情已经是到了迫切的时候，所以明天一早，我们得马上实行预定的计划，你觉得怎么样？"

"明天一早？"

司徒明见她突然地抬起头来，急急地问。从她两颊涨得红红的看起来，也可以知道她是慌张到这一份的程度，于是握紧了她的手，说道：

"是的，明天一早，我们就离开这个北京城。兰芬你觉得害怕吗？"

"不，倒并不是为了害怕。"

"那么你的手干吗这样阴凉？"

"唔，我……我……可以跟你走，但……我舍不得我的母亲和妹妹。"

兰芬的话声是带了颤抖的成分，她粉颊上已展现了晶莹莹的一颗了。司徒明向四周望了望，幸而时候很早，大杂院里还没有什么人起来，遂忙又低低地说道：

"兰芬，你昨天不是跟我说得好好的吗？怎么此刻又变卦了呢？"

"我并没有变卦呀，我答应跟你一同走，但我母亲的生活……"

"哦，我明白你的意思了。你放心，我说过了的话绝不会忘记。明天我一早到你家来的时候，把她半年的生活费当然也一同带了来的。"

"好吧，那么就是这样子吧。"

"我此刻不去见你母亲了，我要到学校里去找志强，把你妈可以拜托他照顾照顾。我看你也不要去办事了，因为心思不定，还是在家里安静地住一天，反正我们两人在明天一早就得离开北京城了。"

司徒明向她低低地叮嘱，兰芬点头说是，两人便匆匆地分手了。

这里兰芬待他走后，便急急地回到屋子里来。燕纹见女儿去而复返，心中甚为惊讶，遂不明白地问道：

"兰芬，你遗落了什么东西在家吗？怎么又回家来了？"

"不，喔，妈，女儿太不孝了。"

兰芬摇了摇头，她忽然向燕纹跪了下去，伏在母亲的膝踝上，暗暗地啜泣起来。她这一下子举动，倒使燕纹大吃了一惊，连忙伸手把她扶起，急急地说道：

"兰芬，你……你……这是怎么一回事呀？倒叫我太不明白了。"

"妈，我在门口遇见了司徒明……"

"唔，遇见司徒明先生？他的人呢？对你说了些什么？"

燕纹有点理会了，想起了女儿昨夜对自己说的话，她那一颗心开始剧跳起来，遂慌张了脸色，迫不及待地追问。兰芬在无可奈何的情形之下，只好把刚才的情形向母亲从实告诉了一遍。燕纹一听

64

女儿明天一早就得跟人家出走，心中一急，不免双泪交流地悲痛起来。兰芬被母亲一哭，她也哭了起来，说道：

"妈，女儿太不孝了。但是女儿并非就此抛弃了母亲，今日所以出此下策，也是为了万不得已的事情。假使我们在外面一有了立足之地，马上就会来接母亲去一块儿住的。况且阿明他会给母亲预备好半年的生活费，所以使母亲也不会感到没有依靠的痛苦。妈，你就不要伤心了。"

"孩子，你不要误会妈的意思。我之所以伤心，并非为了自己，实在是为了你。因为司徒先生是个学校里的学生，在家的时候，根本也是一个公子哥儿，他就从来没有吃过苦的。就说你吧，你从小很娇养，从一岁到今日二十岁，你何尝离开过我？现在你们两个人孤零零地奔走他乡，前去流浪，何处是你们的归宿地呢？唉，你叫我做娘的心中又怎么能够放得下？"

燕纹一面说，一面眼泪又像泉水般地涌上来。兰芬听了，她心中是多么感动啊，觉得慈母心肠，天地虽阔，日月虽高，但又怎能够及得母爱之伟大呢？因此倒在母亲的怀内，更加哭得抽抽噎噎起来了。燕纹抚摸着她的头发，又继续低低地说道：

"而且，而且……我还有一层忧愁……"

"妈，你还有一层什么忧愁呢？"

兰芬听母亲说到这里，却又不说下去了，一时很觉奇怪，遂坐正了身子，泪眼盈盈地凝望着母亲的脸，不明白地问。燕纹方才接下去说道：

"司徒先生虽然是个好青年，不过他既然有了未婚妻，照理就不该再来爱上你。虽说现在时代不同，恋爱自由，但这种情奔的行为到底是不大正当的事情。我就怕这种公子哥儿爱情不专一，假使和你到了外面之后，住上了一年半载的同居生活，他见了别的女人，又爱上了别的，那时你在异乡客地，归不得家乡，见不得爹娘，正是叫天天不应，呼地地不理，到那时你的痛苦岂是千言万语所能够形容的呢？"

"妈，你的考虑虽然很不错，但是我相信司徒明绝不是这样一个无赖的人。假使他没有真心爱我的话，他又何必不肯结婚呢？世界上结了婚的男子，再在外面谈情说爱的那也很多很多，况且他也同样地抛弃了家庭，抛弃了豪华的生活，情愿和我一同到外面去受苦。从这一点看起来，也可见他对我是有着一番很虔诚的痴情了。"

燕纹听女儿代他这样地庇护着回答，一时倒不免呆呆地愕住了，良久，方才低低地说道：

"但愿你的眼光是准确的，希望他不是一个爱不专一的青年，那就使我心中很感到安慰了。"

燕纹说完了这几句话，她颓然地站起身子来，坐到床边，望着还在熟睡的兰芳默默地出神。兰芬觉得母亲这态度表示在我的身上已经失了望，她的希望只有在妹妹身上的意思。但妹妹还是一个三岁的孩子，她为母亲的心地着想，也觉得母亲是应该伤心得怎样的程度。她不忍极了，她觉得自己是个不孝的孩子，母亲辛辛苦苦地养我到这么大，可怜她是花费了多少的心血。在她认为稍可以给母亲做一个帮手的时候，谁料我这不孝女却为了自己的私情，而忍心抛弃了老母弱妹，那我还能算是一个有心肝的人吗？兰芬想到这里，她猛可地奔上去，扑到燕纹的怀里，含了热泪，哭起来叫道：

"妈！我错了，我不走了！"

"啊？你……你不走了？这是为什么？"

兰芬这突如其来的举动，倒把燕纹感觉到意外的惊骇，遂向她急急地问。兰芬的泪水在颊上像蛇行般地淌下来，摇了摇头，带了忏悔的口吻，低低地说道：

"妈，我舍不得你和妹妹……我不能为了自己的私爱，而忘记了母亲的养育之恩，更忘记了爸爸临终的时候对我说的一番话。爸爸说：'我不幸死了，丢下你们母女三个人，我心中是非常难过。虽然我是不愿意死，但事实上又有什么挽救的办法呢？兰芬，你已经十八岁了，你虽然是张家的一个女儿，不过为了我没有儿子，所以爸爸不能不把你当作一个儿子般地看待。兰芬，我死之后，你总要好好地看顾你母亲和妹妹。即使你嫁了丈夫，你应该对你的夫婿做预先的声明，希望他做女婿的能够尽半子之职，那么我今日虽然死于九泉之下，我总算也很瞑目的了……'妈，爸爸临终这几句话我全都记得，我一点儿也没有遗忘，所以我不能违背我的良心，而不顾一切地就此走了。妈，请你原谅女儿的不孝，也无非是为了被情感蒙蔽的缘故。现在我想明白了，我决定不离开妈了。"

燕纹听女儿如泣如诉地说出了这一大篇话，她的心头是多么悲酸和感动啊。悲酸的是因为丈夫死了已经有三年了，这好像是一个梦；但感动的是女儿到底还是一个贤孝的姑娘。不过燕纹也是一个很有思想的妇人，而且她有崇高母性的流露。她认为自己的生命距离在世界上的日子很短促，她不能为了自己短短的几年残生而错过了女儿一生的幸福。所以她摇了摇头，脸上勉强地含了一丝苦笑，低低地说道：

"兰芬，我很感动你有这一番孝心，所以我觉得非常安慰。不过一个人的婚姻大事，那是有关一生的幸福，你认为是个可以使你一生有依靠的对象，假使为了我这个苦命的娘，而硬生生地把你们拆散了，那岂不是我的罪恶吗？所以我绝不忍心。况且你们并没有把我做娘的抛弃，你们不是给我的生活也安排好了吗？所以我并不恨你，只不过骨肉分离，不知何年何月再可以相逢，所以我心中感到伤心罢了。"

"妈，你这一份恩典，叫我拿什么来报答你好啊？"

兰芬心中是感无可感，她伏在母亲的怀内忍不住又哭泣起来了。不料经她这一哭，床上的兰芳被她吵醒了，于是也哇哇地哭起来了。母女两人虽然经过有这一番谈话，但依然没有一个确实的决定，究竟走还是不走，大家也不再谈起了。

兰芬因为哭了一会儿，所以有点头昏脑涨的，况且两眼红红的，像胡桃般地有些虚肿，所以躺在床上休息了一会儿，直到午饭时候，燕纹叫醒了她，说可以吃饭了。但兰芬心中有了这样难以委决的心事，所以一时也吃不下饭。不料正在这个时候，忽听院子里一阵皮靴声音响进来，同时有人在问道：

"这里有个姓张的姑娘住在哪一间屋子里？"

"姓张的吗？是那边一间。"

燕纹、兰芬听隔壁田大嫂这样指点着告诉。因为不知道来者到底是什么人，所以站起身子，正欲出外张望，忽见外面走入两个卫兵，向燕纹、兰芬望了一眼，便笑嘻嘻地说道：

"这位可是张小姐吗？"

"是的，你们是哪里来的？"

燕纹心中感到奇怪，遂代替女儿低低地回答。那卫兵听问，遂又说道：

"我们是奉了少爷的命令，特地来迎接张小姐的。"

"你们少爷是谁？"

兰芬在旁边站着，她心中就觉得这件事情有些蹊跷，就算说是司徒明差了来的，那么一定也有字条儿的，所以她皱了眉尖，故作很惊奇的神气问他们。卫兵说道：

"我们少爷叫司徒明，他说和张小姐是很要好的朋友，所以请小姐去一次。张小姐，你快点儿跟我们走吧，外面汽车都预备好了。"

"不，你们弄错了，我并不认识你们的少爷。"

兰芬是个绝顶聪明的姑娘，她乌圆眸珠一转，遂一本正经地否认着。因为她这一点的智慧，已经猜到这两个卫兵的来意不善，一定司徒明在家里发生了乱子，所以他的家长故意用司徒明的名义来骗我去的。当时那两个卫兵听她这样说，便哈哈地大笑起来，笑过了一会儿后，忽然显出他们像豺狼那么一样狰狞的脸来，冷冷地说道：

"你这小姑娘不要抬举不起，好好地请你去，你不去，是不是一定要我们动手啊？老五，我们不必和她客气了。"

"不，你们不许动手。我们是安分守己的良善百姓，我女儿没有犯过什么罪，你们岂能这样无理？"

燕纹见他们似有动手强抢之意，这就急了起来，她情不自禁地挺身上前，掩护了女儿的身子，向他们声色俱厉地责问着。那两个卫兵似乎恼怒起来，遂不问三七二十一地把她身子拉过，又向旁边一推。燕纹是个四十多岁的妇人了，怎禁得他们虎狼一般的凶恶，身子早已向地上跌倒。兰芬上前欲去扶母亲，却被两个卫兵拖拖拉拉地向院子外走了。燕纹听女儿一阵哭叫的声音，她的心是碎了，肠是断了，也顾不得身子跌痛，挣扎站起，急急追奔出外。但等她奔出院子门口，却听汽车呜呜一阵喇叭的声响，她的女儿已经是不知动向了。

第五回

四处张罗网有翅难展

这两个卫兵把兰芬拖上汽车，像绑票似的架了去，这到底是怎么的一回事情呢？原来这两个是司徒卫的随从王大和李四，他们听了参谋总长的吩咐之后，于是他们不做别的工作，专门暗地里盯住了司徒明，所以司徒明的一举一动，是逃不过他们两人的耳目之中的。早晨司徒明到狮子胡同去找兰芬，两人在门口谈话的情形早已窥在王大和李四的眼睛里，当下等司徒明走后，王大盯着司徒明到学校去，李四却徘徊在狮子胡同的门口，不多一会儿，只见院子内走出一个挑皮匠担的小皮匠来。小皮匠的缝鞋担子每天是放在春明茶楼的门口，李四时常出入茶楼，两人有点熟悉，当下小皮匠一见了李四，便站住了步，奇怪地问道：

"李大哥，这么早你在等人吗？"

"不，我见你们院子里有个漂亮的姑娘，时常在进进出出，好像在哪儿办事的样子。真想不到你们这大杂院里还有这么一朵美丽的鲜花。"

李四正大动脑筋，用什么方法去探听这个姑娘是姓什么叫什么，住在哪一间，想不到无意之中会遇见了小皮匠，一时灵机一动，便向他笑嘻嘻地搭讪。小皮匠听了，"嘿"了一声，把大拇指一竖，笑起来说道：

"李大哥，你别小瞧了我们这个大杂院里都住了贫苦的人，但好的人才可也不少。不说别的，单说你刚才看见的这个漂亮的姑娘，她就有一个威风凛凛的男朋友，是她妈和我妈在闲着无事中谈起的。听说这个男朋友姓司徒，是军部里的参谋总长的儿子。你想这还了得？连我们住在大杂院里的街坊都沾着不少风光呢。"

李四听了他的告诉之后，暗想：连他们也全都知道了，可见少爷和那少女相识的日子也很久长的了。遂点了点头，又细细地问，小皮匠想了一会儿，告诉道：

"我只知道她们姓张，可是不知道她叫什么名字。"

"那么她家里还有什么人吗？"

"还有一个母亲和一个妹妹，妹妹年纪还小，大概两三岁光景。生活全靠那姑娘去办事赚来的钱维持的，所以倒也很苦恼。哎，李大哥，你问得这样清楚干什么？别的姑娘你还好动动脑筋，这位姑娘你可一点也不用妄想。否则，凭你这些势力，就好像以卵击石了。"

小皮匠这后面两句话就不免包含了一点讥笑的成分，李四听了，骂道：

"他妈的，你这小子，不要寻老子开心。老子向来不贪女色的。因为没有事，和你聊天解个闷的。"

小皮匠见他瞪瞪眼睛，虽然含了笑容，但样子有些动怒，心中这就别别一跳，暗想：这种家伙说真就真，说假就假，不大好弄。三十六着，走为上着。于是笑着说声时候不早，做生意去要紧，他便挑了鞋担子，拔步向前飞跑了。

李四见小皮匠多少有些慌张的样子，他望着跑远了的小皮匠，倒忍不住笑了一笑，方才很得意地匆匆回来报告司徒卫，把经过情形并探听的事实，都细细地诉说了一遍。司徒卫听了，自然不胜愤怒，暗想：这小子果然在外面有了女朋友，假使爱一个有钱的，那倒也罢了，谁知偏偏爱上一个低三下四的女子，那不是把我的面子都丢完了吗？想到这里，真是恨极愤极，把脚一顿，大骂了一声：

"浑蛋！放屁之至！"他这一举动，倒把李四大吃了一惊，还以为参谋长是骂在自己身上，不禁倒退一步，说了一声"是，是"，垂首侍立，却不敢抬起头来。

司徒卫却反剪了双手，口里吸着雪茄，只管在室内团团地踱着圈子，显然他在想用哪一种手段去对付他们才好。就在这时，王大也匆匆地回来了，他向司徒卫立正报告，说少爷已在学校里上课了。司徒卫点了点头，猛可想出一个主意来，遂对他们两人吩咐道：

"趁少爷在学校里上课，你们快放出一辆汽车去，把这姓张的女子卖到妓院里去，所得的身价钱就赏给你们买酒喝吧。"

"是，谢谢参谋长。"

王大李四听了，很恭敬地一鞠躬，便匆匆地退出去办了。这时他回到上房，连骂岂有此理。司徒太太急问缘故，司徒卫遂把儿子果有外遇及自己已经对付他们的手段，向司徒太太告诉了一遍，并且说道：

"今天等阿明回来，非把他软禁在书房里不可。我此刻马上去见老曹，和他商量，给他们马上结婚。看这畜生还敢强到什么地方去！"

司徒卫一面愤愤地说，一面便匆匆地向外面走了。司徒太太因为丈夫在气头上，根本是插不上嘴去的，虽然感觉到把人家姑娘卖到窑子里去的手段未免太毒辣些，但要想劝阻也来不及，因此叹了一口气，也只好由他们去干了。

司徒卫一辆汽车坐到曹将军公馆，那时曹绍雄正在套房里抽大烟，听司徒参谋到来，便忙吩咐侍从把他请入相见。他也并不起身，依然吞云吐雾地抽吸，一见司徒卫进房，便把手一招，叫道：

"老卫，来来来，一同躺下来吸两筒。你来得很巧，我正预备打电话来找你。咦，为什么愁眉苦脸的？有什么心事吗？"

"心事当然有一点。绍雄兄，今天到来，原有一件事情相商。"

司徒卫在炕榻边坐下，望了他一眼，低低地说。绍雄这才把烟枪放下，从榻上坐起身子来，用了猜疑的目光望着他脸，不明白地问道：

"什么事商量？是私事还是公事？"

"是私事。因为小犬这几天行为不大好，在外面颇有荒唐的样子，所以我想和老兄商量，最好立刻给他们成亲，不知你的尊意如何？"

曹绍雄听他这样说，方才恍然大悟，忍不住打了一个哈哈，拍了拍他的肩胛，笑道：

"我道是什么事情，原来也是为了这个。那就巧了，我想打电话给你也是商量这一件事。令郎这学期不是大学可以毕业了吗？我怕大学里读过书的孩子，书本不读，恋爱经恐怕全都读会了，所以我对你令郎的人品是极其喜欢，但他的行为却不大放心。尤其是我这个老太婆几次三番地来催促我，要我对你说，可以早一点儿结婚。我心里想，女家催男家早些结婚，他妈的，我女儿不是在发臭了？所以我对你总不好意思提。现在你老弟既然也有这个意思，那好极了，随你老弟说吧，今天结婚也可以，反正嫁奁是早已预备好的了。"

"绍雄兄，你这人就真是爽快极了，小弟心中甚为感激。不过今天未免太局促，我的意思还是后天，你瞧好不好？"

司徒卫听绍雄那种粗俗的口吻，心中大加赞成，便表示非常感激的样子回答。绍雄连连点头，含笑说好。两人商量既定，便躺在榻上，大家吸了几筒云土，谈起革命军近来势力膨胀，大家又感到惴惴不安。这时已近午饭时候，绍雄便留司徒卫在此用中饭了。午饭毕，司徒卫才匆匆别去回家。这里绍雄喜滋滋地走到上房，把这件婚事告诉了曹太太。齐巧女儿曹慧英也在旁边，当时听了父亲的话，她便羞红了脸，逃到自己的卧房里去了。

曹慧英今年还只有十八岁，生得虽非倾国倾城，便还算秀娟可人。因为曹绍雄是个粗坯，所以慧英就没有上学校里去读书。而且曹太太又是一个信佛的人，慧英终日茹素念佛，简直是步门不出，真可以说是一个闺阁小姐。照她的年龄而论，本是一个时代簇新的人物，但为了环境关系，她就像一个陈旧落伍的女子了。

慧英房的丫头小梅见小姐匆匆由外奔入，好像很惊喜的样子，一时有点奇怪，遂向她望了一眼，低声问道：

"小姐，干吗这样地惊慌？"

"唔，没有什么，小梅，你给我观音大士面前点三炷香。"

慧英竭力镇静态度，向她低低地吩咐。小梅虽然不敢再问什么话，她心中却在暗暗地猜测，小姐叫我点香，那其中是难免有点道理的。原来慧英平素也极信佛，连她闺房之中都设有观音大士的佛座。这时小梅点了香，慧英便跪在拜佛的蒲团上，一面磕头，一面祈祷。小梅心中纳闷，遂向太太房里去听消息，方知小姐在后天就要出嫁了，一时便兴冲冲地奔进卧房来，向慧英拱了拱手，哧哧笑道：

"恭喜，恭喜！小姐，你这就太不应该了，为什么还瞒着我呢？但我小梅也是一个侦探家，到上房一走，就探听出来了，原来小姐在后天要做新奶奶了。"

"小妮子，你不许胡说白道！我可不依你。"

慧英羞红了脸，心眼儿上甜蜜蜜的，但秋波水盈盈地却逗给了她一个白眼。小梅这会儿对小姐的娇嗔却并没有一点害怕的表示，仍是笑嘻嘻地说道：

"小姐，我也给你点三炷香。第一炷香，保佑姑爷身体健康；第二炷香，保佑夫妻亲亲热热和和睦睦；第三炷香，保佑小姐明年生一个白白胖胖的小少爷，那么就好给观音娘娘吃红蛋了……啊，勿对，我说错了，观音娘娘勿吃荤的，罪过罪过，阿弥陀佛。"

"你这个小姑娘简直是发疯了，竟和观音大士都开起玩笑了，那还了得？"

慧英虽然是薄怒娇嗔地向她责骂，但是小梅说得实在太令人感

74

到欢喜和吉利，所以她的粉脸上终掩不住地露出一丝笑容来。她们主婢二人在闺房里闹着取笑，不过在慧英的芳心中怎么能够想得到，她夫婿此刻正在预备抛弃家庭和别的女人逃奔他乡去呢？

原来司徒明到了学校里，先急急地找到了沈志强。志强见他脸色慌张，愁云重重，显然是无限忧闷的样子，于是忙问他家里可曾发生了什么意外的事故。司徒明把他拉到冷僻之处，叹了一口气，低低地说道：

"这事情说起来透着有些奇怪。昨天晚上，我和你分手回家，万不料爸爸会对我教训了一顿，好像已经知道我在外面已有了爱人模样，而且他要强迫我三天之内就马上结婚。我觉得事情已经到了不能再延迟的地步了，所以我已决定了主意，明天一早和兰芬逃奔到上海去了。"

"想不到事情会变化得这么快速，那么你有否向张小姐征求过意见呢？"

沈志强听他这样告诉，一颗心也开始跳跃起来。因为这不是一件儿戏的事，所以不免皱了眉毛，代他有些忧愁。司徒明点点头，悄悄地又说道：

"我和兰芬已经商量过了，她答应跟我一同出走的。"

"那么她不是还有一个母亲和一个妹妹吗？这两个人的生活将怎么样地解决呢？"

"当然，在事先我也给她们有个考虑，绝不能爱了人家的女儿，就冻饿了人家的老母和弱妹。所以我最少给她们安顿了半年的生活费，在半年之后，我们在外面能够有一点立足之地，那么一切就没有什么问题了。"

"你明天准定走的了？"

沈志强点了点头，又向他低低地追问了一句。在他的脸部表情上看起来，就可以知道不免带了一点依依惜别之意。司徒明紧紧地握了他一阵手，心头也有点悲哀的滋味，说道：

"志强，我们这次的出走，原是万不得已的事情。唉，我们今日一别，也不知道将来是否再有相逢的日子。最后，我要向你拜托的，看在我们平日同学的情面上，你给我多多照顾着兰芬的娘，那我就是死了也很感激你的了。"

"阿明，你何必要说这些令人感到酸鼻的话？我相信你们脱离这个黑暗的环境，将来一定会找到幸福的乐园。至于叫我张小姐母亲的事，受人之托，忠人之事，那是我的责任，绝不会有负所望。"

司徒明感动得很，他默默地说不出一句什么话来，眼皮有些红润，显然他的内心是充满了甜酸苦辣各种不同滋味的成分。两人默然相对，良久，志强又问车票可曾购好，司徒明说道：

"还没有买好，我想明天一早到车站去买也来得及。好在我并没有对爸爸显露过强硬的态度，大概他们也料不到我有这么快速的准备吧？"

"那么你今天放晚学还是照常回家去，态度第一要镇静，切不可显露一点痕迹出来，让人家见了心中起疑。"

沈志强又向他关心地叮嘱，司徒明点头答应。两人商量已毕，遂回到教室里去了。其实这一天的光阴，在司徒明心里的感觉上好像比坐监狱还要难受，教授说的话根本听而不闻，走在路上，就是有人招呼他，他也是视而不见。当然，一个人有了心事之后，他怎么还能够坐立安定呢？所以从早晨八点钟到下午四点钟，这八个小时里完全在想怎么样取一票金钱去安顿兰芬母亲，怎么样逃到上海，又怎么样计划着将来的努力事业。可想的事情太多了，几乎使他头脑有些昏沉。好容易挨到了放学的时间，司徒明夹了书本，正欲匆匆向教室外走，忽见王曼丽笑盈盈地走过来，把他拉住了，说道：

"阿明，我们跳舞去玩玩好吗？"

"对不起，我心中有些不舒服，不能奉陪你了。"

"喔哟，算你是个有了未婚妻的人了，何必这样受拘束呢？我们婚姻问题虽不谈，不过同学的友谊总应该保持的。难道我们连一同去跳舞的交情都完了吗？不，你不去，我今天也得叫你一同去不可。"

曼丽把他拉住了不肯放，还是撒痴撒娇地向他纠缠着。这一来，真把司徒明弄得有些啼笑皆非了，遂皱眉急道：

"曼丽小姐，你帮帮我的忙好不好？人家肚子痛得厉害，回家去休息还来不及，哪里有兴趣去跳舞呢？等我肚子痛好了，一定请你的客，不要说跳舞，还要吃大餐。你看怎么样？"

"我不相信，你既然肚子痛，为什么还到学校里来读书呢？"

"再过几天快大考了，我怕毕业毕不出，所以不敢偷懒呀。"

"像你这样好学不倦的青年真是难得，唉，恨我福薄，所以不能和你结成一对。"

司徒明听她说到后面，忽然叹了一口气，大有盈盈泪下的样子。虽然她说者无意，但自己听了不免有心，这一句"好学不倦"四个字，那就未免叫自己羞愧无地。所以也不回答什么，回身匆匆欲走，不料却被曼丽又拉住了，急急地说道：

"阿明，你别忙，我还要问你一句话，请你给我做个主意。"

"做什么主意呀？"

曼丽这一句话听到司徒明的耳里，不免稀奇起来，遂回过身子来不明白地问。曼丽微红了两颊，支吾了一会儿，方才低低地问道：

"你看路季祥这个人生得怎么样？因为他追求我很热烈，我假使嫁给他，这个人是否靠得住？你的眼光很准确，你给我做个主意好不好？"

"路季祥这人很好，你跟他结成夫妻，真可说天生一对、地生一双，再好也没有了，何必还来问我？"

司徒明听了，倒忍不住哑声失笑起来。曼丽认为他这两句话至少是包含了一点吃豆腐性质的，就啐了他一口，恨恨地逗给他一个娇嗔。就在这时，季祥在那边发觉了曼丽，遂老远地叫了一声。曼丽恐怕季祥起疑吃醋，这才说声再会，便匆匆地奔到路季祥那边去了。

司徒才算松了一口气，心中暗想，曼丽对我说这两句话的用意，大概是告诉我她也照样有人爱上了，一时又好气又好笑。正欲走出校门的时候，忽听后面又有人叫他，司徒明回头去望，原来是志强和雅琴。他们已奔到自己的面前，雅琴哀怨的目光向他脉脉地逗了一瞥，低声说道：

"志强告诉我，我心里很难过。阿明，你难道真的就这么走了？"

"是的，雅琴，我们为了找寻光明，找寻幸福，使我不得不走上这一条路。好在我们年纪轻，只有没有什么变故的话，我相信将来还有见面的日子。人生本来就像天空的云一样，今天到东，明天到西，谁又能料得到呢？"

司徒明抬头看到天空中的浮云，他便这样地感叹着。志强呆了一会儿，他发现司徒明的颊上沾了晶莹的泪水，遂要给他饯行，说大家在外面吃饭。司徒明哪里还有这么好的心思，当下婉言谢绝。三人在路上默默地走了一程，方才各道珍重，洒泪而别。

司徒明回到家里，先到上房，见爸爸不在，只有母亲一个人在打盹。司徒太太听了脚步声，便睁开眼来，因为司徒卫向自己关照过不许泄漏风声，所以问了一句"阿明回来了"，便不说什么。这时司徒明见了母亲，想到明天一早便要分离，母子天性，怎么能不起了惜别之情？所以坐到床过来，低低地唤了一声妈。司徒太太从床上靠起，望了他一眼，有些奇怪他今天的神情有异，忍不住问道：

"阿明，你做什么？我瞧你好像心事重重的样子。"

"是的，妈，我确实有些心事。"

司徒明眸珠一转，顿时计上心来，为了要实现他的计划，他不能不含了沉痛的血泪，向慈爱的母亲说了一句谎。司徒太太皱了稀疏的眉毛，继续问道：

"奇怪，你衣食住行哪一项用得到担心？怎么说有心事呢？你倒说给我听听，到底是什么心事？"

"不过我在未告诉你之前，你应该要答应帮我的忙，而且还要给我保守秘密，不要让爸爸知道。"

"阿明，我是只有你这一个宝贝儿子，只要你肯听从娘的话，我一切都可以依你。"

"妈，你真好。因为我在外面欠了债，人家追讨得很紧，假使再不归还的话，恐怕人家还要告我了。所以妈千万要给我想一个办法才好。"

司徒太太听他这么说，由不得深深地叹了一口气，暗想：他在外面荒唐，那是无可否认的了。这就又怨又恨地望着他脸，而且又疼爱的样子，说道：

"唉，你欠了人家多少数目的债呀？并不是我做娘的埋怨你，你爸爸在社会上也是一个数一数二的人物，谁知你在外面偏这么丢脸，被你爸爸知道了，也不知要光火到什么地步呢！就说平日给你的零用钱也不算少，难道你还不够花费吗？"

"妈，过去确实是我错了，以后我一定重新做一个好人。"

"那么你告诉我呀，一共欠了人家多少数目？"

"一千元左右，妈假使肯帮助我一千五百元钱，那我就感恩不尽了。"

司徒明说这些话的时候，他的良心受到一种正义的谴责，所以感到极度的不安，眼泪贮满在他的眼眶里，几乎要滚落下来。司徒太太听了，急得脸有点红红的颜色，"呀"了一声说道：

"一千五百元？你真是太糊涂了。这一笔数目不是人家有好几间屋子可以买吗？你要知道，一个在求学时候的青年，岂能够这样挥金如土呢？"

司徒太太一面说，一面连连地叹气，表示很感到失望的样子。司徒明心中这个委屈，除了老天，是没有人会知道的。他见母亲似乎有肉痛的意思，一时也急了起来，遂低低地包含了央求的成分，说道：

"妈，你是一个大慈大悲的活菩萨，你是一个救苦救难的观世音。我知道即使是个不相识的人有了急难，你老人家也会怜悯地慷慨解囊，救济人类，更何况我是你唯一的爱儿呢？妈，孩儿这次拿你一千五百元钱，也可以说是最后的一次……最后的一次。因为以后我要做一个好人。"

司徒明说到"最后一次"的时候，他又重复地念了一遍，但是他的心像刀割一般地疼痛。他忍不住扑簌簌地掉落眼泪来了。司徒太太被儿子一哭，因此也老泪纵横地咽不成声。但是自己还莫名其妙地为什么要这样伤心，一会儿，方收束眼泪，低声说道：

"孩子，你不要伤心，我一定设法拿给你。但是，你得给我忏悔，你要改过做人。"

"是的，我要改过做人……"

司徒明茫然地跟着，他心中不知是悲是痛，当司徒太太从银箱里取出钞票给他的时候，他情不自禁在母亲面前跪了下来，呜咽地泣道：

"妈，你这样疼爱儿子，真叫儿子到死难忘大恩。不过做儿子的太不孝了，不能使父母感到快乐，我真是一个罪人。现在我只希望母亲老人家身体永远健康，孩儿倘然在世界上做一日人，总不会忘记母性的崇高和伟大。"

"孩子，你为什么要说这些话？叫我听了不是更难过吗？只要你肯改过自新，我相信你还是一个有为的好青年。"

司徒太太不明白儿子说的这些话的用意何在，她一面扶起阿明，一面反而温和地安慰。司徒明说什么好呢？他含了创伤的心，悄悄地回到自己的卧房里去了。

这一晚，司徒明根本没有合眼，耳听着钟声由子夜一点到六点，眼望着窗外天空由漆黑而渐露微明，他悄悄地起身，在热水瓶里倒了水，洗了面，漱了口，别的一概不拿，身上只藏好了一千五百元钱，他便蹑着脚步溜出卧房来了。

这似乎是出乎司徒明意料之外的事情，在他刚一脚跨出房门的时候，忽然门口两旁站立了两个卫兵，向司徒明立正行礼。司徒明却不去理会，自管向前匆匆欲走，但这回那两个卫兵却老实不客气地把他拉住了，说道：

"少爷，对不起，老爷有命令，今天请少爷在家里休息。"

"放屁！这是谁说的？你们这两个大胆的东西敢叛变吗？"

司徒明一听那两个卫兵这样说，一时两颊变了颜色，心几乎要从口腔里跳出来了，暗想：奇怪，难道我要出走的秘密又被爸爸猜到了吗？但表面上还竭力地镇静了态度，向他们大怒地吆喝着。两个卫兵听了，不免倒退了一步，低头说道：

"不敢，不敢，是老爷的命令。我们不敢违背，还请少爷原谅。"

"什么原谅不原谅？我要上学校里读书去，你们胆敢束缚我的自由吗？"

司徒明一面怒气冲冲地说着，一面向前又急急地走。但两个卫兵却拦阻了他，一定不肯放走他。司徒明觉得这是终身幸福最要紧的关头，于是他心中一急，也就顾不得许多，伸手在他们颊上就是一个巴掌。打是这么地打了，不过他却不敢高声大骂，因为他明白这有组织地监视我，当然是爸爸吩咐的命令，假使我大闹起来，声音听到父亲的耳朵里，恐怕我就更加不能脱身了。所以此刻司徒明的心中，是两个卫兵挨了打后便即退避，让自己可以逃出这个魔窟般的家庭。可是这两个卫兵似乎受到上峰命令，绝不能因此放松而失责任，所以任他敲打，却拉住了司徒明不肯放走。这样一闹，难免惊动了司徒卫，于是立刻披衣起床，脸也不洗地循声而来。当时见了他们缠作一堆的情形，便大喝了一声。这一声喝，两个卫兵便放了手，就是司徒明也怔怔地愕住了。司徒卫瞪着眼睛，把脚一顿，严肃地问道：

"阿明，这么大清早的你预备到什么地方去？"

"爸爸，我上学校里读书去呀，怎么啦？这两个奴才竟敢欺侮我，把我拦阻了不肯放走。真是岂有此理，该死之至！"

司徒明见爸爸并不责骂卫兵，反而向自己喝问，这就明白完全是爸爸吩咐的，竟然把我行动都监视起来，一时故作愤愤的样子，还怒气冲冲地告诉着，表示自己非常理直气壮。司徒卫却板住了面孔，一点笑容也没有，点了点头，说道：

"不错，这是爸爸吩咐他们这样做的。"

"啊？爸爸，我真不明白这是为了什么缘故。是不是我做儿子的犯了什么罪恶，所以要把我拘留起来吗？况且这学期是我毕业的时候，你叫我不到学校里去，那你不是明明地误我儿子的前程吗？"

"放屁！放屁！你这小子，我养了你这么大，你敢冲撞我？"

司徒卫气得全身发抖，不禁咆哮如雷地跳了起来，他猛可赶上一步，伸手欲掌儿子面颊的神气。幸而旁边两个卫兵把司徒明拉开了，代为求饶道：

"请老爷息怒，念少爷年轻无知，就饶恕他这一次吧。"

"不许你们多管什么，给我滚开一旁！"

"是，是。"

司徒卫在这个时候，好像不能不摆出一点虎威来，遂向两个卫兵瞪了环眼佯怒地叱退，一面又向阿明一步一步地逼近过去，眼睛里已冒出了绿绿的像火焰那么的光芒来。但司徒明已经到了这个时候，他倒也并不感觉什么害怕了，呆呆地站着，两眼望着爸爸那么一副可怕而狰狞的脸，很具正义感地反问道：

"爸爸，那么你的意思预备把我怎么样？"

"我的意思，你从今天起，不许给我到外面去。"

"这是为什么？我太不明白了……"

司徒明那种强硬的态度到底坚持不下去，他说到末了这一句话的时候，语气已经是包含了凄婉的成分。司徒卫冷笑了一声，说道：

"你做的好事，你还敢来问我为什么吗？想你是个将门之子，而且又是个大学生，我问你，一个有了未婚妻的青年是否在外面可以去谈情说爱？况且，况且……你是个怎么样的身份？你去爱上了一个低贱的女子，你不是把我的脸皮全都丢完了吗？哼，我养了你这么大，你不给我争一口气，谁知还来捣老子的蛋！你这忤逆不孝的畜生，你简直是该死之至！"

"爸爸，一个青年固然不能爱两个女子，但是婚姻应该有自主之权。父母之命、媒妁之言的盲目婚姻，在当事人年龄长大之后，可以不生效力。至于贫富阶级，在目今二十世纪的时代里早已被打倒了，谁应该有钱，谁不应该有钱，这无非是一种环境关系，与她本身就根本毫不相干。"

司徒明知道自己的秘密败露，但是他还有这一股子勇气，对他爸爸说出这一篇抗议的话。司徒卫似乎没有料到，他这回真的撩上手来，就在阿明颊上啪的一声，打了一个耳光，大声喝道：

"放屁！放屁！你这逆畜！我老实地告诉你，你爱上的那个姑娘，已被我派人把她卖到窑子里去了！哼，你就给我死了这条心吧，来人！"

"是！"

"这小子要如有什么逃走的举动，把他马上枪毙。"

司徒卫一面吩咐，一面又向卫兵连连地丢眼风，不过他表面上还竭力装出怒气冲冲的样子，预备走了的神气。司徒明在这个时候，他的心好像有一万枚钢针在刺一般地疼痛，他觉得悲愤极了。但是在这强权胜于公理的环境之下，他没有办法，他只好猛可地奔了过去，在父亲面前扑的一声跪了下来，哀哀地苦求道：

"爸爸，孩儿纵然不孝，要打要骂，甚至枪毙，请你只管随心处罚，但人姑娘所犯何罪？你要把她卖入窑子，伤害人家的终身，摧毁人家的青春，牺牲人家的清白，没落人家的一生？爸爸，你……这一种毒辣的手段，你于心何忍？你于心何忍？"

"什么？她没有罪恶？她勾引我的儿子，她拆散别人家的婚姻，她根本就是我家的害人精！我卖她到窑子里去，还是我抱好生之德。

83

要不然，像这种淫贱的女子，就是把她枪毙，也算不得什么可惜。"

司徒卫并不承认自己毒辣，他滔滔地数派着兰芬的十大罪状，认为她的下场是她罪有应得。司徒明拦在父亲面前，他没有爬起来，几乎已痛苦得哭了，遂连忙又竭力地辩护着说道：

"不，爸爸，这不是她勾引我，原是我去勾引她的。她没有罪恶，罪恶都在我做儿子一个人身上。爸爸，你就积一点功德吧！你不能去毒害人家一个可怜的姑娘，我不能连累一个柔弱的姑娘而丧失了她终身的幸福。爸爸，你就饶了她吧！我一切都依从你了！"

司徒明这些话都是从无可奈何之中迸出来的，他本是一个刚强的青年，到此也不免涕泗横流起来了。司徒卫倒不免怔怔地愕住了一会儿，忽然他计上心来，遂立刻又浮现了一丝微笑，把他扶起身子来，说道：

"你这孩子不要太傻了，我根本不知道你爱上的到底是哪一个姑娘，我哪里能把她卖入窑子里去呢？我无非是吓吓你的意思，你何必认真？阿明，你要想明白一点，曹将军不是好惹的。他要下一个命令，你就是逃到天边去，也可以把你抓回来的。我劝你安心在家里住上三天，明天就给你结婚了。等曹小姐娶了过来，我知道你心中一定会喜欢了。"

"爸爸，我老实跟你说，我真的爱上了一个姑娘。不过爸爸既然在三天之内要我结婚，我和那姑娘从此就分开了，不过我要求你，你今天给我去和她见这最后的一次面。"

司徒明听爸爸又这么说，一时心中倒不免又将信将疑起来，暗想：我和兰芬相爱，照理爸爸是不会知道的，因为根本没有人会来报告他呀。不过爸爸知道我外面有了爱人，所以实行先落手为强，把我拘留在家，在三天之内要我结婚。这真是老天太捉弄人，为什么偏偏在我预备出走的一天早晨，父亲便实行监视我的行动呢？难道我和兰芬今生无缘分吗？不过兰芬今天是只知道我们双双可以逃奔他乡的，她一定会痴等在家里。那么我既已被监视了，我总得去向她告诉一声，也好叫她知道我的苦楚。否则，在她心中想起来，还以为我是个三心二意爱不专一的男子呢。司徒明在这么沉思之下，所以又向父亲低低地苦求。司徒卫暗想：这可糟了，他若去了，一定要拆穿事实，万一在外面发生变化，那岂不是麻烦？所以索性又老实地说道：

"孩子，你不用去了。我老实跟你说，这个姓张的姑娘在中午时候真的被我派人把她卖了。"

"啊！爸爸！你……你……真有这么残忍吗？谁告诉你这个姓张的姑娘是我的情人？告诉的人就是我的仇敌，我生不能啖他之肉，死亦当夺他之魄！"

司徒明听爸爸连姓氏都知道了，可见把兰芬卖了的话果系事实。他心中这一愤怒，便咬牙切齿地大骂起来。但司徒卫却淡淡一笑，说道：

"是你自己在今天早晨告诉我们的，你何必恨到别人的身上？哼哼！你孙行者就算神勇广大，但也翻不出我如来佛的手掌之中。老实地说，你的行动我是早已派人在暗暗地注意了。"

"好，爸爸，你有胆量，你这行动分明在杀害你儿子的一条命。我为什么要害了人家的姑娘？我为什么要做个世界上最最无情的人？爸爸，我请求你，你还是把我干脆地枪毙吧，免得我心中多受一分一秒的痛苦。"

司徒明这才恍然了，他知道自己的计划完全败露，想不到爸爸就有这一点子心思，来全副精神对付我。他自以为是胜利了，但我可以为情而牺牲我的生命，我要从消极中表现我坚毅伟大的精神，我绝不肯因此而屈服在他这阴谋诡计的恶势力下，让他得到如愿以偿。所以他含了满眶子的血泪，向父亲请求速死。司徒卫却哈哈地一阵大笑，因为他见司徒太太这时也匆匆地奔来了，所以故作凶恶的神气，喝道：

"好，我就成全你的志愿。来人！把他拉出去枪毙！"

"是！"

两个卫兵也许知道他的心理，遂也故意地做作着回答。果然司徒太太像疯狂了似的撞撞哭哭地奔过来，口里大声地嚷着道：

"谁要枪毙我的儿子？先来杀死了我！先来杀死了我！我养了八个孩子，就只剩了这么一个宝贝。阿明，你好歹也给娘争一口气，为什么要使你爸爸发这么大的脾气？你要有了什么不测，我娘儿俩一块儿死吧，一块儿到另一个世界去生活！"

"妈！"

司徒明在这个时候，感到母爱的伟大，他说不出什么话，只叫了一声妈，扑倒在母亲的怀抱，母子两人便号啕大哭起来。哭了一会儿，司徒太太收束了眼泪，向司徒卫恶狠狠地望了一眼，问道：

"你真的预备把我儿子枪毙吗？"

"不，是这畜生请求我这样做的。"

"阿明，你……你……这是什么话？难道你为了一个姑娘，连自己宝贵的生命都不要了吗？你要知道你已经是个二十三岁的青年了。可怜就是把你养到还只有三岁吧，那也不是一件容易的事呀！你能忍心丢你娘去死，但我却不忍一个人在世界上独生。阿明，你要死，和娘我一同死吧！否则，你就该听从我的话。爸爸明天给你结婚，这无非也是一片好心意，可怜我活到半百的年纪，我也总该想抱一个孙子呀！阿明，你就不要倔强了吧。"

司徒太太一面说，一面忍不住又呜呜咽咽地哭泣起来了。司徒明这时心坎里错综着母爱与情爱互相交战的为难，他觉得母亲是可怜的，他已被一种强烈的慈母的爱而软化了，于是他暂时地为母爱而牺牲一切了。

第六回

两行辛酸泪皈依佛门

窗外遇着眉毛似的半轮明月，她宛如待嫁的闺中女，又像害羞，又像喜悦，又像躲避，又像窥看。在她这矛盾的心理之下，她的明眸里含了柔情脉脉的光芒，透露到这一间燃烧着融融花烛的新房里来。新房里，经过一阵热情的闹猛之后，时钟已经子夜十二点了，所以此刻是静悄悄地平静起来。不过望着那大红绣花被、鸳鸯戏水枕，并坐在床边的这个艳妆的新娘，也令人感到这新房里着实还包含了一点温情的暖意，幽美的风光。

画眉月儿正在感到无限的羡慕，她在替团圆的人儿感到甜蜜，但是玻璃窗片子上已掩拢了一层薄纱的帷幔了。一个小巧玲珑的黑影向房中这两个好像泥塑木雕似的玉人笑了一笑，轻启樱口，低低地说道：

"新姑爷，时候不早了，莫辜负了这良宵一刻值千金。小婢小梅在这里向新姑爷请晚安了。"

小梅说毕，又轻轻地走到她小姐的身边，把她小嘴附着小姐的耳朵边，低低地不知说了些什么，方才含笑走出房外，而且还把房门掩上了。静悄悄的，一丝声息都没有。慧英的螓首是低垂着，她的两眼是只望在她那双大红绣花鞋的脚尖儿上，默默地出神。在她的心中，以为新房里只有他们两个人了，那么夫婿一定会走上来对自己温存的。可是出乎意料之外，经过了好多时候，还不见夫婿有什么动静。她心里奇怪着，难道这室内就只有我一个人不成？于是在好奇的心理之下，她就慢慢地抬起头来，向前面偷窥了一眼。只见她的夫婿坐在桌边，也垂了头，好像想什么心事的样子。一时十分奇怪，暗想：原来他虽然是个大学生，却比我躲在家里的女子还要怕难为情呢。她芳心里涂上了一层糖衣那么甜蜜，像春风吹动了水波地荡漾起来。

这时偶然的，司徒明也抬头望了过来，四目相接，在慧英的心中这就有些赧赧然的。秋波水盈盈地一转，她又很快地垂下头来。司徒明被她那秋波一转，不觉有些神往。他心头别别地跳动了一下，不过这是在一时之间的，在不上三秒钟后，立刻又平静下来。心中对她——所谓是自己的妻子——毫无情感，素昧平生的一个陌生姑娘，他心头开始了怨恨、憎恶、痛恶。为了她，使兰芬卖入妓院；为了她，使兰芬受苦遭灾；为了她，使兰芬牺牲幸福；为了她，使兰芬前途黑暗。我假使和她欢欢喜喜地合欢酒共饮，并蒂莲花开，那我的良心上怎么能够对得住兰芬？怎么能够对得住自己的良心？唉，可怜的兰芬，她身入污泥，然而我知道她决不受辱，她一定为我宁愿守身而死，我岂能不给她守身如玉吗？想到这里，他微微地叹了一口气。

忽然间，他触动了灵机，觉得在这万籁俱寂的夜里，大家都悄然地安息了，我若不利用这个机会而脱逃出去，更待何时呢？于是他立刻站起身子，走到房门口旁，把房门拉开，向外一望，这就呆住了。原来房门外面有四个卫士，好像在战地里守夜似的，荷枪实弹，像机械化地在房外来去徘徊。一阵失望刺痛了他的心头，遂恨恨地把房门掩上了，回转身子，皱了眉头，两手来回地搓着。忽然他又瞥见那四扇落地玻璃窗，他又急急地奔到窗口旁，撩起纱幔，当他瞧到月光下的院子里，也有五步一岗、十步一位地放着步哨，使他一股热望像冰块遇水一样融化了。他颓然地在椅子上又坐了下来。

司徒明这种动作，好像在表演无声电影。慧英虽然没有正眼地向他张望，但是凭她灵敏的感觉所猜测，觉得他的举动上是感到一种紧张，好似在设法有所表现的样子。于是她也忍熬不住了，遂慢慢地抬起头来，站起身子，一撩眼皮，低低地问道：

"明哥，你要拿什么东西是不是？不用叫他们，你使唤我不是一样吗？"

就凭她这一句话，便可以知道她是一个很会服侍丈夫的贤妻的个性，使司徒明那颗不平静的心境再度跳动起来。他不由向慧英愕住了一会儿，方才摇摇头，却并没有回答她。慧英想不到夫婿会有这一种冷淡的态度对付她，使她面红耳赤，感到无限的难为情。这就又慢慢地退到床边，坐了下来。也许她的心灵是分外脆弱，不，这是每一个女子都是这个样子。眼泪在她粉颊上已变成芙蓉沾水一般地令人感到楚楚可怜了。

夜是深沉了，四周的空气静得像死过去了一样沉寂，连自己的呼吸都可以很清楚地听出来。慧英心头才开始起了猜疑，她呆呆地暗想：照这光景看起来，他的呆坐出神，并不是一种老实的表现，也许正是一种讨厌我的缘故。为什么才结了婚就讨厌我呢？难道我有得罪他的地方吗？不会的，根本没有开口谈过什么话，他如何知道我得罪了他？显然，那是另有其原因了。这原因是为了什么呢？不用说的，当然他并不爱我，他也许是另有所爱。慧英在这么感觉之下，她心头是悲痛极了。想不到才做新娘，就受了这么的委屈，大概我和尘世无缘的了。慧英想是这么地想，她的眼泪便扑簌簌地直滚落下来。

"当——当——当！"

子夜三点钟的鸣声惊醒了慧英清楚的知觉，又拭了拭泪，抬眼向司徒明望去。谁知道他倒在桌子上已经酣然入睡了。在慧英心中就感觉得一种奇怪，好好的紫檀木大床不要睡，软绵绵的绣花被不要盖，香喷喷的鸳鸯枕不要困，却欢喜在桌子旁挨冻冷。就说他外面另有爱人，那么在我们已经结过了婚、拜过了堂的夫妻关系，那又何必一定要受这一种拘束呢？难道他已下了决心，除了他心眼上这个女人之外，再不和别的女人发生体肤之亲了吗？假使正是如此，倒不能不叫人感到他爱情专一的可敬。想到这里，忽然"呀"了一声，她又自己埋怨自己道：你这是什么话？你不恨他无情，难道你还去同情他对我这样无情无义吗？这岂不是笑话？要知道我和他结了婚，我就是做了司徒家里的人。他若对我无情，我便得守这一辈子的活寡。这岂不是害了我的终身吗？慧英在这样一想之下，她在无限悲痛之余，又感到无限愤怒。她想等到天明，回家去告诉爸爸，叫爸爸来和他们父子评理，看他们拿什么话来回答！

慧英愤愤地想了一会儿，她自己也觉得有些倦意，伸手在嘴上按着打了一个呵欠，身子抖了一抖，似乎感到一阵寒冷。这就想到睡在桌子上的司徒明，一点儿也不盖什么，岂不是更要受凉吗？但转念一想，他受凉也是他自作自受，和我又有什么相干？他既如此无情，我还要给他这么的关心干什么？那也未免太自作多情了。于是伸手在床上把撩起的被儿又放了下来，还向睡着的司徒明逗了一瞥嗔恨的白眼。不过慧英是个只知三从四德具有贤德个性的旧式女子，她以为丈夫对自己无情，这是另一个问题，自己既然嫁给了他，那么在我本身是应该尽做妻子的责任。也许我的多情，会使他感动得回心转意，而向我表示忏悔，那也说不定呀。

慧英想到这里，她终于把一床小被拿起，走到司徒明的身旁，轻轻地盖了上去。在她那颗芳心里，是还抱着一丝光明的希望。但这一盖上去，倒把司徒明盖醒过来。他揉了揉眼皮，有点睡眼惺忪的样子。不过旁边的慧英却感到相当害怕，她以为司徒明一定会恼怒自己吵醒了他的好梦，所以当司徒明向她望了一眼的时候，她简直显出局促不安的样子，低低地说道：

"对不起，明哥，我给你盖被，反而把你弄醒了。"

"没有关系，你为什么还不睡呀？"

司徒明是个富于情感的青年，他对于慧英这种柔情蜜意的举动，在自己心里多少感觉得有些歉疚和不安，所以他摇了摇头，向她低低地反问。慧英对他会这么温情地反问，这似乎感到了意外的惊喜，忍不住嫣然一笑，逗了他一瞥多情的目光，低低地又说道：

　　"你不到床上去睡，我怎么敢睡呢？"

　　司徒明听她这两句话，至少是包含了一点可怜的成分，因此他心中倒更加不忍起来，因为他素来赞成男女平权，并没有重男轻女的观念。然而在慧英的心里，她根本有这些男是天女是地的观念，所以连她睡觉的主权都好像操纵在我的手里似的，那我又何必一定要她这样地服侍我呢？所以摇摇头，说道：

　　"这何必呢？你只管自己睡吧。"

　　"不，你不睡，我即使倦得支撑不住了，那我也不敢睡的。"

　　"为什么？我不懂你这是什么意思。"

　　"这又有什么不懂呢？一个做丈夫的不好好睡觉，这完全是做妻子的责任。做父母的给儿子娶了媳妇，就是把他们儿子交给做媳妇的来服侍了。假使媳妇服侍得不好，把丈夫万一有了一长二短……对不起，你不要生气，这并非是我一种咒念，因为像你这样子睡觉是很容易受凉而生病的，那时候叫我怎么有脸见公婆？叫我的良心怎么安？所以你不睡觉，我当然也只好陪着你。唉，我知道自己是个知识浅薄的庸俗女子，万一有什么得罪明哥的地方，也只好请明哥特别地原谅吧。"

　　慧英用了极轻柔的口吻，低低地向他说出了这一番话。在她的明眸里已贮满了晶莹的泪水了。司徒明想不到一个没有受过相当教育的女子，居然也很会说几句话，一时望着她那种大有盈盈泪下的意态，倒是出了一会儿神。慧英见他不作答，于是又低低地说道：

　　"明哥，你假使认为我这个人很讨厌，那没有关系，你只管到床上去睡，我可以不睡到床上去。也许有一日你见我这个人还可以使你感到一点满意的话，当然你不会再像现在那么恨我了。明哥，你去睡呀。你不要为了憎恨我反而连累了你自己，这似乎有些犯不着呀！"

慧英说到这里，她以妻子的身份，伸手去拉了拉他的衣袖。虽然她的内心是痛苦得那一份样儿，但是她的脸部上还浮现了媚人的微笑。这微笑多少是包含了一种可怜并掺和了委屈的成分。司徒明似乎有点感动，望了她一眼，反问道：

"那么你不睡到床上去，难道你就不会生病了吗？"

"我生病没有关系，这和你是不可同日而语的。"

"这又是什么理由？"

"当然啰，我不要说是生病，即使死了吧，你们做男子尽管可以续弦。常言道：妻子是汰脚水，倒了一盆旧的，可以换上一盆新的。反转来说我们女子吧，这是我的比方，假使不幸丧了丈夫，那还不是只好孤零零地过一辈子吗？所以在我的心里，假使你要有什么不幸，情愿不幸到我的身上来。明哥，你所以这样地不快乐，我心中很知道你有什么难言的隐痛，所以在我只有对你表示无限的同情。今夜太晚，我不希望再劳乏你的精神，好在还有明天，你应该对我明白地说，我虽然是个无知无识的女子，但我也许懂得一点大义。假使可以使你感到不再烦恼的话，我一定可以忍痛来成全你。明哥，你睡吧。"

慧英这几句包含了血和泪混合成的话，在表面上可说是开了灿烂鲜美的花朵。司徒明不是一个木石无知的偶像，他是一个有灵感的所谓人类。假使他是豺狼成性，也能不感动得伤心起来。他虽然是躺在软绵绵的绣花被里了，但是他久熬住的歉疚的热泪，终于痛痛快快地流了下来。

慧英等他熟睡之后，她坐在桌边，盘了双膝，闭了眼睛，暗暗地念起佛经来。好在在家里有时候跟母亲做功课，也坐到天明，所以等到东方发白，她才略事梳洗，对镜自照，只觉憔悴芳容，不免自顾影自怜。为了不愿给亲友们看出自己有什么伤心，所以她绝对不希望出一点眼泪，只有深长地叹了一口气。小梅从房外悄悄地走进来，她是慧英的赠嫁丫头，见慧英已经起床，便低低叫声小姐早，微微一笑，把那盆洗脸水端了出去。慧英明白小梅这一笑多少是包含了一点神秘的意思，但是她哪里知道自己的心头好像哑子吃黄连般地苦呢？

晨熹既然冲破了黑夜之后，那么在不知不觉间也就红日满窗。小梅把面水端了进来，这是预备给新姑爷梳洗的意思，一面拉开纱幔，打扫新房。但司徒明兀是酣睡未醒，显得相当疲倦的样子。果然，不多一会儿，有许多亲戚们来吵房了。这些都是年轻人，不是表姐妹，就是堂兄弟，他们嘻嘻哈哈地你一句我一句，司徒明早已被他们吵醒，遂只好匆匆梳洗起身。

"阿明哥，昨夜之乐如何？"

"优哉游哉，洋洋乎如鱼得水。"

"哈哈！哈哈！为什么不说如水得鱼，偏说如鱼得水呢？"

"如水得鱼，那你是要叫新嫂嫂说的了。"

众人的笑声、闹声充溢着整个的新房，新房里的气氛是包含了神秘的热情。在一班小兄弟们的心目中，是都含了未尝个中滋味的羡慕，然而司徒明的脸上，却是浮显了苦汁的微笑，而慧英的心头，是更增添了悲酸的成分。

新郎新娘在三朝之内，照中国风俗，理应先向上房里端茶请安。小梅把银耳茶滚好，遂请姑爷姑娘前往上房。这里众兄弟姐妹也都拥着过去。外人代他们的兴奋和热狂，这使他们两人的心中更感到冰冷和惨然。

司徒卫和司徒太太两人是竭力注视着新娘脸部的表情，因为在新娘的意态上可以猜测昨天晚上阿明对慧英的情形。然而仪态大方的慧英她并没有使人家可以发觉她脸部上有破绽的地方，因此司徒卫和司徒太太都感到相当欢喜，心中暗想：新媳妇品貌生得不错，儿子口硬骨头酥，在柔情绵绵的旖旎风光之下，他一定完全屈服了。

因此他们脸部上的笑貌也就没有平复的时候了。

太阳走完它一天的行程，慢慢地回向西山脚下休息了。新房里是暗沉沉的，像笼罩了一层轻罗纱那么的薄暮。慧英独个坐在新房内，手托了香腮，她是呆呆地沉思着，沉思着自己的命运，真像漫无边际的太空一样缥缈和茫然。想不到结婚之后，反而葬送了自己终身的幸福，这似乎做梦也意想不到的事情了。就在暗自伤感的当儿，小梅亮了室中的灯光，悄悄地进来。她见房中没有第二个人，这就挨到慧英的身旁，低声问道：

"小姐，小姐，我说姑爷这个人他是不是有些毛病的？"

"啊？什么毛病？"

慧英听小梅问得突兀，这就抬起粉脸儿来，秋波逗了她一瞥惊异的目光，低低地反问。小梅沉吟了一会儿，又向窗外望了一眼，方才告诉道：

"我见姑爷今天的身后总是跟着两个卫兵。姑爷到东，他们跟到东，姑爷到西，他们也跟到西。我想姑爷又不是三岁的小孩子，而且公馆内也不见得有什么强盗土匪，难道会给姑爷绑去不成？所以我心里想着，姑爷说不定有一种病，所以怕他闯祸，才这么地保护着吗？"

"小丫头，你不许胡说白道。我想这是怕他喝醉了酒，可以随时照顾的意思。你怎么就胡思乱想到这个上头去呢？幸亏新房里没有别人，否则听到姑爷的耳朵里，心中不是要见怪你吗？"

慧英听了小梅的告诉之后，她虽然是恍然大悟了，暗想：原来司徒明对我的不满意，其实公婆是早已知道的，那么这次的突然提早结婚，显然是公婆知道他外面另有爱人，才强迫他和我结婚的。照小梅告诉的情形，显见得是怕他逃走的意思。她心中虽然是这么地想，但她表面上还向小梅轻声埋怨，是叫她以后不要多嘴的意思。小梅微微地一笑，也就不再说什么了。

晚上，在新房里，照旧地只有司徒明和慧英两个人。司徒明坐在沙发上，他的神情并没有像第一夜那么慌张和不安，但是他手里夹着一支烟卷在口里猛吸，望着一圈一圈飞腾上去的丝丝袅袅的烟雾，皱了眉毛，显然是感到那份烦闷的样子。慧英给他泡了一杯玫瑰花茶，也并不像第一夜那种羞人答答的样子，亲自送到他的手里，秋波斜刌了他一眼，温情地叫道：

"明哥，你喝杯茶吧。"

"谢谢你。"

司徒明用一种对付客人的态度对付着慧英。慧英退到在另一张椅子坐下，她在木然了一会儿之后，方才轻微地叹了一口气，低低地说道：

"明哥，今晚时候比较还早，我很想知道你一点心事。为什么要这样烦恼的神气，你能不能向我明白地告诉呢？"

司徒明听了，并不回答什么，只向她淡淡地望了一眼，却垂下头来。在他的心中，是慧英对他越温顺越多情，他所感到的痛苦越难受。慧英见他不作声，理也不理一理，虽然她伤心得要淌下眼泪来，但是她还竭力地忍熬住了，含了痛苦的笑容，继续地说道：

"你既然不肯告诉，那么就让我来猜一猜。假使我有猜得冒昧的地方，还得请你不要生气。我觉得明哥对我的态度，并没有什么好感，这不是为了我有什么错处，你才开始对我感到憎恨，我很明白，这完全是因为另一个的缘故……"

"你知道是什么缘故？"

司徒明听到这里，他不由惊奇起来，遂抬头望了她一眼，急急地问。慧英想不到他会插嘴上来，遂平静了粉脸，很严肃的样子说道：

"我觉得你是另外有了爱人。"

"什么？"

"不要惊慌，没有关系。一个大学里念书的学生，这是算不了一回稀奇的事。"

慧英见他突然站起身子来，显然是指破了他的秘密，所以使他感到吃惊的缘故，一时反而微微地一笑，表示毫不介意的样子，又继续说下去道：

"本来像我这种旧式的女子，原没有资格可以嫁到一个大学读书的夫婿。第一，我没有广博的学问，可以给你在事业上的帮助。第二，我没有交际的手腕，陪伴你在公余之时做时髦的娱乐。我知道你外面这个心爱的姑娘一定是才学好、容貌好、交际功夫好，十全十美，绝没有一点儿缺憾的地方……"

"这倒也并不然，我以为两性结合，绝不能像买卖式似的盲目从事。虽然我也怪不了你，但勉强的结合，将来总不会有什么好的果子。"

司徒明一面说，一面又从沙发上坐了下来。慧英点了点头，她粉脸上浮现了一丝沉痛的颜色，有些怨恨的口吻说道：

"你这话我倒很相信。比方说，我假使从小不配给你，你固然是不会感到这一种的痛苦，而我呢，又何尝会在新婚第一夜遭受到人家这种难堪和侮辱？所以我真恨我的父母，为什么在我未成年之时就许配人？难道怕我没人要了会发臭发烂吗？即使他们有这个感觉，我也情愿独身到老，过一辈子清静的生活，总强似遭人家的白眼好得多了。"

慧英这几句话是怨恨到了极顶，所以才有这样讽刺他的成分。司徒明听了，不觉呆呆地默然了一会儿，他站起身子，在室内踱着圈子，然后感叹地说道：

"慧英，在你说起来，固然也没有错。不过你怎么会晓得，为了你而牺牲了一个可怜的姑娘。不但如此，而且使一个年老的寡妇、年幼的孤儿，将都遭受到冻饿的悲惨。你虽不杀伯仁，然伯仁由你而死，你叫我心中怎么能够不怨恨呢？"

"哦，还有这一回事？那么请你详细地告诉我，因为我还不明白这事情的因果呢。"

96

司徒明遂把兰芬被卖入妓院，并她家中尚有老母弱妹需要人维持生活的话向她告诉。慧英听了，皱了眉尖，显出十分同情的样子，说道：

"照你这么说来，这位张小姐的遭遇确实是太悲惨了。然而你要怪我的不是，那还是怪你自己的不是来得妥当。因为你和我的婚约在没有解除之前，你怎么可以滥用其情呢？假使我们没有结婚，那么来一个解除婚约，这样在我心上虽然受了刺激，但比较还可以接受。现在我们是结过婚了，倘然你要抛弃我，再去追求那位张小姐，在你对张小姐固然是情深义重，不过你在我的面前怎么交代？只要你能够给我一个安排，我就是死了，也口眼紧闭的了。"

"在当初我确实有解除婚约的意思，但是做父母的不答应，叫我又有什么办法？我现在对你有个不情的请求，假使你能了解爱情的真意，那么你就应该回家去，对你父母说，和我马上离婚。因为这在彼此都是幸福的途径，否则这样下去，你固然得不到我的真爱，我也享受不着夫妇间真正的乐趣，大家在痛苦的环境中消磨着一生。"

慧英满以为自己这一篇话可以使他回心转意，博得他的同情，可是万万也料不到司徒明不但无一点爱怜之情，反而说出这几句不近人情狗屁不通的话来。一时她心中的悲痛和愤怒，使她粉脸由绯红而转变成铁青的颜色。因为是过分伤心，她哭不出，忍不住哼哼地冷笑起来，说道：

"这也许所谓是大学生说出来的话！我真佩服你有这一种杀人不见血的思想，倒叫我失敬得很！你要抛弃我，你还要叫我自己提出离婚的要求，让外界知道这罪恶是在我，而不是在你。你真有计算！在这里，我不能不佩服你的手段高明！在你这种寡情少义的行为而说，我应该回家告诉爸爸。老实地说，凭我爸爸的势力，就可以要你这一条命。不单是你，恐怕你爸爸的地位都要发生了动摇。然而我不是这样不明亮的女子，仗势欺人那又何苦？我不希望把这件事情扩展开来，因了我们的婚事，而连带到我们父母的身上。所以我情愿牺牲自己，而成全你们有情人终成眷属。但是，我并非是个轻贱浪漫的女子，我知道一个女子的一生，她只能嫁一次丈夫，所以我也绝不是另外再去嫁人，我需要找一个最清静的佛地来度我的残生。"

司徒明听她起初的语气是分外愤激，但说到后面，声音由缓慢而至低沉，由低沉而转到颤抖，待说完了这一番话，她已咽不成声，到底一阵子悲酸在她心坎上融化了无数的热泪，忍熬不住地滚落到粉颊上来了。司徒明的良心中似乎受到了一种正义的谴责，不过他自私的兴奋已超越了一切，对慧英不过是带了一点表皮的同情，他很快地走到她的面前，握了慧英的手，说道：

"慧英，你肯这样地成全我，那就真叫我心中感激极了。不过你又何必这样地消极？因为你形式上虽然是结过了婚，而实际上你还是一个清清白白的姑娘。那么你尽可以找寻好的对象。我觉得得像你这样的人才，也许能够得到一个比我更好的丈夫，那么你的前途是更显得灿烂和光明的了。"

"谢谢你，对于这些，似乎不需要你再来替我关心的了。"

慧英恨恨地挣脱了他的手，她坐到床沿的旁边去，显然这意态是显出多么痛恨的样子。假使是一个人类，是一个有灵感有心肝的人类，他的心头是不能不感到一种歉疚和不安的。司徒明想想自己，也得想想人家，他代替慧英可怜，也代替慧英伤心，就走了上去，红了眼皮儿，凄婉地说道：

"慧英，我对不住你……不过，我需要你给我一个原谅和同情。"

"我受了这样的委屈，也没有人来同情我，你倒还需要我这样一个苦命的人来同情你？司徒明，你对付我的手段太厉害了。"

慧英怨恨、痛苦，在心头交织成了悲酸苦辣的滋味，她说完了这几句话，忍不住倒在床上呜呜咽咽地哭泣起来。司徒明还有什么话好解释呢？他站在旁边陪着她也落了许多的眼泪。过了一会儿，慧英停止了哭泣，坐起身子，说道：

"奇怪，我所以伤心，是因为生不逢辰，命途多舛，以致遭人遗弃。但你既已达到愿望，你好好的为什么又在流泪呢？"

"人非草木，孰能无情。我今日之所以有不情之请，皆出于不得已而如此，然为你身世而设想，安能不令人涕泗滂沱呢？"

司徒明挥泪不已地说出了这几句话，大有不胜痛心之意，但这些虚伪的措辞和同情，并不能使慧英得到一丝一毫的好感，遂冷冷地笑道：

"我以为这些都是多余的废话，我虽然是个下愚，但我到底还知道一点事情的发展。况且，我也不需要一个屠夫杀了一头猪羊再来表示惋惜和同情。人生本来就是一场梦，富贵荣华，妻财子禄，无非一梦，身入梦境，有时候固然遇得意而微笑，但有时候也会遇失意而痛哭。今日我梦醒黄粱，倒反而可以除却许多的烦恼。所以你不必为我而伤心，我从今日起将不流一点眼泪。不过我将为你正在梦中而感到永远烦恼哩！"

慧英说完这些话，因为昨夜根本没有入睡，此刻再也不能支撑，这就自管地倒卧床上去安寝了。司徒明听她说得非常彻悟，知道她是灰心已极的缘故，一时心中颇为不安，倒反而暗暗地伤心了一会儿。因为她在床上已经熟睡，于是也把一条小被盖在她的身上，他自己拿了一条野鸭绒毯子，躺到沙发上去了。

次早起身，两人各自梳洗，小梅端上点心，说是老太太叫她拿来给小姐吃的。慧英听了，倍觉伤心，待小梅走后，遂对司徒明说道：

"今日三朝，我们应该双双回门。我知道你父母把你监视甚严，恐怕一时难以脱逃。昨晚我给你想了一个法子，今日在回门途中，我可以……"

慧英说到这里，她回眸向房门外张望了一眼，是防有没有什么人偷听的意思。司徒明遂挨近她的身边，慧英向他附耳低说了几句，听到司徒明的耳朵里，真是铭到心头，感入骨髓，忍不住望着她又潸潸泪下了。

　　两人点心用毕，双双至上房端茶请安。司徒卫竭力又向阿明叮咛，说见了岳父大人要有礼貌，谈话更要有分寸，不能随随便便，将来弄个好差使，不难飞黄腾达，青云直上。司徒明听了，唯唯应命。这时小梅已备舒齐了回门的红果包及茶点等物，汽车在外面也侍候多时，司徒明和慧英拜别公婆，走出上房，到了院子，见汽车旁边果然站立着四名武装卫士，一见新人出来，立正敬礼，并拉开车门，请他们入内坐下。小梅匆匆跟着上车，随手关了车门，四名卫兵便站在汽车两边踏脚上，车夫把喇叭一按，呜呜两声，车身便驶出公馆大门去了。

　　汽车在途中慧英向小梅低低地说，先到城外静土庵里去进香，因为自己曾经许下了愿。小梅素知小姐信佛，遂不疑有他，于是伸手拍拍车夫的肩胛，悄悄地关照。车夫听了，沉吟了一会儿，似乎难以委决之意，遂向车外站着的那个卫队长招呼了一声，把新少奶进香还愿的话告诉了，要卫队长做主。卫队长陆连忠听了，皱了眉毛，似乎也难定夺，遂追问这是谁的主意。小梅见他们好像议决一件什么大事的神气，在她心中当然不知道是司徒卫有命令给他们，不许在半途有停车等情，还以为他们有藐视小姐的意思，这就愤愤地说："当然是新少奶奶的意思，难道新少奶奶进香还愿都要受到拘束吗？说起新少奶奶的势力，比少爷还要大一点，谁肯得罪这一位好小姐？"当下大家不敢声张，汽车便直开到城外静土庵的门口来了。

　　静土庵里的当家悟空师太一听报告，说曹将军的千金小姐偕新婚夫婿前来进香，早已率领众小尼前来迎接。当下大献殷勤，招待得非常周到，一时钟鼓齐鸣，香火俱旺。待进香毕，迎入禅房，略事休息，敬烟送茶，殷殷款待。这时慧英坐在椅上，闭目养神，其实她在暗暗设计。过了一会儿，她忽然双眉一蹙，向小梅说道：

"不知怎么的，我好好的竟有点头晕起来，你给我先回家去告诉爸妈，说我在此略事休息，大约下午即可回家。"

"小姐，这又何必？我劝你此刻快点儿回家去吧。今天新姑爷回门，家里不知多少热闹，正午要款待新姑爷吃饭，你怎么说下午回家去？那是什么意思？叫新姑爷听了，不是心中生气吗？"

小梅听了，真有点莫名其妙，向慧英低低地追问。慧英一时难以作答，不觉默然。司徒明在旁边插嘴说道：

"小姐她既头晕，让她休息一会儿也好，反正此刻时候尚早。"

"小梅，我叫你去报告，你偏违拗，叫我头益发痛起来了。"

慧英竭力绷住了粉脸，做薄怒娇嗔之状。小梅见小姐生气，一时没有办法，只好快快而出。卫队长陆连忠在外面颇为心焦，一见小梅，便问小姐可曾进香完毕。小梅说小姐忽然有病，我们回家先去报告老爷太太，再作计较。陆连忠听了，将信将疑，但新少奶和少爷既在一处，也就不再顾虑，坐了汽车，一同回曹将军公馆去了。

这里慧英待小梅走后，遂对司徒明望了一眼，脸上浮了一丝苦笑，低低地说道：

"先生，此时不走，更待何时？"

"慧英，你……你不记恨我的薄情，反而为我设脱身之计，此恩此德，真叫我何以为报？"

司徒明到底不是铁石心肠，听慧英这样说，他不禁拜伏在地，失声哭泣起来。慧英急忙闪身避过，却竭力熬住了泪水，冷冷说道：

"非君寡情，乃妾福薄耳。请君勿作恋恋之态，若妾身父母一到，则君又不能远遁矣。愿君此去，固能如愿以偿，享受画眉之乐，但请勿忘男儿以事业为重。妾薄命人，今已决意皈依佛门，听暮鼓晨钟，度清静岁月，以终残生，于愿足矣。"

慧英说完，背转身子，表示不愿再见。司徒明含泪呆立良久，忽然把心一横，遂匆匆奔出庵门，扬长而去。

这里悟空师太还弄得莫名其妙，正欲动问间，慧英回过身子，拜倒在地，愿削发为尼，以师事之。悟空师太惊骇莫名，连忙扶起，急急问她这是什么缘故。慧英遂把自己苦心细细告诉，并谓看破红尘，永为佛门子弟。悟空听了，代为伤心，不过恐怕曹将军到来见责，所以不敢贸然答允，且待曹将军面许之后，方敢收留。慧英泣道：

"师父，我的志意已决。父母纵然不允，我也唯有一死而已。所以请师父即速给我青丝剪去，以免波折。"

悟空师太禁不得她苦苦哀求，于是只好在大殿之上，让慧英盘膝而坐，众小尼在两旁口念弥陀，悟空师太亲自给她削发咒眼。等这一切舒齐，外面汽车喇叭声响不绝，接着小梅领路，曹将军夫妇两人急急跟入。当他们在大殿上瞥眼见到女儿面目全非，这一吃惊真是非同小可，而且心中奇怪，似坠入云雾之中。曹太太不问情由，抱住慧英便先放声大哭起来。

"这……这是怎么一回事？他妈的！当家尼姑在哪里？把我女儿弄得非男非女，该死狗王八！来人！把这老尼姑拉出去枪毙！"

"啊！将军！饶命，饶命！这是小姐逼着我给她这样做的，不是我的主意。"

"爸爸！爸爸！这不是她的罪过，是女儿我自己情愿这样子，和老师父不相干。爸爸，女儿不孝，请老人家饶恕我了吧！"

曹绍雄暴跳如雷，怒睁环眼。他的火星几乎从头顶上已冒蹿出来了。但悟空师太这一吃惊，真是魂不附体，趴在地上，连连求饶。慧英也急忙推开母亲，跪到父亲面前，代为声辩。这时小梅抱住小姐，也大哭起来，急急问道：

"小姐！小姐！我实在太不明白了，这……到底是怎么一回事？你竟然要削发为尼了？新姑爷在哪里？他……他……难道忍心看着你皈依佛门吗？"

"慧英！慧英！姑爷呢？这……真叫我在做梦吗？怎么结婚还只三天，回门竟回到庵堂来，这岂不是天大的笑话吗？"

曹绍雄被女儿一求，怒气方才稍为平息一点。他现在是急于要明白这件事情的真相，到底是为了什么缘故？曹太太也一把鼻涕一把泪地急急地追问原因。慧英方才把新婚第一夜的情形向父母告诉一遍，并且说道：

"爸爸，妈，我既然知道他另有情人，对我并无爱情，那么何必勉强结为夫妇？因为夫妇相处的日子久长，天天若遭人白眼，那还不是爽爽快快地牺牲了自己，成全了他们，比较痛快而可以除却许多烦恼吗？所以我对他说，我可以设法帮助他。今天在回门的途中，我就打定主意到这儿来找我的归宿，同时放他的生路。爸爸，妈，女儿命薄如纸，大概前生烧了断头香，所以今生才会遇到这样薄情郎。不过事已如此，我不怨天，也不尤人，我唯有在此静修来生，希望来生不会再遭到这样悲惨的事情吧。"

"啊！啊！真气死老子了！他妈的！他妈的！这小子胆敢如此目无王法，他明明侮辱我，轻视我！陆连忠在哪里？"

"是！小人在！"

"快把司徒参谋去叫来，我倒要问问他，他养了这么一个好儿子，把我女儿侮辱得这般地步，我就和他拼了这条命吧！"

陆连忠答应一声，便即飞奔而出。曹绍雄气得怒发冲冠，大殿上的地板几乎被他要用皮靴顿穿了。这时慧英听了，却又呜呜咽咽地大哭起来，说道：

"爸爸，你老人家且快息怒。不要为了女儿的事，而误了爸爸的国家大事。想司徒参谋乃是爸爸一条左右臂，倘然因此反目，岂非女儿之罪？况且他儿子不良，与他做父亲的原不相干。据说司徒参谋为了这事，随从数人在他儿子左右寸步不离，亦无非怕他逃走的缘故。但今日之事，是女儿我喜欢做一个人生的结束，请爸爸万勿迁怒于他人吧。"

曹绍雄听女儿这样说，一时把愤怒又平息下来，心中暗想：女儿此话不错，家事小，国事大，我在司徒卫之前，倒不能太以鲁莽。

这时曹太太最为伤心，和女儿相对哭泣，至为悲惨，她呜呜咽咽地说道：

"唉，早知道这孩子是有了野心，我们为什么要把你嫁过去呢？不嫁过去，你还可以另外嫁人，就是你不肯再嫁，也可以在家里和娘做伴。现在害你年纪轻轻的，在这种冷清清的地方，过一辈子孤零零的生活，岂不是叫为娘太心痛了吗？"

"妈，这是女儿命中注定如此，你也不必为我太伤心啊。"

母女两人哭泣了一会儿，外面汽车喇叭又响了起来，只见司徒卫夫妇两人脸色慌张，一路叫着"反了，反了，那畜生在哪里"，跌跌撞撞地奔进来。到了大殿之上，一见新媳妇已经削发为尼，司徒卫呆呆地愕住了。司徒太太心中一急，抱着慧英也哭泣不止。这时曹绍雄对司徒卫说道：

"老弟，令郎外面已经另有爱人，你为何不来和我明白地告诉？现在令郎固然逃之杳然，害得我女儿心灰已极，竟然削发为尼，那你明明不是害了我女儿的终身了吗？"

"老兄埋怨得很是，但小弟心中的冤气真是无处申诉，我唯有把这该死的逆畜抓回来，碎尸万段，不足以消我心头之痛恨！"

司徒卫一面说，一面也不觉掉下泪来。绍雄见他难受，遂也不忍过分地去呵责他。这里司徒太太又急急问慧英为什么要出家为尼，这小畜生不好，你尽管可以告诉我，我们把他会好好教训的。现在你这样决心遁入空门，连青丝都剪去了，叫我们如何对得住你呢？说毕，流泪不已。慧英听了，反而劝慰司徒太太，叫她不必为自己伤心，人生在世，确实太烦恼了，倒不如跳出红尘，比较逍遥自在。说毕，遂请悟空师太上坐，自己当了父母的面，就此拜了师父。小梅哭得红肿了眼皮，她很忠心于主，遂情愿留在慧英身旁，服侍晨昏。当下慧英披了师太的衣服，并改名为智慧师太。当时曹太太和司徒太太见女儿媳妇一霎之间竟变成了师太，因此又伤心地哭了起来。绍雄这时和司徒卫彼此商量结果，一面通缉司徒明，一面各人拨出一部分家产，来给慧英做养老之金。事情既然如此，也只好各自叹息而已，在万分依恋的情绪之下，大家是洒泪而别了。

　　从此以后，慧英终日在晨钟暮鼓的寂静的环境里度着悠悠的岁月，她口里只有常常念着：欲除烦恼须学佛，各有因缘莫羡人。她以为司徒明逃走之后，总可以和心上人去度甜蜜的光阴，享受着卿卿我我的温柔。然而世事如云多变幻，造物忌人，茫茫前途，以后的结局又是谁能预料得到呢？

第七回

历劫未曾完骤闻噩耗

司徒明含了一颗心酸而包含了一点歉疚成分的心，匆匆地奔出了静土庵。他第一要紧的，当然是先去探望兰芬的家里，看兰芬到底可曾被卖到窑子里去没有。但是一奔进兰芬的屋子里，就见张太太燕纹抱着她三岁的女儿兰芳暗暗地淌眼泪。看了这个情形，就可以笃定兰芬被卖的消息是相当准确，不过他还情不自禁地急急地叫了一声伯母，问道：

"兰芬呢？兰芬呢？"

"啊！司徒先生，兰芬，兰芬……她不是给你们派了两个卫兵来押了去吗？他们说是你来把她请去的。当初我们就不点不相信，现在已经过了五天了，她的人没有回家。我正要向你讨人，你怎么反而来问我呢？司徒先生，可怜我是只有这么一个会赚钱养我老的女儿，你现在不但害了兰芬，而且叫我们这两个可怜的人以后又怎么样过得了生活呢？"

燕纹一见了司徒明，她急忙站起身子，滔滔不绝地说了这么许多的话。说到后面，忍不住呜呜咽咽地哭泣起来了。司徒明被她一哭，忍不住心也碎了，肠也断了。他涨红了脸，呆呆地愕住了一会儿，因为是抱歉到了极点，所以眼泪也不禁扑簌簌地直滚下来。良久，方才低低地劝慰她说道：

"伯母，你且不要哭呀。虽然兰芬的遭遇是太可怜了，不过我的内心和她是感到同样的痛苦。你以为我那天不该失了约，但你哪里知道我是被爸爸软禁在家里，而且在三天之内就强迫我结婚。我今天也是偷偷地逃出来的呀。"

"啊！那么难道有谁泄漏了秘密吗？否则，你爸爸好好的为什么却把你软禁起来呢？司徒先生，那么你现在是已经结过婚的了？"

燕纹听了，一阵失望更刺痛了她脆弱的心，问到末了的时候，她觉得兰芬是完全在残暴的势力下做无谓的牺牲了。司徒明听了，遂连忙把自己婚后决不同房的话并新娘成全逃出的话，告诉了她一遍，一面又说道：

"伯母，你放心，我绝不会忘记兰芬的。我今生除了兰芬之外，是绝不会再娶第二个女子的了。"

"可是兰芬到今日还是消息杳然，好像石沉大海，说不定被你爸爸枪毙了。这……你纵然是爱情专一，恐怕也没有用了吧？"

燕纹说到这里，她觉得女儿是凶多吉少，因此又呜咽啜泣。司徒本当还不忍心把兰芬已被卖入窑子的话告诉，但燕纹认为兰芬已经是不在人世了，所以他只好把父亲对自己说的向燕纹说了，但燕纹却又急得双泪交流的样子，说道：

"那么兰芬身入污泥，女孩儿家的清白不是从此完了吗？一个已经不清白的女子，她怎么还有脸皮来嫁给你？就是你……恐怕也不会要的了。"

"不！绝不！我以为一个女子在强暴势力下失去了贞节，在她本身是绝没有什么罪恶的。况且兰芬的被卖，完全是我连累她的。所以我绝不会因兰芬的身堕污泥中而变了爱她的方针。只要兰芬在世界上做人，我总可以和她重圆好梦。伯母，这里一千五百元钱，你留着做生活费。因我既是逃出来的，我也不能在北京城里久居下去。当然我现在暂时不能照顾你了，好在你有了这笔钱，在三年之内，可以不必担心你的生活了。伯母，我一面托人找寻兰芬，一面要流亡到异乡去了。假使我侥幸能不遭受到意外惨变的话，那么我们也许仍旧有见面的日子……"

司徒明一面说，一面在袋内摸出钞票，放在桌子上，便预备匆匆要走的神气。燕纹在这个时候方知司徒明对兰芬真是痴心到了极点，绝不是公子哥见花爱花一种玩弄的意思。因为听他要到外面去流浪，所以心头也有点不忍起来，伸手把他拉住了，含泪叫道：

"司徒先生……"

"伯母，你还有什么话要说吗？"

燕纹在叫了一声之后，她以下的话却又说不出来，喉间是已经哽咽住了。司徒明回头望了她一眼，泪眼相对，遂凄凉地问。燕纹到底也是一个好人家的妇女，她有仁慈的心肠，所以她不能不顾虑到人家，遂低低地问道：

"司徒先生，那么你预备到什么地方去安身呢？"

"我吗……唉，也无非是天涯海角，到处为家罢了。"

"那么你不能把你身边的钱全都交给我呀，你也应该留着自己用用才是。"

"不，我是一个年轻的人，我总有办法可想，比不了你们一老一小，我绝不能使你们有冻饿的日子，这岂不是我的罪恶？"

因了燕纹有这一番关心的真情，使司徒明对兰芬更有了一层痴心相爱巩固的基础，他含了沉痛的眼泪，摇了摇头回答。燕纹听了，也更加起了依依惜别之情，遂叹了一口气，说道：

"你是一个娇养惯了的孩子，你怎么能受得了风霜雨雪奔波流浪之苦呢？唉，我不能说你害了我们，倒是我们兰芬害苦你了。"

"伯母，你为什么要说这些话呢？那不是叫我心头更感到痛苦吗？不要难过，我相信，我们还有团圆的日子。伯母，我走了。"

"大哥！"

司徒明说完了这几句话，又要匆匆回身欲走，却听兰芳向他叫了一声，一时忍不住又回身把兰芳抱了一抱，在她小脸上吻了一个香，凄凉地说道：

"兰芳，大哥走了，我们后会有期了……"

"司徒先生，祝你永远平安……"

司徒明是个情感浓厚的青年，他把兰芳交还给燕纹时，眼泪又夺眶流了下来。燕纹眼望着他跨出房门去了，忽然又追到院子里，摇了摇手，高声地祝祷。但司徒明心慌意乱地奔出了院子，他魁梧的身材已在燕纹眼帘下消失了。不知怎的，身子抖动了一下，忍不住感到一阵无限的凄凉。

拖着沉重的步伐，回进了房内，把钞票刚刚放入抽屉，忽然一阵杂乱的皮靴声响进来，拥入五六个卫兵，为首一个正是陆连忠。燕纹此刻仿佛是惊弓之鸟，她的脸早已变成了灰白的颜色，以为又是什么大祸降临到了她的头上，全身也瑟瑟地发起抖来，望着他们，倒是怔怔地愕住了。陆连忠大喝道：

"你这个女人是不是姓张的？司徒明少爷可曾躲在你的家里？"

"哎，你……你……在说些什么话？我女儿已经被你们少爷狠心地卖了，我把你们的少爷恨得肉有几口好咬，谁知你们还到我这里来找寻少爷？我正要向你们找少爷这个人，叫他赔还我的女儿。我是一个孤苦无依的老婆子呀，你们少爷不该狠心卖了我的女儿呀！喔！天哪！你们全不是人哪！害得我们骨肉分离，难道你们心肝肺都没有了吗？"

燕纹因为有过司徒明一番告诉之后，所以她很明白这班卫兵到来的目的，想到司徒明刚走，不免代为捏了一把冷汗。她觉得好好回绝是很难使他们相信的，所以索性把司徒明恨入骨髓的样子，反而问他们讨人，接着就号啕大哭起来。燕纹这办法是很有效验，所以陆连忠连屋子内搜抄都不搜抄一下，带了卫队们匆匆地奔到别处去找寻了。

燕纹等他们走后，她方才收束了眼泪，起初对于司徒明的话还有些将信将疑，此刻看起来可见完全是真实的情形了，一时代司徒明反而感到十分忧愁。万一被他们抓到了，这……这便如何是好呢？

想到这里，急得泪如雨下，暗暗地念佛不已。

司徒明离开了燕纹的家里，立刻坐车到学校去找志强。志强一见司徒明，大为吃惊，忙向他急急地说道：

"阿明，你此刻怎么又到学校里来了？刚才有大队卫兵到这儿来找寻你，说你结婚后逃走了。我看情势非常紧张，三十六着，走为上着。你还是快点儿逃走吧。"

"哦，原来他们已四处找寻我了。志强，我原来也预备逃到上海去的，不过我在临走之前，我是应该向你谈几句话，所以我便又来找你了。"

司徒明听了这个消息之后，他一颗心忐忑地像小鹿般地乱撞起来，但他竭力地还镇静了态度，向他低低地告诉。志强点头说道：

"我想他们已经来找寻过，此刻大概不会再来了。我似乎也很想知道一点你个中的详细。那天我们吃了晚饭分手，你不是原定在次日一早和张小姐一同出走的吗？但是却怎么又会被你爸爸看住了，因此强迫结婚呢？现在张小姐的人在哪里？她可知道你在家里已经结过了婚？你应该向我告诉一个明白。"

"唉，这真是一言难尽……"

司徒明听他一件一件地细问，这就深长地叹了一口气，一面遂把过去的情形向他仔仔细细地诉说了一遍。志强这就迫不及待地问道：

"照你这么说来，张小姐的生死下落还不明白吗？那……那你是预备一个人逃亡的了？"

"可不是？为了这样，所以我是来向你拜托的。我走之后，对于兰芬千万要请你尽点义务找寻找寻她。假使能够把她找寻回来，你就使我感恩不尽的了。"

司徒明说到这时在，握紧了志强的手，眼皮也不免有点湿润。沈志强听了，连连地点头，用了无限诚恳的语气，对他安慰道：

"阿明，你放心，你的事和我的事一样。我一定给你竭力地找寻。而且她的母亲我也时常会去照顾她的。不过我希望你时常给我通信，那么我找到了张小姐之后，也可以写信来告诉你，使你在外面也不会梦魂为劳了。唉，想不到你竟不能毕业，就流亡到异乡客地去了。"

"这是我命中如此，还有什么可说？不过我对于这里的时局本来大感不满，所以我今后也许可以找到一点较好的环境，这是所谓塞翁失马安知非福的一句话了。志强，我在这儿提心吊胆，不敢久留，好吧，我们后会有期。"

沈志强说到后面这一句话，大有感伤之意。司徒明心中自己出不胜感叹，但事到如此，也只好聊以自慰，一面说，一面握了握他的手，预备匆匆作别了。志强看着他向前匆匆地走了，忽然想到了什么似的，又追赶上去，低低地说道：

"阿明，你身上带了旅费没有？我这里有一百元钱，你拿去吧。"

"志强，你这样热心关切地爱护我，真不知叫我如何报答你才好。"

"事情已到这个时候，你还说这些话干什么？不要难过，不要担心，放一点勇气出来，施展你大鹏的翅翼，也许能一振万里。那么今日之失意，也正是将来得意的秧子。"

"是的，多谢你的祝语。我在这里铭人心版，永记不忘了。"

司徒明在万分悲酸之际，听了志强这几句话，他的心里才感到一点新生的希望。在他脸上拨开了一层黯淡的愁云，不禁微微一笑，这会儿他放大了步伐，毫不畏惧地终于向前急急地励进了。

司徒明是走了，他走到什么地方去，一时谁也不知道。不过沈志强的心里倒好像是多了一重心事。次日报上，就发觉军部里登了一则通缉司徒明的启事。这在沈志强看到了之后，更是急得了不得，连晚上睡觉的时候都替司徒明担着忧愁。因为阿明的父亲和丈人既然不肯轻易地放过了他，那么阿明恐怕是有翅难展的了。志强心内虽然是天天担着忧愁，不过所幸运的是几个月来并没有听到司徒明被捉到的消息，所以他才慢慢地把这个忧愁也就打消了。

那时候已经是暮秋的季节了，虽然是这么的一句话，不过在一句话中，志强的本身上已经完成了许多事情。第一，他当然是早已毕业了；第二，他和金雅琴已经结了婚，而且雅琴身上已经怀了两个月的喜。虽然在他的家庭时其乐融融，真是十分美满，不过他时常地还愁眉苦脸，好像心事重重的样子。这当然也有很多的原因：第一，司徒明出走之后，消息沉沉，好像杳如黄鹤；第二，自己负了找寻兰芬的责任，但到今日还是不知下落。虽然在兰芬的家里是已经去过了好多次，而且也买了些东西去送过张太太，但兰芬这个姑娘又到哪里去找寻好呢？北京城里的妓院也不算少，那时候统计起来，大大小小至少有四五十家。假使每家去找寻的话，去一次两次的生客，妓院里也绝不会把真实的情形老老实实地告诉出来，那么这当然是一件煞费苦心还不大容易调查出来的事情。为了这样，使志强的脸上总像堆了密密的愁云一样。

这天吃过了晚饭，志强翻阅着夜报，见到战事的消息也相当紧张，看起来革命军的势力颇为扩展，曹将军的地位难免有点动摇的可能。想起司徒明这个人，也不知是否有加入革命军，因为消息沉沉，那就难免有为国牺牲的可能，假使已经流血在沙场上的话，那么真是叫他在九泉之下也感到遗恨无穷的了。志强心中这么地想，忍不住微微地叹了一口气。这时坐在沙发上正结着绒线衣的雅琴听他又在唉声叹气，便抬头望了他一眼，低低地说道：

"志强，你也别老是为了人家的事长吁短叹，虽然受人之托应该忠人之事，不过也要量力而行。老是愁眉苦脸，也没有什么用啊。"

"话虽不错，但我也并非老是愁眉苦脸，因为想起司徒明这个人放弃了好好的环境，竟到外面去没有把握地流亡，其情可痴，令人感到一种惋惜罢了。"

沈志强夫妻两人正在感叹的当儿，忽然电话铃声响起来，志强于是放下手中的夜报，立刻去接听电话。他含笑叫声"徐老兄，好

112

久不见了"，过了一会儿，又说"好的好的，我马上就来"，一面说，一面搁上了听筒。雅琴问道：

"是谁打给你的电话？又叫你上哪儿去呀？"

"是徐广成先生给我的电话，他今天在大东胡同湘云书寓里请客，叫我去吃花酒。我虽然已吃过了饭，但我的目的是在找寻兰芬，说不定踏破铁鞋无觅处，得来全不费工夫，这就叫我如愿以偿的了。"

沈志强一面含笑告诉，一面披上大衣，戴了呢帽，便匆匆地坐车到大东胡同的湘云书寓去了。当下由听差的陪伴上楼，只见一间厢房里摆了一桌银台面，围坐了红男绿女，莺莺燕燕，十分热闹。徐广成一见志强到来，便立刻起身相迎，还没有说话招呼，只见广成旁边有个花容月貌的女子，她比广成更快地走上来，向志强叫声"沈先生"，不禁已是声泪俱坠的了。志强心中似乎感到意料之外的惊喜，原来这个少女不是别人，正是张兰芬小姐。那就应了"得来全不费工夫"这句话，他忍不住也急急地叫道：

"张小姐，你……原来在这里？那就真叫我找得好苦了！"

"志强兄，来，来，我们到隔壁房间去谈谈吧。"

徐广成拉了兰芬，向志强一面说，一面便走到隔壁另一间房间。三人在椅子上坐下了，兰芬这时除了扑簌簌淌眼泪外，却一句话也说不出来。志强看这情形，好像广成也有点明白个中曲折的情形的模样，一时颇觉奇怪。因为广成是自己入社会经商后的朋友，他对于司徒明的事根本是不知道的，所以迫不及待地问道：

"广成兄，莫非你叫我到来，就是为了张小姐的缘故吗？"

"不错，假使我存心请你吃花酒，也不至于会这么晚地打电话给你。说起我认识张小姐，还是不多远的一个月之前。我见她温文大方，姿容绝丽，不像是个风尘中人，所以我对她非常爱怜，可惜我早已使君有妇，要想叫她屈居小星，恐怕人家不肯答应，所以迟迟未敢启齿。直到今天，我对她表示有赎身之意，并欲娶作小星，征求她的同意。但是她回答我，说有不得已的苦衷，难以应命。我问她详细缘故，张小姐遂把她和司徒明一段事情向我告诉，并且在无意中提起了老兄的大名。我想巧极了，因为老兄是我的好朋友，所以我打电话特地请你到来了。"

徐广成这一番话听到了志强的耳朵里，这才有了一个恍然大悟，遂伸手把广成的手紧握了一阵，十二分感激的样子，连声地说道：

"广成兄，你今天这个电话，真是大慈大悲救苦救难，我心中代我的朋友实在太感激你了。不过我在未说之先，还要请你牺牲一点儿，不要再有娶她作小星的念头了。"

"当然，当然。我之所以动这个念头，也无非为了不忍她永远沦落在这黑暗环境里的意思。其实我很明白，我绝不会不得到人家的同意而去爱上她。再说我的爱她，至少还有点博爱的成分。"

徐广成连连地点头，他也索性说得特别漂亮了。沈志强听了，忍不住倒笑了起来，一面便徐徐地说道：

"广成兄，你很够朋友，所以我代我的朋友先向你表示无限的感激。不过我这位朋友司徒明，你在前几个月的报纸上总也发觉过有通缉他的新闻，你知道是为什么缘故吗？我想这件事，张小姐心中恐怕也还不详细吧？"

"沈先生，那么阿明这个人在不在北京城里呢？"

兰芬坐在旁边所以默默无语，是因为自己身入妓院，今日见了旧时的朋友，那实在是为了怕难为情的缘故。现在听志强这么说，一时心头别别乱跳，所以抬起头来，含了羞愧的目光，向他望了一眼，急急地问。

志强摇了摇头，遂把阿明被父亲监视行动，强迫结婚，又如何的不肯同房，如何的新娘同情他，如何的进香逃走，如何的向自己含泪拜托，详详细细地向两人告诉了一遍。兰芬听完了这些话，她觉得阿明对自己的痴心和真情，真是海无其深、天无其高，一时感动得难以形容，忍不住一阵悲酸，这就呜呜咽咽地痛哭起来。徐广成也点头叹息，觉得他们两人的事迹真可以说是哀感顽艳、可歌可泣，因此十分同情，为之唏嘘不已。志强站起身子，拍拍兰芬的肩胛，低低地劝慰她道：

"张小姐，你不要伤心了。虽然阿明为你确实经过许多痛苦和困难，不过你为了他更受了许多痛苦和委屈。只要你守身如玉地没有改变你爱他的意志，我觉得在你实在已很可以说是对得住他了。"

"这个我也可以代张小姐做担保。因为我听鸨母说，张小姐确实还是一个清清白白的小姑娘。"

徐广成不待兰芬有所表示，便先代为急急地声明。志强听了，心中当然代阿明十分欢喜，不过兰芬的脸上已是浮现了羞惭的娇红。因为这一种议论加在自己身上，那是多么的可耻呢，所以垂了粉脸，几乎抬不起头来。女孩儿心中有了伤心和委屈，那当然还是诉诸于眼泪，来吐一吐她心头的哀怨和积郁。她默默地泣了一会儿，志强和广成在旁边劝了一会儿，兰芬方才收束眼泪，又向志强低低地问道：

"沈先生，那么阿明这几个月来有没有写信给你呢？"

"说起来真叫人有点奇怪，照理总也该有点信息，谁知直到现在，却没有接到他一个字的来函。我想也许他在外面工作很忙的缘故，所以抽不出空来写信吧？"

"阿明在外面要是遭到什么不幸的话，那我一定不会独个儿活在世界上。"

"张小姐，你不要伤心。我想阿明这个人是很能干的，他绝不会在外面发生什么意外的不幸，所以你别这么说吧。"

志强见她又暗暗地流泪了，于是在一旁向她轻声安慰，一面走到广成的面前，附了他的耳朵，低低地问道：

"广成兄，那么你和鸨母可曾谈判过没有？不知要多少身价才能赎出去？"

"这个我倒还没有向鸨母问过，但照我猜测，大概至少要五千元不可。"

"你在这里比较熟悉，请你陪我去和鸨母介绍介绍，早点赎她出去，可以使她早一日重见光明。在你我总算尽了朋友帮助的责任，那么至少我们的心中可以感到痛快一点儿，你说是不是？"

广成点头称是，遂和志强匆匆地走出去了。兰芬是个聪明的姑娘，虽然他们的话是说得很轻，不过以她灵敏的感觉上，是已经知道他们的出去总是为了自己的事。她觉得自己虽然命途多舛，波折时起，但还有这些真正热心仗义的君子来替我出力、尽心帮助，这也可说是吉人天相、贵人携扶的了。

大约经过一个钟点之后，方见志强广成匆匆地走进来。志强笑嘻嘻地对说道："张小姐，从此以后你可以恢复自由了。因为我们已和鸨母接谈舒齐，明天我来付款的时候，你就可以重见天日，回家去母女团聚了。"

"徐先生，沈先生，你们两位真是我的救命恩公，我也说不出什么感激的话，还是受我一拜吧。"

兰芬听了，喜之欲狂，她情不自禁地拜倒在地，连连地磕头。急得志强广成连忙闪身躲过，口里叫"张小姐，快不要这个样子，岂不是折死我们吗"，兰芬方才站起，但不知有了一个什么悲酸的感觉，她的眼泪这就又沾满了她的面颊。

第二天一早，志强匆匆地到湘云书寓来付款子，一面便领着兰芬回家。雅琴见了兰芬，遂殷殷款待。兰芬握了雅琴的手，忍不住又泪流如雨。雅琴向她竭力劝解了一会儿，兰芬才收束了眼泪。这时志强向兰芬低低地问道：

"张小姐，你知道我所以先领你到我这里来的意思吗？"

"志强，你这句话问得奇怪，连我也不明白了。"

兰芬被他问得目瞪口呆，倒是怔怔地愕住了。雅琴也觉得有点莫名其妙，遂皱了眉毛，向她丈夫不解地问道。志强见她们都不明白，遂低低地说道：

"张小姐住着的大杂院里，那些街坊都知道张小姐是被军部里司徒参谋派人来把她卖入窑子里去的。万一其中有一个无赖子，他知道张小姐已出火坑的消息，因此贪财到军部去一报告，我想司徒明的爸爸和丈人一定是都不肯罢休的。假使再起了一个狠心，又把张小姐卖入妓院，或是用更进一步毒辣的手段来对付，这不是白费了我一场心血了吗？所以张小姐能不能再住回狮子胡同去，我认为这倒是一个值得考虑的问题。"

　　"志强，对于这一点，你倒是相当细心。被你一提，我也认为这是一个问题。我想无论什么事情，总应该小心为妙。反正这也不是什么大不了的为难之事，我的意思，张小姐如不嫌这儿地方小，那就尽管在这里和我做伴好了。张小姐，你的意思以为怎么样呢？"

　　雅琴听志强这么地考虑，仔细一想，觉得很有道理，这就认真地回答，一面又望了兰芬一眼，低低地问。在她后面这几句话，至少还包含了一点客气的成分。兰芬听他们夫妇两人这样说，哪还有什么话可以表示自己内心的感激呢？因此涌上泪来，明眸含情脉脉地望着他们，低低地说道：

　　"琴姐，我的身子是你沈先生救我的，我的灵魂也是你沈先生救我的。我此刻觉得我是一个失了保障的弱者，我是迷途的羔羊，我是失群的小鸟，只要使我有一个安全的寄身之处，我已经是心满意足的了，哪里还管得什么其他一切吗？只要琴姐不讨厌我，我情愿在这里做一个奴婢……"

　　兰芬说到这里，喉间是带了哽咽的成分，她几乎又暗暗地流起眼泪来了。雅琴抚摸着她的肩胛，表示一种爱怜的意思，向志强说道：

　　"既然张小姐这么说，我想为了避免发生意外不幸起见，那么就住在我们家里吧。志强，不过张小姐的妈妈你是应该去告诉她老人家一声的，免得她还在时时地记挂。我说她老人家真也够可怜的了。"

"是的，我想此刻去接她老人家来我家吃午饭，可怜她们母女已经好多个月的日子没有见面，不是也该给她们团圆团圆吗?"

志强点了点头，他一面说，一面已是站起身子来了。这时兰芬心中除了感激之外，她说不出一句话。眼望着志强披上大衣走出去了，她的泪水又从眼角涌了上来。这里雅琴又对她低低劝慰了一会儿，兰芬把哀思才平静了一点儿。

时间不长，志强陪伴燕纹抱了兰芳匆匆地来了。母女见面，不用说的又是一阵悲喜交集。燕纹是个很懂礼节的妇人，她在别人家的府上不敢过分伤心，况且今日母女重逢，欢悦的快乐已经胜过了以往的悲伤，所以她没有出了几点眼泪，就不再伤心，向志强、雅琴说道：

"沈先生真是一个侠骨心肠的有义气的人，而沈太太更是一个慈爱热心的人，所以你们这一对贤伉俪将来一定多福多寿多子孙。常言道：好心总有好报。所以我是只有祈祷你们永远地健康，永远地幸福。"

"伯母，你真是太客气了，叫我们听了可有些不好意思了。"

雅琴听她这样说，一时也忍不住笑出声音来回答。兰芬抱过妹妹，叫她喊雅琴做妈妈。雅琴见她好玩，遂也抱过吻了一会儿香，一面含笑说道：

"这个称呼可不对，我只有做姐姐的资格。"

兰芬听了，仔细一想，也觉不错，因此也不禁为之嫣然了。

这里志强向燕纹说明兰芬回家去的危险，所以住在这里，比较妥当。燕纹听了，还有什么话说，她是千恩万谢地谢个不了。不多一会儿，时已近午，仆妇开上饭菜，于是大家坐下吃饭。在吃饭的时候，偶然谈起司徒明这个人不知究竟流浪在何处，使大家心中又都十分记挂，兰芬当然更为忧愁，所以吃了一小盅饭，便再也吃不下去了。雅琴、志强知道她的意思，也只好向她又安慰了一番。

照雅琴的意思，就请燕纹也住到一块儿来，那就免得两地牵挂，时时不安。但燕纹到底是个知好歹的人，认为兰芬住在雅琴家中，已经很过意不去，假使再加上自己和兰芳两个人，那当然更加不好意思的了，所以没有答应。只说每星期可以来游玩一次，借此母女见面。这天在沈家吃过了晚饭，志强才讨了街车，送燕纹和兰芳回家。

光阴匆匆，雨雪纷飞中已带去了残秋的影子，这已经是隆冬的季节了。在北方的天气，几乎呵出一口气来，也会凝成冰块地寒冷了。这几天革命军和北洋军的战事更见激烈，在北京城中的老百姓，大家对于曹将军的暴虐不仁、暗无天日的行为，真是恨之入骨。所以大家只盼望革命军能够早点打到北京城里来，可以完成全国统一、重光山河的荣耀。

天空是落着纷纷的大雪，窗玻璃上的水蒸气都已凝成了冰片，有像梅花似的，有像竹叶似的。虽然在室内是有一只融融的火炉，但不济于事，听了窗外发狂般的风声，就使室中人会感到一阵无限凄凉的意味。这时尤其是兰芬的心里，她手里虽然在编结着绒线活计，但她眉尖是锁得紧紧的，想着心上人的不知下落，兼之配合着这寂寞的环境、冷酷的天气，她心头更有了悲哀的成分，情不自禁地会深长地叹了一口气。坐在兰芬斜对面的雅琴她似乎发觉到兰芬在叹息，遂把活计在膝踝上一放，望了她一眼，低低地问道：

"兰芬妹妹，你又在想阿明了吧？我觉得阿明这人真也太糊涂了一点儿，为什么快近半年的日子，竟不给我们一个信息？不要怪你心中忧愁，就是我和志强也何尝不在感到着急？不过徒然着急那根本就没有什么用处，我心里就这么地想，但愿他是因为公事忙，抽不出空闲时间来写信，这是最好的了。"

"可是我就不相信竟会忙得连写一封信的时间都没有。唉，我真有些不敢想下去。但愿老天保佑，我早说过，只要他在外面平平安安，我情愿吃三年长斋。"

兰芬觉得雅琴这些话中意有未尽的，就是怕阿明在外面会发生意外的不幸，所以她全身抖了一抖，一面叹气，一面低低地祈祷。雅琴"哦"了一声，瞟了她一眼，至少是包含了一点神秘的口吻，笑道：

"原来你打从上月起吃素了，就是为了这个缘故吗？我却还只有今天晓得。单凭你这一点子痴情痴意，我说老天爷一定也会保佑阿明在外面太太平平的。"

兰芬听了，不好意思回答什么，垂了粉脸儿，却默然了一会儿。在她阴沉沉的脸色上看起来，就可以看出她心事重重的样子。就在这个时候，忽听一阵脚步声响，只见志强笑盈盈地走进来，说道：

"好了！好了！阿明有信来了！"

"真的吗？你在哪里接到的？"

"我刚到门口，邮差就送上一封信，我接过一看，嘿，这不是阿明的笔迹还有谁写的？张小姐，你先看吧。"

志强见兰芬站起身子，好像惊喜莫名的神气，急急地追问，从她的表情上看来，至少还认为志强说的有点开玩笑的意思，于是忙在袋中取出信来，先交到兰芬的手里，然后他脱下獭皮帽并皮大衣。这里有仆妇接过去挂好，然后倒上一杯热气腾腾的茶来给少爷喝。志强一面暖着手，一面见兰芬捧着这封信，好像喜欢得有点盈盈泪下的样子，这就又笑说道：

"张小姐，为什么呆呆地出神？你只管拆开来看好了。"

"不，这是沈先生的信，我怎么能先拆呢？"

"兰芬妹妹，你这是什么话？又不是志强的情书，你还讲究这些规矩干吗？拿来，我给你拆，你坐在我身旁，大家一同看吧。"

雅琴听了，忍不住笑着先抢着回答。兰芬于是坐到雅琴的长沙发旁，把信交给雅琴拆开，志强站在沙发的背后，却弯了身子，把头低下去，和她们一同低低地念道：

志强学兄伟鉴：

忆自清华一别，弹指光阴，不觉半载余矣。每念吾兄热心仗义，爱护之情，胜若同胞，诚使弟刻骨铭心，不禁为之涕泗滂沱也。别后提心吊胆，仆仆于粤汉道上，披星戴月匆匆奔波途中，备尝艰难，饱受虚惊。幸赖上苍庇佑，未遭罗网之厄。想吾兄闻悉，亦当代弟额手庆幸耳。

兹有告者：弟已考入黄埔军官学校，经六个月之训练，因成绩尚佳，颇得上司器重，已编入第三十八师五十一旅二十八团团副之职。本当早日函告，奈除八小时睡眠之外，其余时间均有工作安排，故而迟迟延至今日，罪甚歉甚，万望吾兄勿责。兹值开拔之前，略书数行，以慰兄怀。此后出入于枪林弹雨之中，为国前驱，生死置之度外，再不为儿女之私，做春蚕自缚，缠绵于怀也。

前托寻觅兰芬这事，想吾兄必以竭尽心力，代劳代谋，未知伊人有无下落？诸费清神，容后图谢。

此次北伐，倘能直捣黄龙，一统天下，则凯歌言旋，万众欢腾，相会之日有待；设若不幸而血流沙场，马革裹尸，则为国成仁，虽死之日，亦犹生之年耳。

忽闻集合军号，声声不绝，心慌意乱，情长时短，不尽欲言，草此奉达。顺颂冬安！

　　　　　　　　　　　　　学弟司徒明谨上
　　　　　　　　　　　　　十二月十二日夜

三个人念完了这一封信，大家心中又欢喜又安慰，但在欢喜安慰之中，当然难免又有些忧愁。因为司徒明已经开拔前线，生死莫测，能够达上成功之路，这自然是叫人欢喜，万一走上了成仁之路，虽说大丈夫死国寻常事，但想到他和兰芬生生死死地缠了一场，那当然是使人忧心煎之起来了。兰芬这时凝眸含颦地沉思了一会儿，她是另有个想头，因为她见司徒明信上写的，好像对于儿女之情已经十分淡薄，所以她倒认为是司徒明进步的地方，只要他能为国效劳，那么我是应该为他前途而高兴。总而言之，不管他生死如何，我除了他一个人绝不再嫁第二个人了。兰芬心里既然打定了这个主意，所以她反而泰然，并不觉得什么忧愁的了。

大家以为司徒明有了这一封来信之一，那么陆续地一定仍旧会写信来报告消息。但是出人意外的，从此却又消息杳然，仿佛石沉大海。这在兰芬的芳心固然是忧急万分，就是志强夫妇也颇为愁闷。

光阴好似流水一般，它绝不会有停止流动的时间，不知不觉地早又到了第二年的寒冬季节了。在这一年的日子中，雅琴是早已生了一个儿子，取名一统，无非是希望中国早日统一的意思。兰芬为了终日心里闷闷不乐的缘故，她的人是憔悴了不少。

这天下午，西北风凄切地发出了呜呜的声音，树叶都在天空中纷纷地飘舞，这肃杀的意味，本来已经很够人感到凄凉的了，但在一个身世可怜、遭遇不幸的姑娘眼睛里看来，更会觉得一种说不出的悲哀和怅惘。

沈志强拖了学生的步伐，黯然神伤的样子回家来了，他脱了呢帽，随手甩在桌子上，连那件西服夹大衣都懒得脱，闷闷地在沙发上坐下了。兰芬和雅琴从来也没有见过志强有这一种沮丧的神情，所以大家都感到惊异。雅琴上前低低问他，志强却并不作答，取了一根烟卷，自管地猛吸。兰芬恐怕人家有什么要紧的事，碍着自己不好说出来，所以她很识趣地悄悄退出房外去了。雅琴见兰芬不在了，便在志强身旁偎坐下来，在她以为丈夫外面受了委屈，做妻子当然要用一种柔媚的手腕来使丈夫回过笑脸来，这就把粉脸靠在他的肩头上，含了倾人的媚笑，低低重复地又问道：

"志强，为什么今天不高兴得这个模样？是不是在外面受了谁的委屈呢？"

"不是。"

"那么有些不舒服吗？我给你脱了大衣，服侍你躺一会儿好不好？"

"不。"

"这不那不，到底为了什么呢？就说我有什么不好的地方，你也该对我说一个明白才是，叫人家闷在肚子里，岂不是难过得很吗？"

雅琴问不出一个缘故来，没有办法，她哀怨地说出了这两句话，垂下了粉脸，也大有凄然泪下的样子。志强这就急了，拍拍她的肩胛，说道：

"雅琴，并不是为了你呀，你又何必多心呢？"

"我不是多心，因为我们既为夫妇，做丈夫的有了心事，我们做妻子的岂能不分负一半忧愁吗？就说我们女子能力薄弱，但为难的事情，大家能够商量商量也是好的。现在你一个人闷在肚子里，横也不说，直也不说，你叫我心中能不难受吗？"

志强听她这样说，遂站起身子，向房门外望了一望，然后在大衣袋内摸出一张报纸来，因为有红墨水画了圈，所以甚为触目。雅琴只见那则战事消息，登着革命军五十一旅旅长司徒明阵亡字样，心中这才恍然，因为这突然的噩耗太使人感到惊骇，这就情不自禁地"啊呀"了一声，叫起来道：

"什么？阿明为国阵亡了吗？"

"雅琴！你……"

志强急把手一摇，以目视意，但已经来不及，原来兰芬也是一个细心人，她觉得志强今天态度有异，虽然悄悄地退避出房，实际还在房门外偷听。此刻雅琴这一句话触入她的耳鼓，使她心碎肠断，叫了一声"啊呀"，她已是不管一切疯狂地奔了进来，双泪交流，粉脸失色地说道：

"沈先生！你……你……把这样的凶讯竟还要瞒着我吗？"

兰芬说到这里，顿觉两脚发软，一阵头晕目眩，身子便不由自主地向后跌倒下去。雅琴、志强出乎意料之外，心中大吃一惊，连

123

忙把她扶起，坐在沙发上，一面给她灌茶下去，一面连声地叫喊。好一会儿兰芬才哇的一声哭了起来，雅琴心中也觉悲伤，遂含泪低声劝慰道：

"兰妹，你不要伤心，这消息因为是这一方面发出的，所以我的猜测，也许是不会准确的吧？你这几个月来身子已经十分衰弱了，如何还能过分地痛伤？所以我劝你千万保重身子要紧。"

"琴姐，阿明假使真的阵亡，我还保重这个孤苦的身子有什么用呢？倒不如也跟着他一块儿死去的好。"

兰芬虽然是停止了哭泣，但她的眼泪还像雨点一般地滚落下来。雅琴和志强还劝慰什么好呢？因为这些空虚的安慰是难以补充她现实的惨痛。大家泪眼相对，默默地沉吟了一会儿，夫妇两人的心头感到一点害怕，身不由己地慢慢地也跟着站起，室中的空气像是死过去了一般沉寂，至少还有些恐怖的意味。忽然兰芬回过身子，说道：

"我走了！"

"啊？兰妹，你到哪儿去？"

"我……我要到腥风血雨的战场上去找我的阿明。"

"张小姐，你痴了，就是给你到了战场上，恐怕也找不到阿明呀！"

志强见雅琴虽然把兰芬拉住了，但是兰芬还有挣扎的意思，她的神经完全是受了一种极度的刺激，使她一往情深地步入了迷惑的途径。一时感到她的痴心，真也有些悲伤，不由含了眼泪，也急忙地拦住了她的去路，拿话去提醒她，无非是叫她清楚过来的意思。兰芬愕住了半晌，她的眼泪像蛇行似的爬了下来，惨然地说道：

"不，我相信阿明不会死的，只要我去找寻他，他一定会活转来。"

"兰妹，你想糊涂了。我劝你到床上安静休养一会儿吧。"

雅琴一面说，一面把她拉到床边去，扶她躺下。忽然间，兰芬呜呜咽咽地又哭泣起来。雅琴回头向志强望了一眼，皱了眉尖，不知如何是好。志强叹了一声，走到沙发旁下，低头只管搓手。兰芬哭了一会儿，她倒不哭了，所以四周的空气又仍复归于沉寂。不料正在这时，兰芬从床上又跃身而起，呆呆地说道：

"阿明，你死了吗？你信中说的无非是一个比方，难道你真的血流沙场了吗？难道你真的马革裹尸了吗？啊！老天哪！你为什么要这样残忍呢？你一定要拆散我们吗？"

"张小姐，你不要这样，你不要这样，你预备到什么地方去呢？"

志强见她疯狂地又要向外奔去，遂上前又去拉住了她。兰芬回转身子，向志强呆望了良久，忽然把志强抱住，叫道：

"啊！阿明，你没有死，你没有死！你回来了！你把我急死了！"

"雅琴，看这情形，她竟有点疯痴了。非要找个医生给她看看不可了。"

志强被她这么一来，倒不禁为之愕然了，遂向雅琴望了一眼，低低地说道。雅琴上前来扶抱住兰芬，兰芬的手脚有点凉意，她的神志也有点昏迷，于是急急地把她又扶到兰芬睡的那间卧房，一面叫志强快去请医生。志强想不到兰芬会痴到这样地步，一时心慌意乱，连忙到外面请医生去了。

等志强把医生请来，兰芬昏迷在床上，知觉不省。经医生诊查以后，谓神经受刺激过剧，况且平日忧郁在怀，所以有此现象。当下给她臂膀上注射一针，又配了三包药粉。雅琴因为有孩子需要哺乳，遂叫仆妇王妈在旁边服侍她。这里志强和雅琴商量之下，又把燕纹请了来，向她告诉事情的经过。燕纹一听司徒明为国流血，而女儿又痴痴癫癫地病起来，心中这一急，不免双泪交流，连忙来到女儿房中。不料兰芬见了母亲，还是语无伦次，哭哭啼啼，断肠话伤心人语令人听之酸鼻。房中稍有一点较重声响，便高叫"炸弹来了，炮声来了，阿明死了"。燕纹百般解释劝慰，却是无效。志强、雅琴觉得十分忧煎，遂叫燕纹留在这里，预备晚上照顾女儿。

说也可怜，兰芬的心里经此一挫折，她却再也回不过来了。撞哭吵闹，恐怖惊慌包围了她，使她一夜也没有安静。志强见情形不大好，遂和燕纹相商，还是送她到疯人院去医治。这时候燕纹手抱幼小还在牙牙学语的小女儿，眼看痴痴癫癫软弱大女儿，她除了痛心地哭泣之外，还有什么话好说呢？也只有点头答应了。不过她这是一种贵族病，这笔费用怎么办？志强说只要兰芬能够神志复原，病体痊愈，金钱原属小事。当下打电话到疯人医院，不多一会儿，救护汽车到了，但兰芬还不肯上车，因为经过一夜的吵闹，使她容貌憔悴不堪。好容易地把她劝上汽车，志强、雅琴、燕纹也送着她一同到医院里去。汽车呜呜一声开走了，从此一个聪明美丽的姑娘，好像隔绝了社会，到另一个环境里去生活了。

第八回

含泪望新娘龙凤花烛

　　兰芬因为听到司徒明为国流血的消息，她竟然因神经受了过分的刺激，而终于疯疯癫癫起来。但是司徒明真的阵亡了吗？不，他没有死。虽然在一次的战役中他确实受了伤，但所幸的是并不那么惨重。不过外界传错了，以为他是阵亡身死。而尤其是曹将军一方面机关报当然更需要借此以宣传。这样说起来，兰芬的疯痴不免有点冤枉，因为她实在可以不必疯痴。但从这一点看，也可以衬托她对司徒明爱情的深厚，那当然也是为了司徒明已经新婚燕尔，为她出亡流浪的缘故。在他们两人用情之专，可说至尊无上。但老天残忍，造物忌人，竟然从中播弄，不愿人间有美满的事情，真不禁使天下有情人同声一哭。

　　西北风在呼呼地发狂，在一片荒郊冷僻的战场上，经过枪弹炮火的洗劫之后，遍地上除了白骨堆山，血染黄沙，根本连一株树一棵草都生长不起来。在沙场上面永远见不到云淡天青爽朗的天气，这是所谓日光寒兮草短，月色苦兮霜白。老天爷总是浮现着阴沉沉的脸孔，它在忧愁着这人杀人的屠场，它在伤心着这灭绝人性的万恶之地，将永远葬送着这一班无名英雄的白骨。正是：鸟无声兮山寂寂，夜正长兮风浙浙。每当夜阑更深，除了远处犬吠的声音，那就是遍地凄厉的鬼哭神号悲惨之声了。

　　这天夜里，司徒明在营帐中稍事休息，忽听大风狂作，好像千军哭喊，犹若万马奔腾。营帐啪啪作响，几乎摇摇欲倒的样子。遂步出营外一看，只见黑漫漫的天空中，已在飘飞着鹅毛似的大雪了。霎时之间，平原上已积起了面粉似的白雪，因了风势猛紧的缘故，也都被吹卷起来，和天空中落下来的雪花打成了一片。远远望去，似烟似雾，又仿佛白浪滔天，银波高涌，滚滚地翻了过来。因为时在黑夜，所以更显得黑白分明。

这时营帐旁来回踱着守夜的弟兄，虽然他们的身子险被狂风卷起吹倒，不过他们并没有显出一点畏缩和害怕的样子，依然来回地踱步。司徒明心中非常感伤，觉得中国自从推翻清政府之后，一班强盗土匪都蜂拥而起，纠集乌合之众，居然割据城池。你是总督，他是联军总司令，弄得四分五裂，民不聊生。苦痛之情，难以笔述。名义上是革命成功，实际上还是糟得一塌糊涂。有的甚至请了外人来撑腰，情愿丧权误国，以满足他们一点点私心的贪欲，不管祖国有累卵之危，民族无生存之望，只图争权夺利，心肝全无，真是我们四万万同胞的罪人。虽然内乱是最可耻、最卑贱，不过为了求中国之真正自由平等，若不把这些害群之马铲除，那么中国如何还能够兴强得起来呢？唉，苍天！苍天！你若有知的话，也岂能不忧愁而落泪呢？司徒明想到这里，又暗暗地自念了这两句话，他忍不住深长地叹了一口气。

"司徒将军！"

"哦，汪参谋。"

就在这个当儿，他的参谋汪云天匆匆地走来，向他立正行礼地招呼，司徒明慌忙还礼，也向他叫了一声。云天向纷纷的大雪望了一眼，低低地说道：

"你看这么的大雪，今夜倒是一个进袭对方的好机会。龙潭到手，我军气盛势壮，可以一鼓而下，直捣黄龙。不知将军意下如何？"

"参谋之言有理，那么我们就此准备吧。"

司徒明点头称是，遂即传令，吩咐众弟兄预备总攻龙潭。时正三鼓，一声炮响，万众呐喊，众弟兄像洪水一般地向前冲。司徒明以身作则地在前面领导杀奔，起初是炮声隆隆，彼此隔开较远，后来渐渐逼近阵地，只听噼噼啪啪的机关枪之声不绝于耳，接着，终于展开了一幕人类的大屠杀了。

　　这一役双方死伤惨重，革命军已逼近龙潭尚有一百余里的光景，可司徒明这一仗中他受了伤，不知怎么传出了消息，所以曹将军的报上便登着他已阵亡了。司徒明在后方医院里休养的时候，他的心里倒不免想起张兰芬来了。可怜她为了我被卖入窑子，到现在快近一年半的日子，也不知道被志强可曾找到了没有。假使她因此而发生什么变化的话，岂不是我害了她的一生吗？想到这里，意欲再写封信去探问志强，不过自己只能给他写信，而不能叫他写回信给我。因为我在沙场打仗，今日在这里，明天又到那里，根本没有固定的地方。他纵然可以写回信给我，但叫我又怎么能够接得到呢？一时叹息了一会儿，写信探问的念头便又打消了。

　　想到兰芬的可怜，他在这时不知怎么又会想到了慧英的可怜，因为凭良心说一句话，慧英究竟在她本身也没有什么罪恶，但是她的遭遇又何尝不像兰芬一样悲痛欲绝呢？当她嫁过来的时候，和我洞房花烛，我猜她的心头本来是含了多少的甜蜜呢，满以为在新婚燕尔的第一夜，做夫婿的一定有温情蜜意的态度去对待她，两人享受着闺中之乐，可是万万也料不到我会对她这样无情，而且还请求她自动地和我离婚。这种无理的手段，在此刻心中细细地想起来，觉得实在也是太作孽了。因为将心比心，为慧英设身而想，难怪她要悲愤欲绝，把我恨入骨髓了。不过她到底是个旧礼教下生长的姑娘，她竟有这一份忍痛割爱的心理，不但不回家去痛哭告诉父母，反而代我设计放我逃走。这种伟大牺牲的精神，又岂是一个心胸狭窄平庸的女子所能够办到的呢？唉，她是真大方，真贤德，真明亮。我到底是太委屈了她，太对不住她了。

司徒明在这样沉思之下，他觉得在良心上受到了一重正义的谴责，因此由不得暗暗地流下泪来。一会儿又想，慧英现在不知道回娘家去了，还是又被我父母接回家中去住了？假使父母依然把她当作我家媳妇看待，那么她的幸福不是完全丢完了吗？而且我好像听她曾经过我说过，她要在静土庵中了却她的残生。倘若果真如此，那真是我累害了一个年轻的姑娘堕入到凄凉寂寞的苦海里去了。司徒明左思右想，总觉得十分不安，忍不住深长地叹了一口气。

"啊呀！你……你……这位军官不是司徒明吗？"

"咦！你……莫非是王曼丽小姐？"

就在司徒明暗暗想心事的当儿，忽然有一个看护小姐从那边走了过来。当她的视线接触到司徒明脸上的时候，一时感到无限惊喜的神气，这就"啊呀"了一声，向他低低地询问。司徒明因为听是一个女子的声音招呼自己，他也很惊奇地望了过去，想不到在战地之中会和旧时的同学无意中遇到了，一时也兴奋地叫她，并且又点头说道：

"曼丽小姐，你到底不是一个平凡的女性，我心中觉得非常地佩服。"

"不过你逃婚逃到这里来了，我也觉得你到底还是一个有志气的青年。阿明，你在什么地方受了伤？要紧不？"

"不要紧，在大腿上中了一弹，但不妨害步行的。"

"假使你不感到吃力的话，我想和你谈谈。"

"当然，我也很希望你和我谈谈，差不多两年不见了吧？光阴过得真快。"

司徒明点了点头，他勉强地在床上靠起身子来，微笑着回答。当他说到末了这一句话的时候，至少包含了无限感叹的成分。曼丽在他病榻旁坐下，向他注视了一会儿，然后低低地问道：

"阿明，我觉得你真奇怪，既然你不赞成这头婚姻，那么你又何必要结婚？既然结过婚，我觉得你这个新夫人的容貌也不坏，而且用情专一，十分痴心，我想你也不忍心再抛她而走啊。"

"曼丽小姐，你怎么知道得这样详细？那就真叫我觉得很奇怪。难道你和我那个也曾经碰见过吗？否则，又何以知道她的脸儿生得不坏呢？"

"你逃婚之后，军部里先派大队卫兵前来学校找寻，第二天在报上立刻登载了通缉你的启事。这件新闻闹得满城风雨，我不是聋子哑子，难道会不问不闻吗？至于你那个新夫人，我不但是见过了面，而且和她还谈了许多的话，方才知道你所以能够逃脱，还是她给你想的法子呢。从这一点说，你这个新夫人也可说是天下第一多情人，只可惜你是辜负她了。"

"那么你和她在哪儿见面的呀？"

王曼丽说的话，使他更加感到奇怪起来，遂皱了眉毛，又急急地问。曼丽含了哀怨的神情，瞅了他一眼，叹气说道：

"我和她在静土庵遇见的。本来我也不知道她就是你的新夫人，因为她并不是在进香，她已经是剃了光头，手拿佛珠，变成一个槛外人了。"

"哦？她已经是出家为尼了？她并没有骗我，我虽然是很对不起她，但我心里也有苦衷。总而言之，这是专制婚姻下演成的一幕惨剧。"

司徒明"哦"了一声，他心头像刀割一般地疼痛，在他这惨淡的脸上，已经是沾上了一点泪痕了。曼丽淡淡地一笑，又说道：

"你的苦衷我也已经知道得很详细，是曹小姐告诉我的，说你爱上了一个姓张的姑娘，可是这位姑娘听说又被你爸爸卖到窑子里去了。唉，我真不知道天下的事情就不会让一班世人有个美满的结局。"

"曼丽小姐，我问你，你遇见过沈志强没有？"

司徒明听她这样说，一时触动灵机。他问志强，就是问兰芬的下落。但曼丽回答的使他感到很失望，因为她摇了摇头，表示并没有遇见过的意思。司徒明忽然又想到了她，觉得像曼丽这么一个浪漫的女子，每天跑舞厅戏院还来不及，如何也会到静土庵里去呢？这似乎叫人感到有些奇怪。于是又向她问道：

"曼丽小姐，你到静土庵里是做什么呀？"

"烧香去的。"

"烧香去？你也信佛了吗？"

"唉，这就叫闲时不烧香，急时抱佛脚。我岂是真的信佛？因为一个人在无聊到极点的时候，因此就希望借助神的力量了。其实这又有什么用处呢？只不过在当时也无非急糊涂了的缘故。"

"到底是为了什么事情才去烧香的？"

司徒明见曼丽神色转变得惨淡的样子，他觉得其中一定有什么隐痛，遂又低声追问下去。曼丽平静的心境又被一阵哀思所扰动，她觉得有股子辛酸的意味冲入了鼻尖，因此眼皮一阵红晕，泪水便滚滚地掉了下来。司徒明当然是茫无头绪，他愕住了一会儿，方才听曼丽低声地诉道：

"自从毕业后，我和路季祥就结婚了。唉，但是哪里料得到没有三个月的日子，他竟患了一种不救的病症，医生都束手无策，表示难有生望。因此季祥的母亲她就想出求菩萨的最后一个办法来。我为了要医治季祥的病，我只好糊糊涂涂地又步入了迷信的途径，因此就和你的新夫人认识了。但是，求菩萨本来就是一件可笑的举动，你想，科学昌明的医学博士都感觉没有救了，难道倒还是烂泥塑成的菩萨神勇广大吗？当然，季祥还是逃不了一个死。我想不到我的命会苦得这个样子，我觉得我的前途是已经像日薄西山那么暗淡了。虽然我平日的行为比较放浪一点儿，但是我也明白女子最可贵的就是不事二夫。虽然我也不会像你新夫人那样地消极去过那种死沉沉清静的生活，但我还要将我的残生来贡献给国家。我是认清了目标才到这儿来的，想不到在战地之上又会遇到一个从前的老同学，那也可说是我们的缘分了。唉，不如意事常八九，可对人言无二三。我觉得我们的命运都如此恶劣，在你我之间倒可以说是'有情人难成眷属'了。"

曼丽絮絮地说了这一番话，旧日的创痛在她心眼儿上勾引起新的愁恨，让悲哀的思潮凝成了痛苦的热泪，在她眼眶子里这就扑簌簌地滚溢出来了。司徒明当然表示无限的同情和悲哀，他叹了一声，也感慨系之地回答。曼丽泪眼盈盈地望了他一下，她是心灰意懒地说道：

"有情人难成眷属，这句话说在我的身上那是再贴切也没有了。你在眼前虽然是感到两地相思的悲痛，不过彼此只要能够活在世界上，那么将来少不得还有相见的日子。只有我，除非从死于地下，那么才能够再相聚在一处了。"

"好在你已经献身给祖国了。我觉得你已做到了妇女界最光荣最有意义的一件事。那么我以为在你的心灵上，也已经有了寄托的安慰了。曼丽小姐，请你不要伤心，你看这里多少断臂折腿的受伤健儿，在他们之中，谁不是十月怀胎养下来的？谁不是从小由父母辛辛苦苦抚养成人的？谁不是家中有父母有妻子有儿女？他们抛弃了家乡，抛弃了骨肉，到这惨无人道的战场上来成炮灰、化白骨、流碧血，他们为的是什么？也无非是为了我们大中华民国呀！所以我们绝不能再恋恋于儿女之情，这似乎太对不住自己的良心了。"

司徒明的心中是怕曼丽对他会旧情复发，死灰重燃地有了一种爱情作用，所以他不得不显出一面孔的悲壮激昂的态度，向她一本正经地劝告。曼丽向他苦笑一下，却并不作答，服侍他喝下了一杯伤药水，遂自管匆匆地走到别张病榻旁，去为弟兄们服务了。司徒明心里在欢喜之中又掺和一点悲哀的滋味，他觉得有一阵莫名的凄凉。

在一个暮色苍茫的黄昏里，司徒明怀了一颗欣喜和感伤混合成的心境，悄悄地步出了后方医院，他和一队伤愈的弟兄们又要开赴前线去了。在他后面是跟着一个依依不舍的王曼丽，她含了一眶子说不出所以然的热泪，送了一程又是一程。司徒明凄凉地回过身子，握了握她的手，低低地说道：

"曼丽小姐，在这半个月的受伤中，多蒙你殷殷地服侍，倍加爱护。我心里是非常地感激。现在我们又得分手了，假使我不死在炮火之中的话，那么我们也许还有相会的日子。"

"不，我相信你再不会受伤，你一定很顺利地达到成功的道路。只不过我是一个苦命的女子，在我这短促的生命中也许不会活得十分久长，所以今日一别，我们恐怕是不会再有相逢的日子了。"

"曼丽小姐，你何必要说这些伤心话呢？时候不早，我们不能忘记我们各人身上的责任。再见！"

司徒明用了一种强有力的理智，来克服他内心将要暴发的情感，遂放下她的手，说了一声再见，终于别转身子，匆匆地走了。曼丽站在斜阳西照的淡淡光芒之下，泪眼模糊地望着司徒明和众健儿跳上了军用汽车，呜呜地开走了。四轮飞滚下扬起的灰尘，在半空中似烟似雾地笼映着四周的宇宙，不上三分钟，车身在笔直的公路上绝尘而去，终于没有了影子。剩下了曼丽孤零零一个人，临风独立，更觉身世茫茫，不知如何结局。她微微地叹了一口气，眼泪被阳光的反映，却显得格外晶莹透明了。

雨雪纷飞中带走了残冬的影子，春光明媚里透来了胜利的消息，革命是真的成功了，作恶多端的军阀，死的死了，逃的逃了，全国统一，普天同庆，在中国每一块土地上，每一个人民是无不含了一颗兴奋的心，来热烈地表示庆祝。当然，在整个的北京城里也无不表现着生气勃勃的气象，但只有一个人还愁眉苦脸地显出十分烦恼的样子。这个人是谁呢？大概不说也可以知道，那是沈志强了。

沈志强自从兰芬疯痴了之后，他是费尽心血地给她医治，但是赔了金钱，伤了精神，依然不能把兰芬的知觉恢复过正常来。在这三四月的日子中，他是感到走投无路，简直无法可想。因为司徒明阵亡的消息是自己透露出来的，假使我不把这报纸带回来的话，那么兰芬当然不会疯痴，所以在志强的心中，是觉得万分抱歉。虽然兰芬在医院里住上了三四个月的日子，用去了医药费是难以计算，不过他还并不以为因此而感到绝望，所以不肯把她从医院里接回家。金雅琴原是个很大方贤德的女子，所以她也并没有一点感到怨恨，还天天去看望她。兰芬一见雅琴，表示最熟悉和亲热，一会儿相抱大哭，一会儿又相偎狂笑，雅琴劝她哄她，把她当作孩子一样，她方才慢慢地安静下来。

这天志强从公司里下了写字间回家，正在和雅琴互相谈着兰芬的病情，大家颇为忧愁。忽然仆妇匆匆地进来，说外面有一个身穿军服的军官来找少爷。志强听了，倒是一呆，暗想：这是什么人呢？遂匆匆出了卧房，走到会客室来接见。这一瞧，正是应着了不瞧犹可的一句话，当时把志强吓得倒退了两步，呆呆地愕住了。这军官不用说的，当然是司徒明了。司徒明想不到志强对自己会有这一种惊骇的态度，这就微微地一笑，赶上去握住了他的手，说道：

"志强，怎么啦？是不是我苍老得多了？所以你有些不认识我了？"

"不！不！你……你……到底是人还是鬼？报纸上登载着你不是已经阵亡了吗？"

志强被他握紧了手，一时急得脸孔变成了灰白的颜色，连说话都有点颤抖的成分。司徒明听他问得这样有趣，不免哈哈大笑起来，说道：

"哎，你不要说呆话了，你听听我这笑声，是人还是鬼呀？"

"那么你没有死？你还在世界上做人？而且你已做了很荣耀的军官回来了？"

志强在明白了他果然是个人的时候，虽然他已没有了害怕一恐惧的神态，不过他的脸色是更显得惨淡了。他说话比第一次更颤抖得厉害，几乎有了咽不成声的样子，这自然叫司徒明心中感到了无限的迟疑。他皱了眉毛问道：

"志强，你的脸色为什么变得这样难看，你说话好像要哭出来的神气，那似乎叫我心中太不明白了。难道我活着回来了，使你感到失望，使你不喜欢吗？"

"不！不！你回来了……你做军官了。因为我一向只把你当作已经死了，现在是出乎意料之外的，所以我太喜欢，太喜欢了……"

志强听他这样地问，那显然是有些生气的样子，当然，他是不得不急急地辩白。司徒明这才回过笑脸来，他见志强眼角旁涌上了一颗泪水，他认为这是欢喜得过了分的缘故。这时，仆妇送上香茗，志强递过烟卷，就在这时，雅琴也从房内出来，一见司徒明，又是一番惊骇莫名。经过志强告诉之后，雅琴方才恍然有悟，一时又欢喜又悲伤，欢喜的是司徒明并没有惨遭阵亡，但悲伤的是兰芬已经疯痴，所以他们夫妇两人的脸色不免都有悲容。司徒明正欲细细动问，不料志强先叹了一口气，十分歉疚地说道：

"阿明，我告诉你一个消息，你不要难过。张小姐……她……已经疯痴了。"

"啊！兰芬疯痴了？她……她……怎么会疯痴的呢？"

这消息果然像迅雷不及掩耳那么地惊人，仿佛是一支利箭似的，猛可地戮穿了司徒明的心头，使他平静的脸色显出骇异的神气，同时他又猛然地站起身子来，急急地追问。雅琴是说不出一句什么话来，怔怔地愕住着。志强表示无限心痛的样子，遂把如何把兰芬赎身，如何留居在家，又如何在报上看到噩耗，如何一痛昏厥，因此成疯，虽然百般医治，但现在尚未恢复的话，从头到尾，详详细细地向他告诉了一遍，并且又十分难过地说道：

"阿明，我心中觉得非常抱歉，因为我假使不把这张消息泄露给她知道，张小姐是绝不会因此而成疯的。所以张小姐今日成了这个病根，岂非是我的罪孽吗？"

志强说完了这几句话，大有痛悔莫及的样子。司徒明此刻又颓然地坐到沙发上去，他的眼泪忍不住像雨点般地滚了下来，经过良久的沉默，他才开口低低地说道：

"志强，你不要说这些话。我以为你对一个朋友，总算已经尽了最大的责任，已经是花费了最大的心力。只不过，老天待我们太残酷，太忍心了。它不愿我们有美满的结果，这是我们的命运如此，叫我还有什么可说呢？唉，浮生若梦，为欢几何？想不到今日凯歌回乡，也是我从此堕入了悲苦光阴的开始。"

"唉，这是我害了你，这是我害了你！"

"志强，你为什么还要说这些话呢？假使报上不登载这个消息，你又怎么会知道我已经阵亡？假使你知道我阵亡了而漠不关心地不忧郁于怀，你也不能算是我的好朋友了。所以这是绝不能怪的。总而言之，一切的事件，都归之于我的命运。志强，我不是一个不明事理的人，我觉得像你们这一对贤伉俪，对我这一个朋友，也可说于心无愧的了。"

司徒明觉得使志强这样歉疚不安的态度，那是不应该的，所以他用了十二分真挚的语气，向他竭力地剖解回答。志强是无话可说了，室中的空气又是相当沉寂。司徒明忽然又叹息道：

"曼丽小姐的话说得真对，天下有情人难成眷属……"

"啊？曼丽这话在什么地方和你碰见说的呀？"

"就是在我有一次受伤的后方医院里，想不到她会在那边做看护，我们互相叙述之下，方知她和路季祥结婚不到几个月，他就一病死了。她是做一个未亡人，因此她要把她的残生去贡献给国家，为国家出一份力量。她含了眼泪对我说，有情人难成眷属。这句话也可知是包含了多少痛心的成分了。而且她又告诉我，她为季祥到静土庵烧香求佛的时候，遇见曹慧英，她已经是削发为尼了。我觉得今日所以到这样不如意的地步，恐怕也是冥冥中的因果吧。不过我要推翻这一句伤心人语，我非来支配环境不可。兰芬虽然是疯痴了，我还是要和她结婚的。志强，你此刻有空陪我到医院去见见兰芬吗？”

司徒明一面说，一面用感叹的证据剖解这一件事情的因果，最后他又决心表明自己的意思，志强点头说好，于是三个人又坐车匆匆地到疯人医院里去。

这是一座五层楼的大洋房，四周环了一个很辽阔的花园，园中的树木受了春情的吮吻，已渐渐地披了绿油油的衣服，但是这座古墓似的疯人院显得分外寂寞。三人跨进了大门，抬头见屋顶上那个十字架，真仿佛是坟墓的一块石碑，不知怎么的，会令人感到了种莫名的悲哀和凄凉。

司徒明默默地跟着志强雅琴走到了一个病房的门口。志强刚刚推开房门，忽然一阵尖锐而凄厉的女子声音在里面说道：

“阿明死了！炮声来了！炮声来了！”

“孩子，你就安静点儿吧！”

这开头一句“阿明死了”的话，猛可听到了司徒明的耳朵里，他觉得一阵辛酸，眼皮已经有点红润起来。但步入房里的时候，只见兰芬倒在床上又在呜呜咽咽地大哭。燕纹抱了兰芬，也在暗暗地垂泪。忽然见到志强雅琴和一个军官走进来，她不知道这个军官是谁，先怔了一怔，及至认出来的时候，这就“啊”了一声，先急急地招呼道：

“什么？你……你……不是司徒先生吗？你做了军官了？你没有死？”

“是的，伯母，报上登错了消息……”

“但是我的兰芬却因此而疯了……”

燕纹虽然是无限欣喜，但是她更增加了无限沉痛，颤抖地说了这句话，忍不住已失声哭了。这时雅琴在床上扶起了兰芬，像哄小孩子般地哄停了她的哭声，一面告诉她，说阿明回来了。兰芬听了，呆呆地站起身子，她呆滞的目光慢慢地望到司徒明身上去。司徒明见她披头散发，容颜憔悴，泪痕满面，一副痴态，哪里还像是过去的兰芬？几乎有点不认识了。因为兰芬的疯痴到底是为了自己而起，可见她的痴心真是无以复加。心中一阵剧痛，他把久熬住的眼泪，也终于夺眶而出了。雅琴见两人相对木然，都不说话，遂拉了拉兰芬的身子，指着司徒明说道：

"兰芬，这不是阿明吗？"

"阿明？他……他……不穿这个老虎衣服。哦，我明白了，又是这班儿狼心的强盗来押走我卖到窑子里去了！我不去！我不去！救命！救命！"

兰芬糊涂的心，她是只记得过去所受刺激的事情，所以见了穿军服的人，她猛然想到了自己被强迫地卖到妓院，因此歇斯底里地大叫起来。司徒明情不自禁地脱了军帽，走了上去，抱住了兰芬的身子，低低地说道：

"兰芬，我是阿明！我没有死呀！我……阿明真的回来了！"

"孩子！你定一定心，你仔细看看他，他真的是司徒先生回来了！你可以想明白过来了。"

燕纹在旁边也向她含泪地证明，她还希望女儿因此能明白过来。在司徒明的心中，以为脱去了军帽，可以给她认一个清楚，但阿明过去是梳了菲律宾的头发，此刻却剃了一个光头，兰芬瞧在眼睛里，更加糊涂起来，遂竭力挣扎，口里叫着：

"我不去！我不去！救命啊！救命啊！"

志强在旁边也连忙说道：

"兰芬小姐，你不要弄错呀！他不是来捉你去的卫兵，他是真正的阿明。阿明加入了革命军，他打了仗回来了。他没有死，报纸上的消息是弄错了。"

"你骗我，你们骗我！阿明不是这个样子，他穿了笔挺的西装，他有一头乌黑的头发，他有一个雪白漂亮的脸蛋儿，现在……他的脸黝黑的，他的头发都没有了，他……他是个黑良心的军阀，他又要把我卖到窑子里去，我不去！我一定不去！"

兰芬急急地说了这许多的话，她狠命地推开司徒明的身子，倒在床上又大哭起来。司徒明呆呆地愣住了，他知道兰芬一颗脆弱的心经不了一再的重重刺激和压迫，所以她疯了，她痴了，她永远地在恶势力的环境下牺牲了。他的心刀割一般地痛，他的眼泪也大颗地滚了下来。志强低低地说道：

"阿明，我看你这个样子难以使她相信，你应该去换了西服，装上一头假发，像从前一样的神情，那么她一定会明白过来了。"

司徒明听了，觉得这话倒也很有道理，这时雅琴和燕纹又竭力劝住了兰芬的哭。雅琴的话，兰芬还要听一点儿，所以雅琴絮絮地向她告诉解释，兰芬呆呆地沉吟着，好像在想什么心事。司徒明戴上了军帽，走到床前，用极温情的语气低低地说道：

"兰芬，你难道忘记了我们在北海公园里游玩？难道连我说话的声音你都听不出来了吗？"

"你是阿明？哦，你难道真的是阿明？"

兰芬这回望着阿明，似乎有点想过来的样子。司徒明走上了两步，点了点头，他有点欣喜的表情，低低地说道：

"是的，我真的是阿明。我是阿明！我是阿明！"

"哦！阿明！"

司徒明连连叫着自己的名字，他也有点痴茫的口吻，阿明的字眼接连不断地送到兰芬的耳朵里，她定住了眼珠，喘着粗气，忽然伸手抱住了司徒明的颈项，"哦"了一声，微微地笑了。司徒明以为她想明白过来了，一时喜欢得眼泪滚滚而下。燕纹、志强、雅琴三个人也存了火样热的希望，他们都呆呆地望着他们抱在一起。但兰芬是莫名其妙的情感冲动，在不上三分钟之后，她又糊涂起来，一会儿笑，一会儿哭，吵吵闹闹，几乎叫人没有办法。

志强因为司徒明脸色惨白，完全显出悲痛的样子，于是悄悄地拉过他一旁，低低地安慰他，劝他不要难过。事已如此，真是徒唤负负。司徒明却向燕纹告诉自己的意思，要和兰芬结婚，非成了这个愿望不可。燕纹见司徒明用情专一，反而劝他不要有这个举动，因为一个痴女娶了回去，只有增加无限的痛苦，家庭之中根本是没有什么幸福的。志强也劝他不必实行，且等兰芬稍能明白的时候再说。司徒明不依，一定要最近期和兰芬结婚，说结婚以后，说不定她就会慢慢地好起来。大家见阿明痴情若是，也觉得是报答了兰芬这一番痴心，于是不再劝阻，也就随他的意思而进行了。

司徒明回到北京，他望过了兰芬之后，决定了结婚的意思，匆匆地又回到了家里，只有一个老管家看守着房子。一见少爷做了军官回家，十分欣喜，当下告诉他，说老爷在半年前和曹将军同赴前线，没有回来过。后来有了消息，说是阵亡了。太太一急，便恹恹成病，不久之后也一命呜呼了。司徒明听了，颇为伤心，一面在母亲的灵前哭祭了一番，一面他便进行和兰芬举行婚礼的事情。新房是仍旧做在那一间从前和慧英同过房的屋子，一切家具什物也没有更换，只不过床边坐着的新娘是换作了一个疯痴的兰芬了。

兰芬穿了一件妃色软缎绣花的旗袍，头发是烫成水波浪似的，两颊白里透红，像一朵娇艳的玫瑰花。她的秀丽和在疯人院里住着的时候显然是大不相同了。不过她的眸珠已没有了过去那样灵活，她的神情已没有了过去那么活泼。她并没有感到一点羞涩的样子，向房中四周东张西望，表示很惊奇的样子。在融融的那对龙凤花烛的笼映之下，使司徒明心中突然想到了过去的一幕。于是他的脑海里浮现了慧英的娇靥，虽然不及兰芬那么艳丽，但也很够使人感到销魂的。不过在那时候，我却假痴假呆地装成了疯子的模样，使她的芳心中是感觉多么痛苦。但我今日也和慧英一样地尝到了这个痛苦的滋味了，假使我今夜不身历其境的话，我又如何能体会到慧英当初的痛苦？这难道也是冥冥中的报应吗？想到这里，不胜悲哀，忍不住轻轻地叹了一口气。

这时燕纹和雅琴在兰芬的旁边低低劝告，说你要好好和阿明同房，你已达到最后的胜利了。兰芬茫无头绪地点点头，她从来也没有见过这样富丽堂皇的卧房，所以她的粉脸上是含了一丝浅浅的微笑。雅琴向司徒又招招手，在他耳边低语了一阵，方才和燕纹悄悄地退出房外去。司徒回身过来的时候，忽然兰芬猛可地站起来，自言自语地说道：

"啊！我在做梦吗？"

"不！兰芬，你不是在做梦，你……你……已经和我结婚了。"

"结婚？哈哈！哈哈！结婚？你是谁？"

"我是阿明，我是你心爱的阿明呀！"

"阿明？阿明是已经死了。你骗我！你骗我！你们要害我，把我卖到窑子去！我死也不结婚，我要替阿明守一辈子的节！"

兰芬向司徒明呆住了一会儿，她疯疯癫癫地又大哭大吵起来。就在这一刹那之间，兰芬的云发又散乱了，她的粉脸经过眼泪的洗拭，涂上了一个鬼脸。她滚在地上，把绣花的旗袍弄得不成样子。司徒明心中是悲痛极了，他把兰芬抱到床上，让她去哭吵一个够。然后颓然地走近窗旁，拉开纱幔，把窗子也推开了。这是一个含有温情蜜意的春天的夜里，天空是碧青的，除了几朵灰白的浮云在驶行之外，还有一钩画眉般的新月，在天空中吐着柔情的光芒。这月亮和两年前同慧英结婚那夜是一个样子，所差别的，是院子里少了几个卫兵在来回地踱步。司徒明心中是悲酸得像衔了一颗梅子，泪眼模糊地望着那一对正在融融燃烧的龙凤花烛，耳听着兰芬一会儿哭一会儿笑的吵闹之声，他回身又去望着那一钩眉毛似的新月，低低地念道：

"月儿呀！我此生中就和你现在一样，永远再没有团圆的日子了。"

夜是深沉了，四周是静悄悄的。

虽然是热情的春的季节，尤其是包含了多少香艳神秘气氛的新房里，但是在司徒明的心坎上，永远地感到死沉沉的孤寂，悲切切的凄凉。他觉得此恨绵绵，是永远无穷尽的了。

《龙凤花烛》在此告一结束，欲知后事如何，请阅《忠魂鹃血》。

忠魂鹃血

第一回

雪地探故剑泪湿青衫

寒冷的冬季，在整个北京城里是早已飘飞着纷纷的大雪了，大街小巷都堆积着厚厚的白雪，因为这几天没有阳光的缘故，所以那雪就没有融化的时候，成天成夜被那西北风呼呼地吹刮，使那厚厚的雪会凝结成坚硬的冰块。虽然有清道夫不时地来铲除，但这是无济于事的，因为天上的雪片是始终没有停止它的飘飞。

司徒明这时站在玻璃窗的旁边，他望着院子里发狂似的雪花，神情是带有些木然的样子。他脑海里在憧憬着春天里和兰芬洞房花烛的一夜，可怜兰芬是那么哭哭啼啼地吵闹，花虽好月未圆，到如今整整的一年，我们总算是做了一对挂名夫妻。我虽然给她求遍名医来诊治，用种种科学的方法，要使她脑子恢复过来，但是一年以来，她的神志还是模模糊糊，虽然不像以前那么地时常哭吵，不过却未能完全地复原。这难道是我抛弃慧英女的冥冥中之报应吗？想到这里，倍觉伤感，一阵心酸触鼻，眼泪会涔涔而下。正在这寂静凄凉的当儿，忽听里面又送出来兰芬一阵呜呜咽咽的哭泣之声。司徒明收束泪痕，回过身子，正欲进内，忽见兰芬的五岁妹妹兰芳匆匆地奔出来，向司徒明叫声大哥，说姊姊又在哭了。原来兰芬和阿明结婚之后，阿明叫燕纹和兰芳也住到这里来，由燕纹做娘的随时服侍兰芬，这比旁人总要贴心一点儿，这原也是阿明爱惜兰芬的意思。此刻听了兰芳的告诉，遂皱了眉尖，轻轻地叹了一口气，低低地问道：

"兰芳，你姊姊怎么好好儿的又哭吵起来？是不是你怄了她的气了？"

"不是，不是，我理也没有理过她。姊姊这人真奇怪，一会儿哭，一会儿笑，谁也弄不懂她是什么脾气。妈妈顶倒霉，她说为了姊姊，晚上也没有好好儿地睡。"

兰芳虽然是个五岁的女孩子，但生得聪明伶俐，很会说几句话，在她小小的心灵中，对于姊姊哭吵的神情，似乎也有些讨厌的样子。司徒明向兰芳脸庞出了一会子神，觉得她们姊妹俩的脸，就好像是换了一个胎的模样，心中不免有了一个无聊的感觉，假使兰芳能够长十年的话，我也许还可以慰情聊胜于无。但现在，我什么希望都没有的了。心里想着，伸手拉过兰芳的小手儿，抚摸了一会儿，感叹地道：

"兰芳，你姊姊是很可怜的，因为她有病啊。"

"是的，妈也这么告诉过我，她说姊姊是疯病。大哥，我真奇怪，姊姊从前没有这种病，我记得她老是买洋囡囡给我玩的，她抱着我，吻我亲我，可是现在，她不睬我，我也不理她，她为什么要生这种病？妈说我小孩子不懂事，不用问这些，我心里有些纳闷儿，大哥能告诉我姊姊为什么好好的会生起这种疯病来了吗？"

司徒明听她絮絮地问了一大套，定住了乌溜溜的小眼睛，好像十分不明白的样子，一时触痛了他内心的创伤，一阵悲伤，眼皮又红了起来，凄怨地说道：

"这是我害了她的。"

"啊！大哥害了她？你……你怎么会害她的？"

"因为我在外面打仗，报纸上登错了消息，说我在战场上死了，你姊姊心中一急，所以就急疯了。其实我没有死，等我回来，事情已经迟了，虽然请遍了中西名医给她医治，但到如今一些也没有用。你想，那不是我害了你的姊姊吗？"

"这不是你害了姊姊，是登报的人害了姊姊的。大哥，那么我姊姊难道一生一世也不会好起来了吗？"

兰芳年纪虽然幼小，但心里却很明事理，她摇了摇头，低低地说，眼角旁也展现了一颗亮晶晶的泪水，似乎盈盈欲泪的样子。司徒明点点头，颓伤地叹了一口气，却默默地说不出什么话来。四周是静悄悄的，因了静悄的缘故，兰芬的哭声是更加清晰，至少是包含了一些凄惨的成分。兰芳拉了阿明的手，说：

"大哥去劝劝姊姊，说不定姊姊会不哭的。"

司徒明没有回答，他默默地跟着兰芳走到里面套房，只见兰芬坐在沙发上啜泣，她的面前放着糖果等食物，燕纹在旁边哄她，她却没有听见的样子。司徒明一见兰芬，他的心头就会隐隐地作痛，呆若木鸡似的站住了。兰芳先奔了上去，摇撼着兰芬的手臂，低低地呼道：

"姊姊，姊姊，你不要哭了，大哥来了！"

"大哥，谁是大哥？"

兰芬被兰芳这一阵子摇撼，忽然抬起头来，用了尖锐的口吻，异样地问。司徒明轻轻地走了过去，勉强含了微笑，低低地说道：

"兰芬，我是阿明。"

"嗯，你是阿明的影子。"

兰芬挂了眼泪，"嗯"了一声，微笑着说。司徒明知道她的心中是只当自己已经死了，所以她一见了自己，便老说我是阿明的影子，于是也在沙发上坐下，而且向她偎近了一点儿。不料兰芬却显现了害怕的神气，却把身子避开了一点儿，两眼向他怔怔地望着。司徒明用了温和的语气，低低地又说道：

"兰芬，我不是影子，我是真的阿明。你不相信，你可以摸摸我的脸，假使我是影子的话，你怎么会看得见我呢？"

"兰芬，你不要胡说白道了，他就是司徒先生，而且你早已和他结了婚，司徒先生已经和你相叙一年的日子了，你为什么还是糊里糊涂地不清楚呢？"

　　燕纹听阿明向她这么解释，遂也低低地对兰芬说，她皱了眉毛，显然在她表情上是带了一点儿怨恨的成分。兰芬听了，不说话，只管望着司徒明咪咪地痴笑。司徒明见她笑得非常美丽，假使她不开口胡说，谁相信她是一个疯子呢？因此心中由不得荡漾了一下，情不自禁地伸过手去，把她纤手握住了，微笑着道：

　　"兰芬，你现在应该什么都可以想明白过来了。"

　　"我本来就什么都明白呀！"

　　"那很好，你认识我是谁呢？"

　　"你是阿明的影子。"

　　"你怎么老说我是个影子呢？我就是你的司徒明，你和我过去的事情难道全都记不起来了吗？"

　　"我记得，我记得，他们的心肠真是狠毒极了，硬生生地把我卖到窑子里去，他们要我堕落到污泥中去，把我清清白白的身体向活地狱里丢送。幸亏我主意拿得牢，我没有答应。虽然鸨母把我毒打，打得我一块青一块红，体无完肤，但我忍辱含泪地承受着、忍耐着，到底遇到了沈先生把我救出来。可是天公待我太残忍，我在报纸上看见阿明死了。我这些都记得，都记得清清楚楚。唉，我是个苦命的女子，我是个可怜的女子，我……我……哦！天哪！哦！哦！"

　　司徒明听她起初回答得都很清楚，心里倒不免一欢喜，暗想：也许她静静地养息一年，慢慢地明白过来了，也未可知。不料听她说到后面，忽然神情惨淡，越说越伤心，越说越痛苦的样子，掩了脸，便呜呜咽咽地又哭泣起来了。司徒明急道：

　　"兰芬，不要哭呀，报纸上消息是弄错的，你瞧我不是阿明吗？我实实在在是没有死呀！"

　　"兰芬，你这孩子太糊涂了，你瞧瞧他不是司徒明是谁呢？"

　　"骗我！骗我！你们太黑心了，太狠毒了！哦！哦！哦！"

　　兰芬始终没有信任他们的话，她似乎触动了最最伤心的事，这一哭再也劝她不好了。司徒明正在无可奈何的时候，忽然见沈志强和金雅琴夫妇俩匆匆来了，连问怎么了。司徒明站起身子摇摇头，叹了一口气。志强把雅琴推了推，是叫她去劝劝兰芬的意思，一面拉了司徒明的手，悄悄地走到外面一间室中。司徒明叫了两声阿芸，使女阿芸便进来倒了香茗，还递过烟卷给志强。志强取了打火机吸着了烟，回头见阿明两手烤着火盆取暖，从他抑郁的脸色上看起来，可想他这一年来内心是痛苦得如何的程度。一时吸着烟，心里在暗暗地转念头，用什么方法才能把阿明的心境会变得快乐起来呢？沉思了半晌，方才徐徐地说道：

"阿明，这一年来，我觉得你的脸不但瘦削，而且也苍白得多了，所以我的意思，你也不必老是为了兰芬而感到难过了，因为你对待兰芬也可说至矣尽矣。她不能好起来，这也是她的命该如此。为了你自己终身幸福着想，为了司徒家的香烟着想，我劝你还是快点儿再找个对象要紧。"

"不，兰芬的疯，可说完全是我害她的，她所以遭到今日这样悲惨的命运，也是我连累她的，我现在如其抛弃了她，岂非是我不情不义吗？况且她的疯并不是完全没有希望好起来，只要给她静静地多休养，我相信她的神经是会恢复过来的。"

司徒明听志强这么劝慰，遂抬头望了他一眼，低低地回答，在他表情上是显现出他有着坚定的信仰，在十分绝望中还算留有一分的希望。志强淡淡地一笑，把烟灰伸手弹了一下，一本正经地说道：

"一个神经错乱的人，日子愈多，恐怕也愈不会好起来。兰芬从疯癫到现在，差不多已有整整一年的光景了，我见她并没有一点儿清楚的样子，所以你也不必太以痴心。我以为要兰芬的神经恢复原状，这好比是抬了头等待西方出太阳，并非我多管闲事，因为你要为你前途做打算，假使你再一心留恋着一个疯痴的女人，那你心中的痛苦，恐怕使你会到幻灭的地步。只要你把她们养老在家，就是你再另娶一个女人，你也算不得抛弃了她们呀。"

151

"是的，你这话虽然有些道理，不过你是只知其一，不知其二。兰芬现在住在这里，不管她哭也好，吵也好，甚至于闹得不亦乐乎也好，我们这里是没有谁会怨恨她的。假使有了第三者也住到这里之后，我想将来这情形就有些不同了，倘然在那时候再委屈了兰芬，那叫我心中又怎么能对得住兰芬呢？况且我和兰芬已经结婚一年，人家当然也不愿再来嫁给我一个有妻之人呀。假使要我再和兰芬离婚，去娶别的女人，那我无论如何也办不到。因为这么一来，岂不是失却当初和疯女结婚的本意了吗？"

司徒明说到这里，连连地摇头，表示他绝不忍心这样做的意思。志强听了，觉得阿明对待兰芬之情，也可说天无其高、海无其深的了，不免暗暗地赞叹，但却也十分地忧愁。忽然他想到了什么似的，把手拍了一下自己的膝踝，说道：

"有了，有了，我倒有一个两全其美的办法了。"

"是什么办法呢？"

"我的意思，你用情虽然专一，而总不免带了一点儿偏心。曹慧英小姐她不是和你先堂堂正正地结婚的吗？论她地位，是个千金之体，闺中淑女；论她才学，虽然不是大学毕业，但她深明大义，比有学问的女子更要想得透彻；论她容貌，虽非倾国倾城，却也生得清秀脱俗，温文大方。不过她为了成全你，情愿牺牲她自己，不管年纪轻轻，削发为尼，听暮鼓晨钟，度悠悠岁月，假使你稍有心肝，亦当代她一挥同情之泪。现在兰芬既疯，我的意思，你可以亲自前赴静土庵，向慧英忏悔，求她还俗，你们本来拜过天地，就此破镜重圆，岂不是一件两全其美的好办法吗？"

司徒明再也想不到志强滔滔不绝地会说出这一番话来，一时心头别别地乱跳，不免怦然一动。他脑海里浮现起和慧英洞房花烛的一幕，并且静土庵中反而帮助自己逃走的一幕，觉得扪心自问，实在也很对不起慧英。或许兰芬所以不会好，正因为是慧英在受凄凉生活的缘故吗？那么说不定慧英还俗之后，兰芬的疯痴也会好起来

152

了。司徒明在这样思忖之下，可见他主题还是在兰芬的身上，他想救兰芬，才赞成志强这番意见。不过他有些忧愁地说道：

"你这个办法果然很好，但是我怕慧英不肯还俗，这也是枉然啊。"

"她不肯还俗，我认为这又是另外一个问题，只要你也有这个意思，我们此刻不妨马上去一次。我虽不善说话，但我在旁边也总得劝她几句呀，绝不会让你一个人为难受窘的。"

"既然你肯热心帮忙，我们就不妨去试试，就是她拒绝了我，我们有了过去这一点点缘分，去探望探望她，也是应该的呀。"

志强听他也这样说，不免微微地一笑，遂点点头说好。两人站起身子，各自披上了大衣。这时雅琴从里面匆匆地出来，见两人都在穿大衣、戴呢帽，遂问他们上哪里去。志强把自己的意思向她告诉了，雅琴认为这意思很好，并且也愿意一同前去，于是三人出了院子。阿芸叫车夫把汽车早已侍候，大家匆匆地跳上，关了车厢，便开驶到静土庵去了。

汽车在静土庵门口停下，三人匆匆跳下车厢，雪花在他们头上轻轻地飞扑，四周是非常冷清，满目显现着无限凄凉。尤其是司徒明的心中，对于今日这旧地重临，也不知是甜酸还是苦辣，他心头会加倍地跳跃得快速，脸上惨淡地浮现了悲哀的色彩，跟着志强、雅琴，冒了雪片，慢步地走进庵中的佛地去。当家悟空师太以为施主前来烧香，遂即出而相迎，志强开口说道：

"我们不是烧香来的，特地前来望一个人。"

"不知爷们望谁呀？"

"望……望曹慧英小姐，她……她在什么地方呀？"

志强被她问住了，一时不知道回答什么才好，因此支吾了一会儿，方低低地说。悟空师太见他们有些行动诡异的样子，一时倒不免起了疑窦，遂故意推托说道：

"你们弄错了，这里并没有曹慧英小姐呀。"

"哦，老师太，我们不会弄错的，是去年在这儿出家的曹将军女儿慧英小姐呀！我们是她的亲戚，特地来望望她的。"

雅琴见她不肯承认有这么一个人，于是走上前一步，含了微笑，向她低低地诉说。悟空见了女人，心中稍为安定，遂点点头说道：

"哦，原来你们是智慧师太的亲戚，那么请各位到禅房里宽坐吧。"

"多谢，多谢！"

雅琴一面道谢，一面向志强、阿明招手，跟了悟空师太步入禅房坐下，小尼泡上香茗。悟空师太说道：

"请各位略等片刻，待贫尼前去通报吧。"

大家点头答应，悟空便入内而去。慧英本是悟空的徒弟，为什么悟空竟然亲自去通报呢？这其中当然有个原因，因为慧英削发为尼的时候，曹将军和司徒明父亲都曾划一部分家产在静土庵给慧英作为养老之用。慧英既然身入空门，有了钱也没有用，遂把静土庵修理得焕然一新。庵中佛身，个个重换金装，所以最近香火甚旺，一班太太小姐们无不前来进香还愿。这是所谓千穿万穿，马屁不穿，不论是在家人、出家人，马屁是没有人不知道的，所以悟空虽然是师父的身份，但对待慧英却反而视之像师父一般地恭敬她了。不多一会儿，悟空悄悄地出来，向众人望了一眼，说道：

"智慧师太性甚怪癖，她说在此修行，万缘俱空，诸亲好友，一概谢绝不见，所以叫贫尼代为转达，千万请各位原谅才好。"

"老师太，我们是由外乡千里迢迢赶到这里，而且还负有使命而来，她怎么能拒而不见呢？相烦老师太再往里面说一声，感激不尽。"

"哦，你们是由外乡而来的？不知从何处而来呀？"

悟空听他这样说，遂又低低地追问。志强原是急中生智地说了一个谎，此刻被老师太这么一问，倒又问住了，不禁顿了一顿。幸亏雅琴机警，她早已灵敏地说道：

154

"是从广东来的，而且还有曹小姐父亲的书信在此。"

"原来你们是她父亲差来探望的，那你们为什么不早些说出来呢？书信在哪里？待我拿进去给她吧。"

"不，我们非亲自交给曹小姐不可的。"

"如此，待我再到里面去告诉她吧。"

悟空听雅琴这样说，没有办法，遂又匆匆入内而去。志强拍了拍她的肩胛，微微地一笑，竖了大拇指，向她赞美道：

"你这张嘴真灵活。"

"嘘！嘘！"

雅琴恐怕秘密泄露，遂逗给他一个白眼，噘了小嘴儿，嘘了两声，是叫他别得意忘形的意思。志强会意，遂退到椅子上坐下，不再说什么了。这里司徒明低了头，由不得感喟地想了一会儿，在当初她已经和我洞房花烛，我却视她若眼中钉，拒她于千里之外；今日欲求一见，反而如此困难。这真所谓彼一时此一时，这难道也是冥冥中的报应吗？想到这里，黯然神伤，忍不住连声叹气。就在这个时候，忽听一阵细微的步履之声，只见慧英僧帽僧衣，已急匆匆地跟着悟空走了出来，当她一眼望见了司徒明之后，觉得这个西服的男子好生面熟，仿佛在什么地方已经看见过了似的，因此忍不住呆呆地愣住了一会儿。雅琴见阿明、志强都不说话，遂急忙挨近身子，微微地笑道：

"曹小姐，好久不见，你还认识我吗？"

"贫尼出家已久，委实想不起来了。请教女士贵姓？听说我父亲有书信烦女士带来，书信不知在哪里？家父不知可安康？有劳长途跋涉，不远千里而来，真使贫尼感铭心版了。"

慧英向雅琴细细一打量，觉得并不认识，因为她是一个女子，大家易于交谈，遂一面欠身，一面很恭敬地说。雅琴乌圆眸珠一转，觉得事到如此，也只好从实地告诉了，遂低低地说道：

"在下姓金名雅琴，曹小姐，我来与你介绍一下，这位是我外子

155

沈志强，这位是司徒明先生，他抱着十分的诚意来拜望曹小姐，不料您竟拒而不见，我们没有办法，只好以您家书相欺，赚小姐到此。还请慈悲为怀，恕我们太以鲁莽了。”

雅琴一面说，一面深深地弯了弯腰，表示赔罪的意思。司徒明站在一旁，见慧英脂粉不施，面色憔悴，手拿佛珠，口中还低低地念着弥陀。若把她此时情形，与去年洞房夜相较，真是判若两人。心里一阵难过，也不禁代她暗暗悲伤。不料此刻慧英听了雅琴告诉之后，两颊顿显愠色，她心头恍若有悟，暗自想道：我想怪不得这样面熟，原来还是这个可恨的冤家！一时看也不看他一看，就拂袖愤然回身欲走。司徒明在这个时候，再也忍熬不住了，他不管一切地抢步上前，把她拉住了，急急地说道：

“慧英，你……你心中虽然是恨着我，不过我今日特地来探望于你，你千万不要恼怒。我恳求你，你能否招待我谈几句话呢？”

“哼！我和你已成陌路，今日我是槛外之人，况且男女有别，我们还有什么可谈？”

慧英做梦也想不到司徒明还会来寻自己，而且此刻又会亲自来拉住自己，她几乎不相信这是事实。她觉得常言说得好，无事不到三宝殿，那么阿明今日到来，多少是有一些原因的了。不过自己生平第一痛恨的就是阿明，说得进一步，他根本就是自己的仇人一样。仇人见面，分外眼红，那我们还有什么话可说的呢？想到这里，胸口一阵怒气涌塞上来，脸已变成铁青的颜色，冷笑了一声，愤愤地说完了这几句话，把手狠命地挣脱，一骨碌转身，已向里面奔进去了。阿明木然站立，望着她身子奔去，不觉泪如雨下。这时悟空师太方才也有些明白过来，遂挨近司徒明的身旁，向他打量了一会儿，“哦哦”了两声，说道：

“这位原来就是去年和曹小姐同来的司徒少爷吗？啊，我老了，我怎么竟然一点儿也不认得了。不过少爷的脸苍老得多了，皮肤也黝黑得多了。贫尼在这里真觉得奇怪，曹小姐既然不是你理想的夫人，如今已经被你抛弃在这孤孤单单的庵堂里了，你今日到来拜望于她，到底是存了什么用意啊？"

"哦，老师太，这是难怪你要这样问的，现在我可以代替司徒先生来向你回答。司徒先生自从离开北京之后，便即在广东加入革命军，从事革命工作，现在军阀打倒，全国统一，司徒先生荣归故乡。他想起过去的事情，有些懊悔不该这样做，尤其是像曹小姐这么一个多情的姑娘，更不应该叫她落得这样凄凉悲惨的结局，所以他今天到这里来的用意，一则是向曹小姐求饶，一则是预备请曹小姐还俗回去。好在他们本来是拜过天地，洞房花烛，如今破镜重圆，言归于好，这也是情理之事。还望老师太多多帮忙，真使我们这位司徒兄感恩不尽了。"

沈志强听老师太这样怀疑的神气向阿明诘问，而阿明却呆如木鸡地默然并不作答，于是"哦"了一声，用了委婉的口吻向悟空代为回答。悟空听了，方才恍然。因为知道了司徒少爷已经是个军人的地位，她心中就不免存了一点儿畏惧的意思，遂双手合十，连叫了两声"善哉善哉"，低低地说道：

"司徒少爷能够回心转意，这是好极了。但只怕曹小姐心灰意懒，她已经看破红尘，不愿再堕情网而自寻烦恼了。"

"老师太，你是出家之人，慈悲为怀，况且成人之美，皆有同心，所以曹小姐还俗问题，全仗你大力劝慰，倘然你能够劝她还俗，我想曹小姐一定无不应命。想曹小姐年纪轻轻，花容月貌，正当享受人生之乐，今日在此听暮鼓晨钟，度凄凉岁月，这不是待她也太以残忍了吗？"

雅琴见志强语塞，遂也急忙插嘴恳求。悟空师太想了一会儿，点头称是，当下引导三人步入内室，预备向慧英怂恿。

里面这间禅房布置得清静幽雅，正中悬有观音大士佛像，只见慧英盘膝坐在蒲团上面，闭目静修。虽然听到众人步履之声走入房内，但她好像不闻不问，装作没有听见的样子。司徒明见了，一时间开口不得，志强推了推他，无非叫他开口说话的意思。司徒明没有办法，只好厚了面皮，低低地叫道：

"慧英，过去之事，是我错了，现在我想明白了，我觉得不应该害你受这样凄凉的生活，我求求你，我求你饶恕我的过错吧！"

司徒明向她这样苦苦哀求地说，他希望慧英心肠软下来，但慧英却不说话，手数佛珠，口里只管念着弥陀，连眼睛也不张一张，把司徒明的话好像当作耳边风的样子。司徒明在这样情景之下，当然是窘得不得了，因此又呆呆地愕住了。悟空师太站在旁边，见司徒明虽在寒冬的季节，额角上几乎也要冒出了汗珠，可见他内心是焦急得这一份样儿的程度，于是也低低地说道：

"慧英，并非为师也来相劝于你，因为你是一个年轻的姑娘，你将来的前途还有灿烂光明的日子。既然司徒少爷已经想明白了，那么你也不要太以固执，还是言归于好，你们夫妇两人重圆好梦去吧。"

"师父，你怎么也说出这些不合理的话来了？当初小徒皈依佛门，乃打定主意，今生是绝不希望再有团圆的日子。我并不是把这里作为暂时枝栖的地方，假使我存心把这里作为过渡之地，那叫我如何对得起佛爷？恐怕下世的遭遇更要惨尽惨绝的了。况且我们身为女子的也太以低贱一点儿了，男人不要的时候就削发为尼，男人要的时候就蓄发还俗，我不相信世界上的女人就这么轻浮，这么不值钱，那简直是太侮辱了我们女界的同胞了！"

慧英听师父也这么地劝告，方才微睁星眸，脸上浮现了无限沉痛的颜色，愤然地回答。悟空被她碰了一个钉子，一时说不出什么话来才好，愕了一会儿，微微地叹了一口气。雅琴听了心头是十二分同情，因为本身也是一个女子，所以要劝的话也说不出口。司徒明更是万分心痛，他认为慧英这两句话是对的，尤其是后面这几句话，他听了更是入耳。他觉得自己确实是个侮辱女性的罪人，不但如此，而且还是一个自私自利的小人。他不安极了，他歉疚极了，他呆呆地忍不住流下眼泪来了。慧英这时的明眸，又慢慢地望到司徒明的脸上。她见司徒明满颊是泪的情形，反而毫无感情的样子，笑了一笑，说道：

"司徒先生，你是一个堂堂七尺之躯，你为什么要像女人家般地哭起来呢？我很感激你，你总算又会想到我这个被你一度遗弃的人来。不过我现在身入空门，早已和尘世隔绝，换句话说，我好像已经死了一样，社会上是没有我这个曹慧英的人了。你瞧这一副对联：'月在上方诸品静，心持半偈万缘空。'我现在一心已持着半偈，只觉万缘都是空虚的了。想你我父母，在当初坐镇北京，声名赫赫，到如今流浪他乡，生死未卜。这是《赤壁赋》中所谓'固一世之雄也，而今安在哉'。尘世扰扰，真是'百年世事三更梦，万里江山一局棋'。江山尚且如此，何况你我小小的一头婚姻之事？就是百年偕老，也只不过弹指光阴而已。你是一个多才多情之人，何苦复来恋恋我一个出家之人？岂不是太没有意识了吗？"

慧英这几句话虽然是包含了极尽讽刺的成分，不过她也真的表示已经看穿一切的意思。司徒明听了，不觉痛到心头，几乎要哭出声音来，但为了不好意思太显懦弱的缘故，他终于竭力地忍熬住了。虽然要想解释自己的痛苦，不过这是不会得到慧英的同情，而且自己也很难自圆其说，因此呆呆地不知怎么才好。慧英却又低低地说道：

"承蒙先生今日特地前来望我，我们以朋友的地位而说，我倒也很希望和你谈谈过去的事情。想我是个庸俗女子，在这社会上可说是个废物，乏善陈述。先生乃有志青年，在这相别将近两年的日子中，必定干过一番轰轰烈烈的事情了。"

"自从和小姐分手，前往广东，加入革命工作，在沙场上经过数十次血战，几遭骨暴沙砾。靠上天保佑，才平安地共庆全国统一。"

"先生既然凯歌而归，正可以和张小姐同圆好梦，有情人终成眷属，这是多么快乐！为何反来找我薄命之女，这岂不是令人奇煞耶?"

司徒明听慧英这样问,不禁面红耳赤,一时支吾地不知所答。志强在旁边听了,这就不住地急急说道:

"曹小姐,你不知道,因为张小姐疯了。"

"发疯了?这是为了什么缘故?"

慧英听了这个消息,也不免为之吃了一惊,微蹙了两条细长的眉毛急急地问。志强并不隐瞒,老实地告诉道:

"因为报上登错消息,说司徒明已经战死沙场,张小姐心中一急,从此神志就模糊起来,到现在将近一年,却不能复原。司徒明他心里想着,恐怕张小姐的发疯,正是因为抛弃曹小姐冥冥中的报应,所以他心中十分悔恨,希望与曹小姐重圆好梦,得能金诺,真是感激不尽了。"

"哦,原来如此,这样看来,人生在世,更是空虚的了。我以为我既玉成他们,他们总可以享受快快乐乐无忧无虑的生活,谁料好事多磨,竟又会发生了这样不幸的惨变。唉,老天啊,你待世人真是太以残忍了。这么说起来,我在当初跳出红尘,做个自由自在的槛外人,不是省却了许多麻烦吗?"

慧英这才恍然大悟,她心中说不出是什么滋味,只觉得辛酸苦辣一齐涌上了心头。为了兰芬的发疯,使她更加大彻大悟起来,所以接着又向司徒明说道:

"司徒先生,你不是一个改造国家的军人吗?你何苦还要为了我们女人而喜欢自寻烦恼呢?要知道,我们的国家,自从推翻清朝以来,反而形成了四分五裂的现象。稍有一点儿兵力,就可以割据城池,自称为王了,因此连年内战不息,弄得民不聊生。外人趁机侵入,国人为了自私之心,丧权辱国,在所不惜,言之令人心痛。如今革命成功,全国统一,你们不要以为是完成了使命,实实在在像你这样年轻的军人,还有重大的责任。你难道忘了国父这两句遗教吗?'革命尚未成功,同志仍须努力。'中国眼前的情形,是不是前途可称乐观？是不是和世界上民族同样地可以享受自由平等的权利？这恐怕是很难有把握吧。所以我今日以朋友的地位来向你劝告，你要把儿女之情看得淡薄，你要把所有精神都放到兴强国家的事情上去，这样才可以对得住国家，对得住父母，而且对得住你自己的良心。"

司徒明再也想不到慧英会滔滔不绝地说出这一番正义伟大的话来，一时又惊奇又佩服，觉得自己有眼不识，慧英还是一个不平凡的女性。他如梦初醒般地收束了眼泪，正经地说道：

"慧英，你这两句话说得对极了。我在这一年来，昏昏沉沉的，把正经的事情都抛在一旁，一天到晚愁眉不展，弄得雄心不振，壮志消灭，此刻想来，实在太不应该。正是聆卿一席话，胜读十年书。我明白了，我觉悟了。这个年头儿不是为了女人而烦恼的时候，我要为国去出一份力量，我要替民族争一点儿光荣。不过我觉得你的行为和你所说的话太不符合，你劝我的话，是多么前进，多么有思想，然而你在此削发为尼，这又是多么落伍，多么消极。你是一个年轻的姑娘，在这男女平权的时代，我今日也有两句话要来相劝你，国家兴亡，固然匹夫有责，但现在时代不同，匹妇岂能没有责任吗？那么你何忍蛰居草庵而与草木共腐吗？"

"先生言之有理，人民爱国，乃是应尽天职。不要看我蛰居草庵，将来执干戈，上战场，我也绝不落人身后的。现在我们谈话总算有了一个焦点，这是使我非常快乐，此刻不能再与先生空谈，请先生回府去吧。"

慧英说到这里，竟然向他下了逐客令了，她闭了眼睛，不复言语。司徒明觉得留之无益，遂悄然而退。志强与雅琴跟随而出，见阿明站在佛殿之上，仰天望着鹅毛似的大雪，含泪微笑，若有所悟。雅琴凄凉地道：

"我们回去吧。"

司徒明点点头，三人冒雪出了庵门，跳上了汽车，汽车的四轮在雪地上驶行了，静土庵的四周依然是静悄悄地显得凄凉寂寂，好像是一堆荒冢的样子。司徒明来的时候，他心中是还一意地恋恋着儿女之情，但回家的时候，他的心境又改变了，他准备着把自己整个的身子要贡献给祖国了。

第二回

才圆鸳鸯梦骤又别离

司徒明在静土庵中听了慧英这一番言语之后，他便把这些儿女之情的烦恼都抛到脑后去了，从此便一心一意地把全副精神注意到事业上去，早出晚归，除了和兰芳游玩着解了一会儿闷，却不愿和兰芬时常地见面，这是为了避免各人心中多有了一重刺激的缘故。说也奇怪，在几个月不和兰芬见面，据燕纹的告诉，说最近兰芬似乎好得多了，固然不常常地哭吵，而且脸也丰腴了不少，说话也好像清楚一些了，司徒明听了，当然十分安慰。志强遇到司徒明，却屡次劝他另娶贤妻，协助家政，免得终身痛苦。司徒明老是回答，说兰芬也许会好起来，好在我的年纪还轻，何必急急地就忘情于兰芬？志强劝他不醒，也就罢了。

光阴匆匆，这样过了三年。在这三年之中，司徒明却调任在广西军部任职。因为近来边疆倭寇屡次侵犯，大有野心企图，司徒明这时任第三十二军四十八师师长之职，奉上峰命令，将开赴东北增防，路过北京，想起两年来未回家乡，兰芬不知可曾痊愈，于是坐车匆匆回家，前来探视。车到门口，司徒明匆匆下车，见门口先站了一个八九岁模样的女孩子，手拿书包，好像刚从学校里放学回来，她听见汽车的声音，便回头急急来望。当她见到司徒明的时候，脸上不免显出惊异的神气，两只滴溜乌圆的小眼睛向他怔怔地愕住了一会儿，忽然"呀"了一声，急急奔了上来，叫道：

"你……你……不是大哥吗？"

"是的，你……是兰芳？"

"大哥，大哥！你什么时候回来的？为什么不早些写信来告诉我呢？"

原来这女孩子真的就是兰芳，当下她直奔到司徒明的怀抱里，一面急急地问，一面显出无限亲热的样子。司徒明连忙把她抱在怀内，望着她苹果般的小脸，笑嘻嘻地说道：

"兰芳，两年多不见你了，想不到你个子高得多了，我几乎有些不认识你了。"

"大哥，你怎么年纪轻轻的就留了胡须？我也险些认不得你了。"

兰芳也笑盈盈地回答，她还显出顽皮的样子，伸手去捻他人中上的胡须。司徒明听她这样说，他有些感叹的样子，说道：

"我的年纪不轻了，快老了呢！"

"嗯，你几岁了？"

"二十八岁不知还是二十九岁？我自己也有些记不清楚了。"

"我记得，你还只有二十八岁，三十岁还没到，怎么能说老呢？大哥，让我下来，我们进里面去吧。"

司徒明听了，遂放下兰芳的身子，两人携手匆匆地向里面走了。一路走，一路司徒明忍不住又开口问道：

"沈家大哥常来看望你们吗？"

"来的，一星期两次，他们来了，总买些吃的玩的给我，待我真好。不过他们在三个月以前已到上海去了。"

"奇怪，他们到上海做什么去？"

"因为沈大哥那家公司在上海开设分公司，要沈大哥去做经理，所以他们一家都搬到上海去了。"

司徒明听了兰芳这个报告，他心中又欢喜又感伤，欢喜的是志强高升了，感伤的是自己又少了一个好朋友，不能时常地会面了。他一面点点头，一面又问道：

"你姊姊可曾好一点儿了？不再常常地哭吵了吧？"

"大哥，说起姊姊，那我真要恭喜你了，她已经完全好了。"

"什么？她全好了？真的吗？"

"真的，我没有骗你，你不信，你回头马上可以见到她的。"

两人说到这里，已跨进了会客室。阿芸在里面出来，一眼见到司徒明，因为他留了胡须，还不知道是谁，仔细一看，方才认清楚了，连忙笑着叫道：

"少爷，你回来了吗？我去报告少奶。"

"哎！阿芸，慢来，慢来！你不要去报告，我问你，你少奶真的好了吗？"

"真的好了，她时常地还问起少爷，再没有什么疯痴的样子了。"

阿芸回过身子，含了微笑，很欣喜地回答。司徒明因为是喜欢过了度，他呆呆地反而说不出一句话来，心中暗想：这难道是老天可怜我们，所以才给她好起来了吗？于是又急急地问道：

"她怎么样会好起来？是不是又给她看过医生吗？"

"没有给她看过什么医生，也不知为什么缘故，她慢慢地便一天好一天地神志清楚起来了。少爷，说句迷信的话，那真是老天爷把她医好的。"

"可是，我怕她见了我之后，不知会不会又糊涂起来，所以我实在有些不敢见她。"

司徒明皱了眉尖，很忧愁的样子回答。阿芸正欲回答什么，却见燕纹也从里面走出来。司徒明连忙站起身子，叫了一声妈。燕纹惊喜万分地叫道：

"阿明，你什么时候回来的呀？兰芬已经好了，你知道吗？"

"我知道，兰芳和阿芸曾向我告诉过，这真是老天爷可怜的，所以她才会好起来。可是，我不知道她好到怎么样的程度，回头见了我，不知会不会又糊涂起来。假使她没有好完全的话，我宁可不要见她。"

燕纹听他这样说。心中自然是万分感动。觉得司徒明的爱兰芬，完全是真心的爱。他不是爱兰芬花一般的身子，他是爱兰芬的人，在他心中只要兰芬好起来，他就是独身到老也情愿。这种多情的郎君，到什么地方再能找得出第二个呢？一时代为兰芬欢喜，但慌忙又向他分辩道：

"阿明，你不要忧愁这些，阿兰是完全地好透了，你只管放心吧。她此刻在卧房里结绒线，我陪你到房中去吧。"

司徒明听燕纹这样说，他心里是乐得什么似的，尤其是在万分绝望之余，得到了这个光明的消息，所以他心头是格外惊喜。遂含了笑容，站起身子，拉了兰芳的小手，跟着燕纹到兰芬的卧房里去了。燕纹在跨进卧房之后，先含笑叫道：

"兰芬，阿明回来了。"

"妈，真的吗？"

"当然真的，可是他留了小胡须，你见了他，不要害怕。"

司徒明正欲跟着进房，一听燕纹这样说，遂把脚缩了回来，在房外停住了。兰芳见了，不解其意，遂推了推他身子，说道：

"大哥，你为什么不走进去？"

"我怕她见了我这个，又会糊涂起来，我想还是先把胡须去剃了，回头再来见她吧。"

"我想没有关系，大哥，你不要胆子太小呀，让我先进去跟姊姊说明了好不好？"

司徒明点点头，兰芳便走进房中，听姊姊正在急急地问："阿明为什么还不进来？"一时便笑起来道：

"大哥站在房门口不敢进来。"

"这是为什么？"

"他因为留了胡须，怕姊姊不认识他，他要剃了胡须，再来见你。"

"阿明，你进来吧，我认识你的。"

166

兰芬听了妹妹这样说，不禁"啊呀"了一声，她忍不住笑出声音来，一面叫着，一面已走到房门口来迎接了。司徒明听兰芬这样叫着，心中这一欢喜，好像得到了珍宝一般，立刻奔进房来，险些和兰芬撞了一个满怀。他趁此把兰芬紧紧地抱住，两人互相地各叫一声，大家都默默地流下眼泪来。过了一会儿，兰芳在旁边笑道：

"好了好了，今天你们相会，好比是八月中秋月光明，欢喜还来不及，怎么反而流起眼泪来呢？"

"是的，你们不要伤心了，阿芸，快倒盆脸水来吧！"

燕纹在旁边红了眼皮，一面又伤心又欢喜地说，一面向房外高声地叫。阿芸在外面答应了一声，不多一会儿，便端进一盆面水，拧了手巾，给两人洗脸。这时天色已经傍晚，燕纹便到厨房下去烧饭煮菜。阿芸拉了兰芳的手，也悄悄地溜到房外去了。这里就只剩下了兰芬和司徒明两个人，默默地坐着出了一会子神，谁也不开口说话，所以房内是十分凄凉，只有那架时辰钟机械地嘀嗒地响着。过了一会儿，兰芬才抬起粉脸，秋波向他斜乜了一眼，至少有些赧赧然的成分，低低地说道：

"阿明，你为什么呆呆地坐着，不跟我说一句话？难道你心中有些恨着我吗？"

"不！不！我如何会恨你？兰芬！"

司徒明听她这么一问，方才连说了两声"不"字，连忙走到她的身边，拉了她的手，亲亲密密地叫了一声，然后一同坐到长沙发上去。兰芬若不胜娇媚的样子，瞟了他一眼，低低地又说道：

"光阴过得真快，我们好像五六年不曾见面了吧？"

"不，其实我们只有分别了两年半，在两年半之前，我也是住在这个屋子里的。兰芬，你难道记不起来了？"

"我有点儿记得，但是……我又觉得好像在做一个梦似的，糊糊涂涂的，弄不懂这到底是怎么一回事。阿明，你能详详细细地告诉我吗？"

司徒明恐怕她提起了往事，神志又会糊涂起来，这就抚摸着她的纤手，摇了摇头，低低地说道：

"过去的事，我们不用再提了，反正我们现在是团圆了。兰芬，我和你现在已经是一对夫妻了，你知道吗？"

"这是妈告诉我的，说我和你已经结过婚，洞过房。我细细地想起来，也好像曾经有过这一回事，但我总觉得这好像是一个梦。"

兰芬红了粉脸，似乎十分难为情的样子，微笑着回答。司徒明心中是还有些怀疑她没有全复原，遂很温和的态度，正经地说道：

"那么此刻我和你在这儿说话，你心中认为是做梦，还是事实呢？"

"那当然是事实，我现在已经很清楚了。"

司徒明听她后面这一句声明的话，至少是包含了一点儿神秘的作用，因此也不免得意地笑起来，向她望了一会儿，低声说道：

"兰芬，你还像过去一样美丽和白嫩，虽然我们认识到现在已有五年了，但是你的青春并没有消失。"

"可是，我觉得你好像苍老得多了。唉！"

兰芬哀怨地逗了他那么一瞥多情的目光，说完了话，却微微地叹了一口气，大有黯然的神情。司徒明摸摸自己的脸，笑了一笑，说道：

"这也许是我当了军人的缘故，况且我留了胡须，这当然是更见苍老了。"

"你的年纪轻轻，为什么却蓄起胡须来了？"

"你不知道，我现在是个师长的地位了，虽然我年纪还轻，但我在外面做事情，是不能不显出老气横秋的样子。其实这几年来的奔波流浪，把我一颗活泼的心也真的磨炼得苍老了。"

"我知道，这是我害了你，因为我给你的刺激太深了。"

兰芬十分歉疚地回答，她似乎很难受的样子，慢慢地低下头来。司徒明连忙急急地说道：

"不！不！你这是什么话？要如你说是你害了我，那我要说是我害了你。兰芬，你真是一个多情的姑娘，我不知该怎么来报答你才好。"

"我并不多情，你才是一个多情的人。"

兰芬也许是过分感动的缘故，她说了这一句话，眼泪忍不住又扑簌簌地落了下来。司徒明眼皮也有些红润，他慌忙把手帕取出，给她轻轻地拭泪。兰芬趁势倒入阿明的怀抱，低低地又说道：

"妈告诉我，你为了我的病，你是憔悴了，虽然大家都劝你另娶贤德的妻子，但你始终没有答应。你说我这个病也许会好起来。这悠久四年来的日子，你就为了我这么苦苦地忍耐着。我觉得再要在世界上找寻像你这么一个好的丈夫，恐怕是找不到的了。"

"这是所谓精诚所至，金石为开。我以为一个人只要有坚定的信仰，理想是没有不实现的。瞧你，你现在不是真的好了吗？"

"俗语谓孝感动天，其实纯洁的爱情也会感动天地的。比方说我这次病会好起来，这就是老天被你所感动，因此我也无形中地病占勿药了，所以我们今日能重圆好梦，我们不能忘记天爷的恩赐。我觉得我在这个世界上，是第二世做人的了。"

"可不是？我今天回来，突然听到你完全好了的消息，我也是感到意外的惊喜。因为我心中已经是老早地存着绝望的意思了，我做梦也不会想到今天和你在这房中唱唱唧唧地谈话。唉，我这个人生是多么神秘，多么难捉摸啊！"

司徒明十分感慨而又十分兴奋地说，他紧紧地偎着兰芬的娇躯，满脸显出得意的笑容。兰芬的芳心里也好像涂过了一层糖衣那么甜蜜，仰了粉脸，憨笑了一会儿，便俏皮地问道：

"阿明，假使我这病一辈子不复原了，那么你难道也为我守一辈子吗？"

"也许是这样，不过，我并不是为了你。"

兰芬听他很神秘地回答，这就微蹙了眉尖，雪白的牙齿咬着她红润的嘴唇皮子，沉吟了一会儿，方才猜疑地问道：

"那么你是为了谁呢？"

"我为了我们的祖国。兰芬，你是我最心爱的人，假使老天真的对待我这么残忍，我何必还要恋恋这儿女之情呢？我要把我整个的身子献给祖国，为祖国效劳，干些为民族争光的工作。你瞧这连年内战后的祖国，虽然眼前是统一了，但外人趁我们国内空虚的当儿前来侵略，所以我们国家实在是处于非常危险的地位，若不是好好儿振作精神，一面建设，一面包围，恐怕前途是陷在黑暗的荆棘之中了。"

司徒明说到这里，又深长地叹了一口气，大有不胜悲愤的样子。兰芬点了点头，表示非常同意，说道：

"是的，连年内战，把国家打穷了，祖国的存亡，以后要靠你们军人的努力了。"

"所以啊，我此刻的心和五年前又大大地不同了。在当初，我们年轻的人，好像专门是为了爱情而生存似的，恋爱不成功，等于是青年的末路。但现在不是这样了，我此刻脑海里只有'祖国'两个字，我们活着，是为了祖国，我们死了，也应该是为了祖国，尤其是我们身为长官的。所以我对祖国存了这八个字——鞠躬尽瘁，死而后已。兰芬，我说的这几句话，不知你心中也表示同情吗？"

"阿明，你进步得多了，你的思想太伟大了。"

"我想不到今生还会听到你口中说出这两句话来，兰芬，我实在太高兴了。"

兰芬见了他那种欢悦的神情，她也乐得掀起了酒窝儿，紧紧地偎在他的怀内，秋波脉脉含情地望着他，妩媚地笑。司徒明有些情不自禁，挽了她的脖子，正欲凑过嘴去吻她，忽然他有了一个什么感觉之后，却又中途而止，把脸仰了开去。这时兰芬的芳心好像小鹿般地乱撞，她娇靥上是红晕得好看，眯着眼睛，笑盈盈地问道：

"阿明，你为什么呀？"

"我怕我的胡须太硬，刺痛了你软绵绵的嘴唇。"

司徒明笑嘻嘻地回答，他心里像春风吹动水波地荡漾，但兰芬听了，却逗给他一个妩媚的白眼，她并不说话，却抬上脸去，这动作就是叫阿明只管吻的表示。司徒明因为是爱到心头，再说五年来的痛苦和悲酸也正欲借此消灭，于是低下头去，在她小嘴儿上紧紧地吻住了。良久，兰芬才轻轻地把他推开了，红晕了粉脸，嫣然地一笑。司徒明说道：

"我记得五年前在北海公园里曾经和你接过一次吻，那时候的感觉和现在比较起来觉得怎么样？兰芬，你还记得起来吗？"

"我还记得，那时候你虽然没有留着胡须，不过我们是正在忧愁着各人环境的不允许，所以这一吻是凄凉之中带着辛酸的意味。现在你我从千辛万苦中经过多少磨折、多少风波，而终于成了眷属。虽然你满嘴胡须刺得我那么疼，但我心眼儿里是完全甜蜜，完全喜悦。阿明，你觉得我这些比较说得对吗？"

兰芬絮絮地说了那么一大套，这表情多少包含了一点儿天真的成分。司徒明两手一合，忍不住哈哈地笑起来，说道：

"你这话说得对极了，对极了！"

"什么话说得对极了？大哥，你能不能说给我们大家听听呀？呀，瞧你们谈情话也谈得糊涂了，天色这么暗了，还不亮了电灯呢。"

不料正在这个当儿，兰芳忽然从房外奔进来，一面哧哧地笑，一面便开了电灯，她顽皮地还向两人扮了一个兔子脸。司徒明和兰芬觉得从妹妹这神秘的表情上猜想，说不定她在外面已经偷窥了许多时候，因此两人都觉得十分难为情，红了脸，只是赧赧然地笑。兰芳此刻却又说道：

"妈叫我来问你们，你们还是此刻吃晚饭了，还是再谈一会儿吃晚饭？"

"假使晚饭已经预备舒齐了，我们就此刻吃吧。"

"嗯，大哥的意思不错，吃完了饭，你们可以谈一整夜哩！"

兰芳嘻嘻地一笑，便掉转身子又匆匆地奔出房外去了。司徒明拉了兰芬站起身子，便也一同到外面吃晚饭去了。

燕纹是上了年纪的人，她样样想得周到。因为今夜是他们夫妇结婚以后第一夜的团圆日，所以在酒菜里又添了一碗百子糕，无非是讨个口彩而已。晚饭完毕，两人回房洗脸，见阿芸又在点一双很大的红烛，司徒明笑道：

"这是什么意思？"

"是太太关照的，她说给少爷、奶奶再来一个洞房花烛夜。"

阿芸神秘地回答，一面却哧哧地笑了。兰芬这时的芳心跳跃得很快速，两颊热辣辣地好像喝过了酒似的兴奋，她听了阿芸的话，秋波向司徒明瞟了一眼，便很不好意思地坐到沙发上去，低垂了粉脸，却默默地出神。阿芸倒上了两杯茶后，遂悄悄地退出房外去。司徒明见兰芬那种羞涩的意态，遂走到她的身旁坐下，低低地叫道：

"兰芬，今夜该是我们胜利的日子了，你心中喜欢吗？"

"我当然喜欢的，阿明，你呢？"

"我比你更喜欢，这悠久五年来的日子，可怜我们都受了多少的痛苦和悲伤，今天我们到底是尝到团圆的甜蜜了。"

两人相倚相偎地在一起，脸上都含了春风得意的笑容。过了一会儿，司徒明站起身子，他慢慢地走到窗口旁来，只见一轮明月，好像铜盆似的，又大又圆，晶莹玉洁，无限光辉。他伸手招招兰芬，兰芬挨到他的身旁，司徒明指着明月笑道：

"你瞧这明月也会捧人呢！"

"你这话是什么意思？"

兰芬不懂他这句话的意思，遂微蹙了柳眉，杏眼凝望了他，猜疑地问。司徒明抚着她的肩头，微微地笑道：

"三年前我和你洞房花烛之夜，你那时候真病得厉害，哭哭啼啼，把我弄得没有了办法。那时我一个人凭窗远眺，只见新月如钩，好像触目皆是凄凉的景色。我曾经对月长叹，说今生恐怕永远再没有见到月圆的时节了，但天下事情往往出人意料之外，想不到三年后的今日，我们真的欢欢喜喜团圆了，而且在我们今日团圆之夜，明月齐巧也会光圆地在我们面前发光。你想，明月不是也会奉承人吗？"

"可不是？我想我这个病突然会好，事情绝不是偶然的，一定是你良心好，所以老天才会可怜我呢。"

兰芬见他得意忘形地滔滔不绝地向自己诉说往事，这就也觉得奇怪地回答。司徒明笑了一笑，他把窗户关上，又将窗帘拉拢，然后又拉了兰芬一同在沙发上坐下，很不解似的说道：

"被你说起'良心好'三个字，这使我倒又想起一件意外艳遇的事情来。难道因为我这么一来，所以老天才把你医好了吗？"

"阿明，你在说的什么话？没头没脑的，真叫我有些不明白了。"

司徒明见她急急地问，神情有些纳闷儿，遂微微地一笑，在茶几上取了那杯茶，喝了一口，方才徐徐地说道：

"你别急，我告诉你呀。在广西某县有个村庄，里面山明水秀，风景颇为宜人。我那天穿了便服，一个人前去游览，不料在黄昏时候，忽然大雨倾盆，我没有办法，只好在一家小酒店里暂避暴雨。可是雨不肯停止地落下去，我也只好在酒店里索性吃夜饭了。但等夜饭吃好，暴雨狂风依然没有稍歇。本来这酒店里没有别的食客，只有我一个人，天色夜了，这样大雨，当然再不会有什么主顾上门来，所以他们预备打烊了。我因为离开军部甚远，没法回去，恳求他们暂宿一宵，可以略给酬谢。那小酒店里只有一个伙计，而且年纪还也幼小，看来是个学生意的样子，他说：'要问了老板娘，才可以做主意。'我说：'你去问吧，等她回答了肯不肯，再作道理。'那伙计匆匆进内去了，不多一会儿，走出一个年纪二十四五岁的少妇来，淡妆素服，倒有几分姿色，她手里还抱了一个孩子，约莫两三岁样子。她问我住在哪里，我告诉了她，她觉得果然离此很远，当下便答应了我；并且亲自招待我到一个卧房，里面布置得倒还清洁。她倒上茶，送上烟，甚为殷勤。我问她身世，她说：'丈夫死了，家里没有别的人，只有一个两岁的儿子和一个学徒，生活完全靠着那个小酒店的。'她一面说，一面大有盈盈泪下的样子。我听了，觉得她很孤苦可怜。当时谈了一会儿，她便告退出房，我见时候不早，而窗外风雨之声尚未停止，于是坐着无聊，便也熄灯就寝。不料正在蒙眬之间，忽然我的床边就出了乱子了。"

"怎么？怎么？难道这是一家黑店，预备谋财害命吗？"

兰芬听他滔滔不绝一口气地说到这里，她芳心倒是忐忑地乱跳起来了，脸上显出惊慌的表情，紧紧地偎在司徒明的怀内，向他急急地问。司徒明摇摇头，笑了一笑，说道：

"假使是黑店，那我倒有办法了。"

"那么到底是怎么一回事呢？"

"你听着，别笑……我正在蒙眬之间，忽然我身旁多了一个人。"

"奇怪，这是谁呢？"

"当初我也不知道是谁呀！但我伸手一摸，真是大吃一惊。你道为什么？原来我摸着一段光滑女人的身子，我手的感觉是灵敏的，想不到竟是一丝不挂。"

"啊呀！要死了！这女人是谁？难道是这个老板娘吗？"

兰芬听到这里，羞得通红了粉脸，忍不住啐了一口，笑起来问。司徒明望着她玫瑰花朵般的面庞，忍不住也神秘地笑起来，说道：

"不是她，还有谁呢？"

"那么这样移樽就教的便宜货，你是乐而接受的了。"

司徒明见她说完了话，秋波逗给自己一个妩媚的娇嗔，但嘴角旁边还是掩不住地挂上了一丝微笑，这就一本正经地说道：

"你说这话，那你就把我人格太看轻了。"

"可是，她既一丝不挂，这一种引诱的力量就不是普通可比，你既不是柳下惠再世，你怎么会不入她的圈套呢？"

"说起来你也许不会相信，我当时不但没有中她的圈套，而且我还用许多正义的话向她劝告。她听了我的劝告之后，满面羞惭，便急急穿了衣服，掩面痛哭起来。她向我表示忏悔，她说今夜这举动是被情欲一时激发，她求我保守这个秘密之事，她从今以后将好好抚养儿子长大，绝不忘我成全她贞节的大恩。"

"我真想不到你人格有这么伟大。"

"怎么？你不相信我这些话吗？"

"我相信，我相信你，阿明，你真可说是现代的圣人！"

司徒明听兰芬这样说，一时两颊倒不免红了起来。因为凭她这句话是有正反两面的意思，这就拉了她纤手，苦笑道：

"兰芬，你这话是颂扬我，还是挖苦我呢？"

"不，我完全是颂扬你，你说的话我完全相信，你真是一个不犯二色的君子，你真是一个伟人，我相信你将来还有光明的前程！阿明，我这个病忽然会好起来，的确，我认为多少是受了你这一番好心的影响吧。"

"这话虽然是近乎迷信，不过我觉得世界上的事情，善恶终有分明。今日我能够和你同享新婚之夜的乐趣，这岂是一件容易的事情呢！"

"不错，阿明，我心中太敬爱你了。"

兰芬听完了他这一回过去的事，她心里是感动极了，觉得阿明的行为异于常人，她心中是说不出的安慰和欢喜，情不自禁地倒入他怀抱内去，真挚地说。司徒明心中是无限的得意，他伸手抚摸着兰芬的头发，却忍不住得意地笑了。过了一会儿，司徒明抬起她的粉脸，低低地说道：

"阿兰，时候不早，我们早些睡吧。"

"……"

"为什么你还怕羞，我们不是已成夫妻了吗？"

"谁怕羞？我在你阿明面前，我就不怕羞。"

兰芬口里虽然这么说，但她的脸已经是红得像一朵海棠花了，秋波逗了他一瞥媚眼，赧赧然地笑了。他们两人在这一笑之中，也就圆成了甜蜜的美梦。司徒明这几年来在外面仆仆风尘，受尽风刀霜剑之苦，今日回家，忽然能够享受到软玉温香抱满怀的艳福，这真是所谓做梦也意想不到的事情，他是多么兴奋和快乐呢！一个是轻怜蜜爱，一个是又惊又喜，芙蓉帐暖，芍药花开，在那对融融花烛的高烧之下，映现了无限旖旎缠绵的风光。

第二天东方微微地发白，司徒明已经是醒了过来。因为他过惯了军队的生活，所以他是向来起得很早，每天清晨要到外面呼吸新空气，锻炼身体。不过今天他望着身旁的兰芬，却是再也舍不得离开这温柔的被窝了。因为兰芬此刻还沉沉地熟睡着，她的粉脸正靠在阿明的肩头上，娇躯紧紧地偎在阿明的怀内，好像一头驯服的绵羊，离不开它主人的模样。从她小嘴里一阵阵地吹出来的气息，触在鼻子内，只觉有些幽香的芬芳，她名为兰芬，实在是名符其实。司徒明望着她粉脸，愈瞧愈爱，愈瞧愈欢喜，因此情不自禁地低下头，在她樱桃小嘴儿上轻轻地偷吻了一下。不料他这一吻，却把兰芬惊醒了过来，微微地睁开星眸，伸手揉揉眼皮，望着阿明嫣然地一笑，低低地说道：

"阿明，你已经醒了吗？"

"对不起，我不惯窃玉偷香，倒把你弄醒了。"

"怎么？你……"

"我偷吻了你一个嘴儿，嘻嘻……"

兰芬不解其意地凝眸含鞶地问，表示有些惊异的样子，及至听了司徒明笑嘻嘻的告诉，方才明白过来，"哦"了一声，逗给他一个娇嗔，忍不住也羞涩地笑了。司徒明却又去吻她的脸，说道：

"阿兰，世界上的事情，好像天上的浮云一样，真是捉摸不定，刻刻变化无穷，像此刻我们团圆在一起，但过不了几天，谁料得到我们又要分手了呢！"

"那么我们可以不分手的呀！"

兰芬听他这样说，她情不自禁地更紧偎了阿明，很感情地回答。司徒明听了，心中不免有些惆怅，微微地叹了一口气，说道：

"不过我的环境跟别人不同呀，因为我是一个军人，而不是一个商人。假使是商人，至多少赚些钱，就在家乡做一点儿买卖，和妻子永远地守一辈子。但军人就不同了，前线打了仗，我不能在后方偷懒呢。所以我和你的分别，乃是迟早的问题。兰芬，你心中不知道也有些怨恨吗？"

"不，我……没有怨恨。"

司徒明这几句话突然听到兰芬耳朵里，她那颗芳心也不免激起一阵凄凉的情绪。虽然她口里这么大方地回答，但在她脸上是已经很可以见到笼罩了一层黯淡的神色。司徒明当然也有些恋恋不舍之意，尤其是此刻怀内抱了爱妻这么软绵绵的身子，他低低地说道：

"我假使要享受闺房中的画眉之乐，那我就懊悔去做一个军人的。"

"阿明，那不是这样说的，我觉得我今天能够和你享受到这一次人生之乐，我已经是心满意足了。因为我从今以后，才能算真正是你的人了。常言道：先有国，而后有家。国破家也残，这是一定的道理。所以你若开赴前线，为国去效劳，我并没有什么悲哀的表示，我只有感到无限的欣慰。阿明，我不愿以儿女之情，来阻误你伟大的前途，所以你切不要有这种颓伤的思想，倒叫我听了难受。"

"是的，兰芬，你是一个爱国的好女儿，你才配做我阿明的贤妻！"

司徒明听了，忍不住笑嘻嘻得意地说。两人谈了一会儿，方才匆匆起身，梳洗完毕，阿芸送上早点。司徒明正在喝牛奶的时候，忽然军部里送来一个电报，这是从关外来的，急忙拆开来瞧，见写着"战事急，见字开拔"七个字。司徒明见了这七个字，叫了一声"啊呀"，他放下牛奶杯子，呆呆地愕住了。

第三回

枪林弹雨死里庆余生

司徒明接到了这封电报，当然是急了一跳，忍不住"啊呀"了一声叫起来了。兰芬见他神情木然，好像十分为难的样子，一时暗暗奇怪，遂走到他的身旁来，问道：

"是谁来的信件？"

"兰芬，你瞧，我们要分别了。"

司徒明的话声有些颤抖，他把电报有气无力地交到她手里。兰芬接过一看，见电报上写着"战事急，见字开拔"七个字，她芳心别别地一跳，因为是新婚还只有刚一天，所以觉得有些悲酸，眼皮一红，几乎掉下泪来。但仔细一想，我不能伤心，倒叫阿明心中更有了依恋之情了。于是竭力忍住悲哀的发展，脸上还含了一丝苦笑，在他坐的长沙发上偎坐了下来，把手按着他的肩胛，低低地问道：

"阿明，我有些不大明白，你这次回乡刚只有一天，怎么又要叫你开拔到前线去了呢？电报上说战事急，不知指点在什么地方？"

"阿兰，我很抱歉，我昨天回来，没有向你详细地报告。这次我回家来，原是路过这里，心中想着了你，所以顺便来探望你的。在当初我委实想不到这次回家会跟你共圆好梦，因为你才和我享受了夫妻之乐，我不忍就把我要开赴前线去的消息告诉你，我以为我和你至少有一星期可以相聚，那么我们先欢欢喜喜地度过一星期甜蜜的日子，然后再把别离的消息来告诉你。但万不料造物太会捉弄人，

178

才度过了新婚第一夜，竟然便来了这一个电报。军令重如山，且关外战事既已紧急，那么马将军之义勇军一定会大受敌人的威胁。我若恋恋于家室，岂非有误于国事吗？所以事到如此，我没有办法，我只能无情抛弃你了……"

司徒明紧紧地握住了兰芬的手，他说到这里，几乎咽不成声，泫然泪下。兰芬听了他的话，方才恍然明白，暗中想道：我俩生生死死地缠了一场，到今天能够享受一夜夫妻的权利，说起来还是我们的缘分哩！一面想，一面十分感伤，但脸部上绝对显出平静的态度，表示毫无悲伤的样子，低低地说道：

"阿明，你不要难过，男儿志在四方，岂能恋恋效小儿女之态？虽然我们是还只有享受了一夜的闺房之乐，不过我和你结婚到现在，也可以说是快近三年了。那么我们绝不是还在新婚，我们已经是老夫老妻了。阿明，你切莫英雄气短，儿女情长。我说此话，并非是我寡情薄义，因为国事重于家事，因国而可以忘家，吾人应权衡其轻重。虽然我得到了这个消息，我的心中好像是空洞洞地失却了一件什么珍宝的样子，简直有些失魂落魄的情景，不过为了祖国的存亡，民族的生存关系，对于你这次开赴前线，我心里总觉得十分欢喜和欣慰。阿明，你只管放心前去好了，我希望你杀尽胡儿，凯歌回乡。到那时候，我们夫妇重庆团圆，不是快乐得难以形容了吗？"

"阿兰，你真是一个明大义的姑娘，我听了你这几句话，我心里真有说不出的快乐。不过……我细细地想来，觉得有些懊悔。"

"你懊悔什么呢？"

兰芬听他这样说，而且脸上在显出微笑之后立刻又笼罩了忧愁的颜色，一时十分地奇怪，秋波逗了他一瞥猜疑的目光，低低地问。司徒明抚摸着她的纤手，沉吟了一会儿，方才轻轻地说道：

"我这次不该和你同房。"

"你这话是什么意思？阿明，我太不明白了！"

司徒明说到这里，兰芬不等他再说下去，就急急地追问，她这会子却真的要哭出来的样子。司徒明一本正经地说道：

"我们做军人的踏上了征途，三年五载，不！简直是十年八年不回乡的也未可知，所以我和你虽然结了婚，但和不结婚的是没有什么分别。现在我硬生生地丢下你走了，害得你凄凉寂寂地过着这一生，那我不是爱你，完全是害你的了。"

"不！阿明，你现在抛弃我，这和普通的抛弃是完全不同，我虽然是个庸俗的女子，但我心中多少还懂得一点儿道理，所以我很同情你，我绝对没有一点儿怨恨你的意思。我宁可你不爱我，去爱祖国！我宁可你离开我，去杀敌人！阿明，你为什么要说这些话？那叫我心中不是感到难过吗？"

兰芬把娇躯偎到司徒明的怀内，伸手急急地按住了他的嘴，一面絮絮地回答，一面却显出慷慨激昂的样子。司徒明听了，心里真有说不出的敬爱，但他还歉疚地说道：

"当初你疯的时候，我为了要达到我们互相恋爱的目的，所以我非和你结婚不可，但是这次顺路回乡，你居然病占勿药，照理我不该再和你洞房。因为你既然已经复原，你尽管可以另配好的夫君，不至于耽搁你的终身问题。现在我糟蹋了你的身子，匆匆地又要别你而去，我为了一己之私，而害你受到终身的凄凉，那叫我心中如何不要感到懊悔呢？"

"阿明，我真想不到你会说出这几句话来，这……这叫我还说什么好呢？"

兰芬的芳心里好像刺了一枚利箭样地疼痛，这会子她再也忍熬不住了，掩着脸呜呜咽咽地哭泣起来。阿明被她这一哭，不免深悔失言，遂拍着她的肩胛，低低地赔罪，说道：

"兰芬，你不要哭呀，这是我说错了话，请你原谅我吧！"

"你说这话，莫非疑心我要跟了别人卷逃吗？"

兰芬坐正了身子，收束了眼泪，绷住了粉脸，大有恼怒的样子。司徒明想不到她会误会到这一层关系上去，心中一急，涨红了两颊，额角上的汗水几乎也冒了上来，急急地辩说道：

"不！不！兰芬，你误会了，我绝对没有这个意思。"

"你没有这个意思，那么你说这些话，到底是什么意思呢？"

"兰芬，你何必要追根究底呢？我无非是因为匆匆地别去，心中感到不安罢了。"

"阿明，不管你是什么意思，但我在这里向你要声明的，我有我的人格，我有我的贞节。记得我在北海公园里就这样对你说，我活着是你的人，死了是你的鬼，何况现在我们是成了夫妻了。假使你不放心我，那我可以跟你一同走！"

司徒明见她说到这里，眼泪忍不住扑簌簌地滚落下来，一时心中悲酸，泪水也夺眶而出，抱住了兰芬的娇躯，低低地说道：

"你千万再不要这样说了，我的心片片碎了。我怎么会这样猜疑你？我要如不相信你，我这一生就绝没有再回来的日子了。"

"阿明，你不许这么说。"

兰芬倒在他的怀里，呜咽着说。两人搂抱着哭了一会儿，阿明低头在她的樱唇上亲热地吮吻良久。忽然听得兰芳一阵哧哧的笑声，才把两人警觉过来，却见兰芳站在房门口，向两人弯了弯腰肢，还扮了一个兔子脸，笑道：

"对不起，我这一笑，却分开了你们两人的嘴。"

"妹妹，你来得正好，快把母亲去叫来。"

"我来得不凑巧，怎么还说正好呢？姊姊，你不是在挖苦我？"

兰芳见他们两人赧赧然地都觉得有些难为情的样子，听姊姊还这么说，一时逗给他们一个娇笑，又嘻嘻地回答。司徒明站起身子来，说道：

"兰芳，不跟你开玩笑，真的，你请妈来一次，因为我要走了。"

"啊！大哥，你……你……走到哪儿去呀？"

司徒明这一句认真的话，把兰芳那颗小心灵惊奇得"啊呀"了一声叫起来，她定住了乌圆的眸珠，急急地问。兰芬道：

"他要出发到关外去，因为鬼子兵要侵略我们的国家，所以不得不为祖国效劳去。妹妹，妈起身了没有？"

"早起来了，哦，妈来了。妈，妈，大哥要走了！"

兰芳似乎方才明白了，正欲回身奔出，忽然见妈走来，遂连连叫了两声妈，急急地告诉。燕纹也是因为阿芸告诉她，说军部里有电报送来，因为不知道是什么事，所以放心不下地来探听消息。此刻一听兰芳这样说，她便三脚两步地走进房中，很慌张的表情，急急地问道：

"怎么？阿明要到哪儿去啊？"

"妈，前线来了电报，说关外战事紧急，叫我们这一师人马立刻开拔。我为了国家，管不得你们了，所以我马上就要走了。"

司徒明很急促地告诉，他伸手拿过桌子上的军帽，往头上一戴，表示匆匆欲走的意思。燕纹依依地说道：

"阿明，你要走反正今天就给你走，你怎么急得这个样子？我已烧了几样好小菜，你吃过午饭去不行吗？"

"救兵如救火，我哪里吃得下饭？兰芬，你保重一点儿吧，我走了。"

"大哥，你为什么不跟我说几句话？"

兰芳见司徒明说着话，身子已向外走了，这就奔追出去，拉了他的身子，难过地问。司徒明回头见了她的粉脸，又好笑又难受，遂抱起她的身子，吻了一个香，说道：

"兰芳，你好好儿地用功读书，你把书读好了，你也跟大哥一样，为国出力，打敌人去！我没有别的话，你还要听你妈和姊姊的话才好，我们再见！"

"大哥，我祝你打了胜仗回来！"

司徒明放下兰芬的身子，他向外面又匆匆地走了。这里兰芬、兰芳、燕纹母女三人跟在后面急急地送出来，一直送到大门口。门外停着一辆军部的汽车，司徒明拉开车厢，正欲跳上车去，忽听兰

182

芬在后面又叫了一声阿明。司徒明竭力熬住着感伤，他回过身来，直走到兰芬的面前，问道：

"阿兰，你还有什么话说吗?"

"我要说的话太多了，一时叫我不知从哪里说起才好，我千句话并作一句话，你在外面千万小心吧!"

兰芬愕住了一会儿，才这么颤抖地回答，她眼角已忍熬不住地涌上一颗晶莹的眼泪来了。司徒明说声"我知道，你放心吧"，他便掉转身子奔上汽车，汽车向军部开的时候，司徒明才取出一方手帕来，在眼角旁轻轻地抹了一抹。

流光易逝催人老，不知不觉地早又到了寒冬的季节了。北方的天气本来是寒冷的，一到冬天，当然格外冷了，何况又是在关外呢!司徒明军队开赴关外的时候，齐巧遇到敌人猛烈的进攻，因此展开一场惨尽惨绝的血战。这一役中，司徒明也受了伤，但敌人也因此丧了胆，大挫锐气，幸亏司徒明没有几天伤势已愈，照旧干着抗战的工作。不过一年来，部下弟兄们死伤不少，而且又缺少接济，所以在这样困难的情形下，司徒明的内心是非常痛苦，只好招募义勇军，以充军队之阵容。北国健儿因家乡被胡儿摧残，妻离子散，皆敌人所赐，大家莫不痛恨入骨，所以加入义军者大为踊跃。这是一个阴沉沉的黄昏天气，仿佛又要落雪的光景，朔风是一阵一阵地狂刮起来，满地上本来是堆着厚厚的还未融化的白雪，此刻被风卷起，好像白浪滔滔，银波高涌，呼呼地像狮吼虎啸地作响。司徒明和秦国忠参谋长在营帐里面，正在计划着抗敌的步骤，听外面风声大作，遂皱眉说道：

"秦参谋，我想今夜需要严谨防备，恐怕敌人趁了风势，前来攻击。"

"司徒师长此话有理，我马上出外传令，叫弟兄们准备吧。"

秦国忠听了，点头称是，一面说，一面已匆匆出外去了。不多一会儿，国忠又走了进来，他愁眉不展地长叹了一声，好像无限悲愤的样子。司徒明问道：

"参谋为何长叹？"

"我刚才和沈旅长、张团长谈着军中的枪械，实在没有几仗可以维持了，假使上面子弹再不救济下来，恐怕军心都要胆寒了。"

司徒明听他这样说，一时反背了双手，在营帐中来回地踱步。从他那种表情上看来，也可想是忧煎得像热锅上的蚂蚁一样。一会儿，他停止了步，在案桌旁站定，用拳头猛可地击了一下，痛愤地说道：

"不过我们不能束手待毙呀！我们已经到了这个地步，我们就是光着两手，我们也得打下去呀！参谋长，吩咐下去，叫他们排齐了队伍，我要训话，我要训话！"

"是！"

司徒明后面这一句"我要训话"的语气是沉着而且重，显然是很有几分的分量。秦国忠说了一声是，便即转身出外，只听一阵集合的军号之声，等司徒明步出营帐外面，只见众弟兄站在雪地之上，排齐了队伍，静悄悄地鸦雀无声。司徒明用了他两道炯炯的目光向他们扫射了一遍，方才大声地说道：

"诸位弟兄们！自从敌人侵略我们东北以来，我们大好的河山，已经被敌人铁蹄踏破了；我们完整的家乡，已被敌人的炮弹轰毁了；我们亲爱的同胞，已被敌人的刺刀残杀尽了！我们是人，我们同是大地上的人类，我们是堂堂中华民国的国民！我们为什么要遭到这样的不平等？那么我们当然是要报仇！我们要起来反抗！我们要救祖国，我们要替五千年来的中华民族吐气，我们只有拼了性命，把我们枪尖染上了敌人的血！我们要杀！"

"我们要杀！"

众弟兄们听了司徒明的话，觉得悲壮激烈极了，他们全身的热血好像开水一般地沸滚起来，这就不约而同地激发出一阵强有力的呐喊。司徒明听了，觉得士气兴旺，十分快乐，遂伸手捻了一下胡须，微微地一笑，又大声地说道：

"我们都是生长北方，众兄弟的家，众兄弟的父母妻子，我想大都是被敌人杀死了，所以我们今日抗敌，一方面固然为国效劳，一方面也是替自己报仇！"

"报仇！报仇！我们要报仇！"

弟兄们的喊声又跟着而起，可以震动山谷。司徒明知道人心不死，一时十分胆壮，遂又大声地说道：

"不过，我们军中的枪弹快要完了，你们怕吗？你们胆寒吗？"

"……"

"是的，我知道你们有些害怕，有些胆寒。可是，我们难道投降吗？我们难道逃走吗？我们难道束手等死吗？"

"不！不！不！"

"那么你们众兄弟的意思预备怎么样呢？"

"我们拼命！我们跟敌人拼个死活！"

司徒明听了弟兄们这一番话，他忍不住哈哈地狂笑起来了。这时天色黑下来了，夜风更紧了，而且又飘着鹅毛似的大雪片了，于是他停止了笑，说道：

"不错，不错！我们有的是杀不完的头颅，我们有的是流不完的铁血！我们虽然是只剩了一兵一卒、一枪一弹，我们也得抵抗！弟兄们！你们笑我傻？笑我疯吗？"

"不疯！不傻！我们愿意跟随师长和敌人拼命！"

"哈哈！你们都是热血的好男儿！我并不是一定要你们死，我并不是这么地残忍。你们要知道，假使忍辱而生，那就不如光荣而死痛快得多了。我明白你们的痛苦，你们都有爱国的心，你们都有杀敌的志气，不过爱国的人，是绝不能光着两个肉做的拳头，可以去抵抗虎狼的顽敌，我们需要的是枪弹，我们需要的是杀敌的利器，可是现在……那么我们屈服了吧？我们做亡国奴了吧？不！不！绝不！我们没有枪炮，我们也得拼命！亲爱的弟兄们，你们明白我这层意思吗？你们愿意死吗？"

"我们愿意死！我们愿意跟随师长拼死沙场！"

随了众兄弟这一阵呐喊，忽然听得一阵噼噼啪啪的枪声，果然不出司徒明所料，敌人是分两路向这里阵地进攻了。司徒明把指挥刀拔出，说了一声准备，大家纷纷地跳入战壕里，静静等待敌人的来临。不多一会儿，噼噼啪啪，轰轰隆隆，机关枪、小钢炮、过山炮，声音慢慢地密了近了。轧轧的声音，分明是坦克车部队也出动了，敌人今夜预备做大规模之总攻了，司徒明令弟兄们勿浪费子弹，每一颗至少要打死一个敌人的。

雪更大了，风更狂了，前面有火把了，有人影了，像穿山甲似的坦克车慢慢地爬过来了，上面的机关枪也轧轧地摇过来了，弟兄们的热血在周身沸腾。这是时候到了，司徒明和秦国忠等长官把指挥刀一扬，只觉寒光一闪，大喊了一声"杀啊"，早已一马当先，哗啦啦地冲前而去。

天空中笼罩了浓黑的烟雾，迷糊得已经看不见四周的一切，只有无数的黑影子在火光中乱窜乱奔，在每个人的脸上映着汗和血，还沾着雪花。风势愈猛，火光愈红，枪声愈密，喊声愈响。在眼前看不见这个的面目，只有一个炮弹炸开后，随着飞起的是一条腿和一条手臂。鲜血已渗透了雪地，白雪已染成了紫红，渐渐地接近了，枪弹声中又来了一阵呐喊声斥喝声。你的子弹已穿过了我的胸口，我的枪尖已戳破了你的咽喉，我要你死，你要我的命，一大队冲上去，啪啪的一阵子响亮，就只见一大队倒下来。但是这并不使人感到害怕和畏缩，后面仍旧有一大队补充上去，脚下是一堆堆的尸体，虽然有的还在呻吟，但大众已管不了许多地踏了过去，奔杀过去。司徒明咬牙切齿地正在指挥众兄弟前进，忽然一个炮弹落下来，轰的一声，只见沈旅长的身子从地平线上飞腾起来，但落下来的时候，却是沈旅长的半个脑袋和一条腿。司徒明是多么沉痛，沉痛激起他的怒火直冒。眼见众兄弟的肉弹抵不住坦克车的冲杀，可怜弟兄们一队一队地牺牲了，流血了，成仁了，他猛可地把手榴弹取出，向前面狠命地掷去。只听轰隆隆的一声，坦克车被炸毁了，于是众兄弟更勇猛了，不管死活地向前冲。这一仗直杀到东方发了鱼肚白的颜色，但敌人的坦克车、大炮尽管多起来，弟兄们的铁血也都已流尽了，秦国忠在司徒明的身后，心中一急，遂拉了他身子，急急地说道：

"司徒师长，敌兵势如潮涌，我们且速退后，再做计较。"

"参谋长，杀身成仁，为国牺牲，此其时矣！司徒明临阵杀敌，从不知有一'退'字，你何若是贪生也？"

"并非是小弟贪生，以卵击石，为智者所不取。师长乃中华灵魂，请留有用之身，将来重振旗鼓，再做反攻之举。切勿无谓牺牲，反伤国家之气。"

"我军丧尽胡儿之手，不报此仇，怎泄心头之恨？参谋长，我们快上碉堡，非把敌人杀了一阵，偿还我弟兄们的血债不可。"

司徒明和秦国忠一面说，一面急急退后，奔上碉堡。石栏上有机关枪一挺，司徒明蹲身其旁，只听轧轧的一阵响声，机关枪弹像雨点儿一般地向四面扫射出去。只见敌人上来一排，倒下一排；上来一队，倒下一队，司徒明兴奋得满腔热血像波涛似的澎湃，他已忘记了自己的全军已经覆没，他忍不住哈哈地狂笑起来，大叫："鬼子！你们冲吧！你们杀吧！"不料正在这时，忽然哧的一声，一颗子弹，已毫无情感地穿过了司徒明的臂膀，司徒明"啊"了一声，遂咬紧了牙齿，把军衣撕破一块，向伤处裹扎，一面用右手仍旧向前猛烈地扫射。但敌人愈来愈多，势如潮涌，秦国忠把手榴弹向前猛掷，敌人到底又死了无数。这时司徒明腿上又中了一弹，不过他却毫无畏惧之色，正在抵敌，谁知枪弹告绝，司徒明跌足长叹，口叫："完了！"这时人已经重伤，身子不能动弹。秦国忠急道：

"请师长速走！"

"倭寇来近，我恨不得生啖其肉，痛饮其血，大丈夫当马革裹

187

尸，以报祖国。参谋长如此怕死，不怕被世人笑骂于你吗?"

司徒明听了他的话，便怒目切齿，大声疾呼。秦国忠听了也不再回答什么话，就把司徒明用两手抱起，横身挟在腰间，匆匆抱着下了碉堡。跃身跨上马背，奔出后营，抽上一鞭，只听哗啦啦一阵子马蹄声，早已向前疾驰而去。

不料敌人在后面大放马队追赶而来，秦国忠慌忙把马肚一夹，连连加鞭，在雪地上穿过了几座山林，不分东西南北，向前狂奔，但敌兵跟着雪地上留着的马蹄印子，跟踪追赶，不肯放松。并且在马上连连开枪，秦国忠一面拔出手枪还击，一面已到一个山洞之前，他从马背上跳下，向马屁股踢了一脚，马就乱窜而出，这里他抱着司徒明，躲入山洞里面。把司徒明轻轻地放下，只见他已经昏厥过去，于是急把腰间带着的热水瓶取出，揭了盖子，向司徒明口里倒了两口，方才见司徒明悠然地醒了过来。他睁眼一见秦国忠在身旁，遂问道:

"这里是什么所在?"

"师长不要声张，敌兵尚在后面追寻。"

"我自带兵临阵以来，从未一败如此，今日弟兄们都已为国流血成仁，我若偷生在此，我良心如何对得住国家? 如何对得住众兄弟们? 我只有一死以谢罪。"

司徒明一面说，一面流泪，一面拔腰间所备手枪，欲自刎而死。秦国忠急忙阻止了他，把手枪夺了下来，悲壮地说道:

"师长，你这话说错了。常言道: 留得青山在，哪怕没柴烧? 你是中华民族的灵魂，有了你，才会产生许多许多奋不顾身为国牺牲的壮士来。所以你不能死，你若一死，这不但是国家的损失，而且给敌人更加可以猖狂起来。一个人的生死原不足以轻重，但要死得有价值，你瞧这班弟兄们，为抗战而阵亡，为杀敌而成仁，这是多么光荣呢! 虽死之日，犹生之年，其精神足可以与地球日月同存。师长，我希望你不要气馁，不要灰心，你该知道我们的国父推翻清朝，革命成功，也是经过多少的挫折和失败方才宣告成功，所以你千万要学孙总理那样百折不挠的精神。我相信，我们一定会有成功胜利的日子。只要师长有重振旗鼓的雄心，小弟虽肝脑涂地，粉身碎骨，绝相随奋斗，万死不辞。"

司徒明听了秦国忠这几句勇敢的话，他周身的热血又沸腾起来。顿时忘记了身子有伤，遂猛可地从地上一跃而起，紧紧地握住了国忠的手，说道：

"好兄弟！我听你的话，我将领导许多许多热血的健儿，再跟敌人做誓死战。还请兄弟多多帮忙，同心协力，手刃胡儿，方消心头之恨。"

"师长这话才对了，快请坐下来休息吧，休养伤势要紧。"

秦国忠见司徒明说完了这话，眉头一皱，身子又站不住地倒了下去，这就扶着他坐下，低低地安慰。两人在山洞里躲避了一整天，用了一点儿干粮，略为充饥。司徒明的伤处，幸亏均非要害，而且子弹都已对穿而出，所以经国忠给他包扎之后，血已停止。

这时，看看天色又黑了下来，敌人大概不会再在外面守候了，所以国忠扶司徒明走出山洞外来，一路摸索下山，找寻人家，预备借宿。两人到了山下，天空已经漆黑，完全入夜。幸亏满地白雪，路上倒还明亮，但朔风凛冽，扑送到面上，肌骨生寒。司徒明因为身子有伤，更加颤抖不停。两人正在徘徊，彷徨无所依，忽然见远远有一圈灯火透露出来，那分明是有了乡村人家，一时心中大喜，遂扶了司徒明，急急走了过去。只见茅屋数间，窗内亮了灯火，秦国忠正欲举手敲门，忽听里面有女子惨叫一声，好像受到一种武力威胁的样子。司徒明和秦国忠一听这一声惨叫，心头都吃了一惊，立刻走近窗户旁边，偷窥进去。这一张望，正是应着了"不瞧犹可"的一句话，顿时把两人的火星会从头顶上冒了出来。你道为什么缘故？原来室内有一个年老的妇人，倒在血汩汩的地上，已经气绝身亡；尚有一个年约十五六岁的小姑娘，却是被剥得一丝不挂，绑在床上，旁边站了两个鬼子兵，却预备轮流强奸。因为这小姑娘根本还未成年，而敌人竟惨无人道地做出这样禽兽的行为来，司徒明气得忘记了身上有伤，遂即拔出手枪，把玻璃敲碎，就是一枪打了过去，说时迟那时快，国忠的手枪也早已射中了另一个鬼子兵。两人也来不及敲门，就越窗跳了进去。见那床上的少女，她也弄不明白这到底是怎么一回事，吓得脸色惨白，几乎昏厥过去。国忠步近床边去的时候，她忍不住又竭声叫喊起来。国忠慌忙说道：

"姑娘，你不要害怕，我们是来救你的。"

"你是鬼子兵？"

"不，我们都是同胞，你放心，我给你松绑。"

国忠一面解释，一面把她身子的绳子松去。那少女全身精赤，又冷又怕，又羞又惊，因此缩作一团，只管瑟瑟地发抖。国忠回头一见她衣裤都丢在地上，这就连忙俯身拾起，丢到床上，把蚊帐拉拢，说道：

"姑娘，你快穿上了衣服吧，别冻冷了身子。"

国忠说着，回头见司徒明却坐在椅子上，不住地喘气，似乎感到十二分吃力的样子，于是走过去，低低地问道：

"师长，你觉得怎么样？"

"我觉得冷，嗯，冷得令人有些发抖。"

"这是伤后没有休养的缘故，你得好好儿睡一会子了。"

两人正在说着话，蚊帐一掀，只见那姑娘已穿舒齐了衣服，跳下床来，向他们两人跪了下去，表示谢了救命之恩，一面伏到那个老媪的尸体上去，忍不住呜呜咽咽地哭泣起来。秦国忠连忙把她拉起身子，阻止她的哭泣，说道：

"姑娘，你不要哭，恐怕被敌人发觉了，很不方便，这是你的谁？"

"是我的妈，她被敌人杀了。"

"你贵姓？这家中只有你母女两个人吗？"

"我姓陆名叫小青，还有一个哥哥叫陆志良。"

"那么你的哥哥到哪儿去了？他是做什么事情的？"

"哥哥才前几天刚从北京回来，他有事出去了。你们两位是……"

陆小青说到这里，乌圆眸珠一转，又向他们低低地问。秦国忠指了指司徒明，低低地说道：

"他是我们师长司徒明，我是他的部下秦国忠，昨夜和鬼子兵血战一场，我们师长受了伤，你能不能给他在床上休养休养。"

"你们是我们老百姓的救星，而且又是我的救命恩人，为什么我不答应你们呢？请司徒明师长快到床上去躺着吧！我给你们烧水去，你们一定还饿着肚子吧？"

"陆姑娘，你真好，我们太感激你了。"

秦国忠一面说，一面扶了司徒明，正欲给他睡到床上去，忽听外面有人敲门，小青连忙出去。国忠恐怕敌人又来，叫她小心开门，自己和司徒明躲在门角后，握枪防备。不多一会儿，小青在外叫着说哥哥回来了，国忠、阿明方才安心。只听一阵步履之声，小青领着一个大汉，还有一个女子，急急走入。那女子和司徒明四目相接，这真是做梦也想不到的事情，两人"啊呀"叫起来了。

第四回

暮鼓晨钟劫后成英雄

夜是静悄悄的，四周显得分外凄凉。这是一间幽雅洁净的禅房，正中悬了观音大士的佛像，旁边一盏八角玲珑的琉璃油灯，油灯的光芒当然没有像都市里的电灯一样明亮，所以室内一切的景物，都笼罩了一层暗淡的色彩。这时佛像案桌旁坐了一个年轻的尼姑，她盘膝而坐，手里笃笃地敲着木鱼，口里喃喃地念着佛经，因为是在静寂的夜里，所以那声音是显得更清晰可闻，至少是包含了一点儿凄怨的成分。这个尼姑是谁呢？大家也许已经知道，她是落发在静土庵里的曹慧英了，慧英置身在这清静的佛地之中，听暮鼓晨钟，已经度过了好几个的春秋。她觉得人世扰扰，说什么富贵荣华、妻财子禄，无一不是过眼云烟，眨眼之间，千变万化，捉摸不定。譬如说司徒明和我，好好儿的洞房花烛，我在拜堂的时候，满以为是一对恩爱的夫妻，可是出人意外的，我竟然会落得一个这么的结局。不过在我心中，也只知道司徒明既然和我无缘，他和张兰芬总可以团团圆圆地享受人间的乐趣，万不料报上误载消息，以致一急成疯，到结果还是不能共圆鸳鸯好梦。想到司徒明现在的烦恼，那还不是我在这儿清清静静逍遥自在得多了吗？慧英这么想着，她是更加看破一切，情情愿愿地预备终老在这静土庵中了。不过天下的事情，往往事与愿违，心中存心要这样，事实偏偏给你那样。这就是所谓世事浮云，变幻莫测了。

这天夜里，慧英独坐禅房，静悄悄地做着功课，忽然听得外面一阵喧哗的声音，好像是发生了什么事情。她心中别别地一跳，连忙停止念经，侧耳细听。突有一阵步履声触入耳鼓，接着门外奔进一个面目可怕的男子来，他一见慧英，便把手中一柄亮闪闪的刺刀向她扬了扬，大喝道：

　　"不许动！"

　　"你……你是什么人？到这儿来干吗？"

　　慧英一见这个情形，虽然是吓得脸无人色，但她还竭力镇静了态度，向他严肃地问。那大汉哈哈地笑了一阵，一步一步向慧英逼近过去，说道：

　　"你们出家人吃四方，老子比你们还要多吃一方。你问我做什么来？老子告诉你，咱们是强盗，问你要钱来的。哼！听说静土庵中的尼姑，天天结交着有钱人家太太、小姐，很有些积蓄，快把钱拿出来！"

　　"你……你要钱没有关系，我可以拿给你的。不过你何必这样凶恶的神气？用武力来威胁一个出家人，那也算不了什么稀奇呀！"

　　慧英见他一步一步地逼上来，她心头是害怕极了，遂只好一步一步地向后退，退到不能再退的时候，方才急出了这两句话，但是话声是带着颤抖的成分。那大汉听了，果然停止了步，哈哈地又笑了一阵，说道：

　　"好！你快把钱去拿出来，我绝不为难你！慢来！"

　　"你怎么？"

　　"我跟你一块儿进去！"

　　那大汉抢上一步，把刺刀搁在慧英的肩头上，是逼着她去拿钱。慧英在这个情形之下，魂灵都已经吓掉了，她还敢强一强吗？遂只好两腿弹琵琶似的到卧室里面，取出一包钞票给他。大汉接过钞票，藏入怀内，两只贼眼盯住了慧英的粉脸，贼秃嘻嘻的样子，笑道：

　　"喂！你这么一个年轻的姑娘，为什么要在这儿出家呀？"

"唉，英雄好汉，你已经拿了钱，还问这些空话干什么？我劝你还是快些走了吧！"

慧英涨红了粉脸，又怕又急的样子，恨恨地说。那大汉却把房内四周打量了一会儿，留恋地站住了，自言自语地说道：

"嗯，这一间卧房不错呀！谁相信是个尼姑睡的，倒有些像千金小姐的闺房。喂，你晚上一个人睡的吗？"

"对不起！你们做强盗无非要钱，现在钱到了手，你还不走干吗？"

"哼！你这个风流的小尼姑，白天敲木鱼，晚上偷和尚，谁知道你呢？瞧，出家人还盖这红红的绸被？"

"胡说！请你不要这样地侮辱我！"

"侮辱你？哈哈！这不是笑话？你瞧事实是这个样子呀！"

那大汉又大笑起来，把手指了指床上的被，一面说，一面笑嘻嘻地向慧英走过去。慧英知道他是不怀好意了，她芳心里这一焦急，几乎要哭泣起来了。但那大汉还满口不清不洁地说道：

"小尼姑，我知道了，你好比是子贞尼姑三师太，白天吃素，夜间开荤。现在正巧是在晚上，我给你开荤好不好？保险你满意！"

"罪过罪过，你说这话不怕犯天打吗？"

"哈哈！天不会管这些屁事，他自己也不知怎么一回事呢！"

"那么我叫喊起来，你难道不怕警察来抓你吗？"

慧英见那大汉突然地兽性勃发，一时叫自己真急得心中像油煎一般，口里尽管向他这么地警告，但她身子却一步一步地预备逃到门外去。可是那大汉立刻横身一拦，堵住了房门口，笑道：

"你今天已经是老子口中之物了，还想逃到什么地方去？告诉你，外面都是我弟兄们，一伙儿就来了十多个。你庵中大大小小的尼姑，今天晚上都要开荤了，你喊破喉咙也没有什么用呀！识相些，快答应了，自己躺到床上去，给老子解回闷玩。要不然，嘿，老子可要自己动手了。"

"这里是清净佛地，菩萨很有灵心，你如侮辱了我，这和侮辱了佛爷一样，那你恐怕就得没有好结果了。"

慧英是急得没有了别的办法，只好一味地用这些话吓退他，希望他因此而打消这个邪念，但那大汉怎么会有所顾忌呢？遂哈哈大笑道：

"佛法假使果然无边的话，那么日本鬼子也不会打进中国来了。"

"不错，有你这一句话，事情就好办了。"

"什么？"

那大汉不懂得她这句话是什么意思，遂目瞪口呆地问她。慧英用了正义的态度，并缓和的口吻，低低地说道：

"你知道吗？日本鬼子欺侮我们中国，把我们土地夺了。"

"这不关我屁事，国家养了这么多兵干什么？"

"不过这年头儿军民是应该站在一条线上的。像你这么一个好汉，多么雄伟，多么威武，可是我在这儿真代你可惜！"

那大汉被慧英东拉西扯地一说，他心中感到好奇，因此欲念就熄了一半，所以他并不显出刚才迫不及待的样子，不明白地说道：

"你这是什么话？为什么我要你可惜？"

"嘿！你的人才，本来是一位民族英雄，现在你落草为盗，被人家说起来，总是一个不法之徒。假使一旦被警察抓了，还得犯罪入狱，这岂不是可惜吗？"

"那么依你说，我该怎么呢？"

慧英见他好像被自己说得有些感动了，一时暗暗地欢喜，稍为放下一点儿心来，遂用了十分好意的样子，说道：

"依我之见，你能够抛掉这强盗的生活，去做一个轰轰烈烈万人敬仰的民族英雄，把你抢劫人家钱财的精神，去对付日本鬼子去！那你不是放下屠刀，立地成佛了吗？"

"可是我杀的人太多了，也许外界不肯再原谅我了。"

"不！绝对不会的！圣人也有三错，何况是我辈之流呢？不过一

195

个人知过能改，能自新，这已经是不容易了。所以我劝你们不要把自己的生命向堕落的苦海中去浪费。你们要奋斗，要挣扎，要为国效劳，为民族争生存，那么你们就成个万世流芳的大英雄，绝不会被人认作遗臭万年的强盗看待了。"

"我觉得你说的话，离开我们现实的享受太远了。哈哈！好一个刁滑的小尼姑，你预备用花言巧语来打动我们的心肠吗？但是我们做强盗的人，心肠是直的，绝不随时改变样子的。我们脑海里只有四件事——杀人、放火、抢钱、强奸。对不起，我现在忍熬不住了，我要实行最后的一步工作了。我的风流小尼姑！老子的本钿不小呢！哈哈！哈哈！"

强盗到底还是一个强盗，他并不因为听了慧英这几句话而感到觉悟，他望着慧英白里透红的粉脸，他想到有好多日子不曾尝到女人的滋味，他心中的欲火忍不住高燃起来。当他说完了这一番话之后，他的举动已经成了一条疯狗的样子，猛可伸张了两手，向慧英扑抱了过去。慧英躲避不及，早已像小鸡遇到老鹰似的被他搂在怀内，而且他一手已经扯下慧英的小裤。在这千钧一发之间，慧英一面抵死地挣扎，一面口中大叫救命。但那大汉犹用手按住她的小嘴，把她按到床上去，实行非礼。慧英这时不免心中悔恨起来，早知今日还是要落在强盗的手中，那么当年就悔不该听从司徒明的劝告，蓄发还俗，跟他回家去了。现在我若被他污辱，我怎么对得住司徒明？我还有什么脸在这世界上做人好呢？想到这里，觉得还是一死干净，于是伸手向他脸上狠命地乱抓，口里犹大骂强盗不止。那大汉的脸被抓，颇觉疼痛，这就恼怒成恨，遂拔出刺刀，在她手中狠狠一刀戳了下去。慧英叫声"啊呀"，痛得几乎昏厥过去。那大汉见她失却了抵拒的能力，心中大喜，遂把她内衣扯下，正欲把她侮辱的时候，忽然房门外又闯进一个男子来，他的手中握了手枪，一见大汉无礼，便不问情由地开了一枪，只听砰的一声，那大汉就应声跌倒。慧英慌忙把那只未受伤的左手拉上了内裤，急急站起身子，向那男子跪了下去。那男子见慧英是个很美貌的尼姑，这就伸手把她挟在腰间，飞赶到外面，只见大殿上火把通明，站满了不少强盗，他喝声："我们快快回山吧！"于是众匪一哄而出。庵门外的树旁拴有白马一匹，那男子挟了慧英跃身上马，便疾驰而去。慧英手已经受了伤，再经过在马上一阵子七颠八倒的颠簸，人早已昏厥过去了。等慧英清醒过来的时候，只见自己已躺在一张木架子的床上了。室中点了烛火，虽然是那么暗淡，但四周还依稀地看得清楚。这房间是相当简陋，四壁都用木板钉成的，耳听着外面呼呼的风声，更可以猜想到这屋子是筑在荒僻的山顶之上，于是她想到刚才自己被一个男子抢着出庵，上马而去，难道带了我就是到这里来的吗？不知他抢劫我来此，有没有什么作用呢？慧英这么样想着，芳心里暗暗地感到害怕，慢慢地坐起身子，两眼向四周打量了一下。只见板壁上有野兽的皮，有长枪短刀，都参差不匀地悬挂着。最奇怪的是还挂着几样乐器，类如凡哇铃、手提琴等东西。慧英见了，一时在害怕之中又觉惊异，这强盗还是一个很风雅的人呢！偶然瞥眼望到自己的右手，已经是扎了一块雪白的纱布，纱布外也渗透着一堆红红的血渍，但仔细一看，这不是血渍，好像是伤药水的痕迹。她心中又觉得滑稽，这又是谁给我包裹的呢？难道就是这个强盗吗？她把手伸张的时候，忽然有些疼痛，这就蹙了眉尖，微微地叹了一口气。不料正在这个时候，忽然见门外走进一个人来，正是刚才抢劫自己的那个男子，他一步一步地走近床边来，慧英全身的细胞都感到紧张起来，把身子躲到床角里去，睁大了眼睛，怒气冲冲地问道：

"你……你预备怎么样？"

"不，我不预备怎么样，你不要害怕。"

"我见你觉得可怕，你给我站得开一点儿，不要走到床边来。"

"也好，我就在这儿站住了。"

那男子听了忍不住微微地一笑，他一面温和地说，一面就在离开床边尚有四五步路的地方站住了。慧英在那灯光之下，望到那男子的脸蛋，觉得很年轻，而且也很漂亮。尤其是此刻带了微微的笑容，在英武之中还包含了一点儿婀娜的神态。因为他并没有像普通强盗一样地生了狰狞的面目，所以她把害怕的心理又减少了一点儿，秋波向他逗了一瞥娇嗔，冷笑道：

"看你生得一表人才，谁知却干那不知廉耻强盗的行为，我真代你可羞！"

"哼！你以为做强盗可羞吗？要知道世界上更有比做强盗还要可羞的人呢！"

"是谁？"

"是贪官污吏，是土豪劣绅，他们的行为，口里仁义道德，心中男盗女娼。这就比我们做强盗可耻、可羞得多了。"

慧英听他这样说，心中暗想：莫非他是为了说不出的苦衷才做强盗的吗？因为凭他那种气概，绝不像是一个为非作歹的无赖。于是要试试他到底是个英雄落魄才沦落为强盗呢，抑是本来原是作恶之辈？遂冷笑了一声，鼓着粉腮子，怒目说道：

"你是一个有作为的青年，你为什么要去做这些下流可耻的奴才？你为什么不去比那些为国出力的抗战将士呢？难道这班热血健儿，还不如你们行为高尚伟大吗？我觉得你们身为中华的国民，却不思为国效劳，年纪轻轻就为非作歹，抢劫人家槛外之人。我试问你，这种行为，如何对得住你的国家？如何对得住你的祖先？如何对得住把你辛辛苦苦抚养长大的父母？"

"……"

"我以为一个人生长在世界上，总要干些有意义的事情，那么做人才算有价值。像你们扰乱社会治安，犯了国家的法律，那和猪棚里的猪仔又有什么不同呢？孙中山先生为了救中国，才不顾一切的危险，一定要推翻清朝。虽然他是屡次地失败，但他并不灰心，继续努力，方才达到了成功的目的。不过中国腐败分子太多了，带了十万八万的兵，大家都想争权夺利，弄得四分五裂，连年内乱，把国家实力都打光了，把人民的元气都丧完了。现在好容易地一统河山，但鬼子兵却又趁中国空虚而进兵侵略了。他们想把才生长的新中国摧残、打击，使他不能成个健强的青年，鬼子兵的阴谋是多么险恶。凡我同胞，稍具一点儿心肝的，无不投笔从戎，为国效劳。想先生大才，不思报效祖国，竟落草在此作恶，我问你，有何面目还在于人世间呢？"

慧英这一番滔滔不绝正义的责备，把那男子说得两颊通红，羞惭满面，默不作答。过了一会儿，方才望了慧英一眼，似乎有些奇怪的样子，徐徐地说道：

"你这一番教训，我很佩服。老实说，我从来不受人家责骂，谁骂我一句，我得还他两粒子弹。不过你现在骂得很有道理，所以我认为这确实是我的糊涂，但我心中觉得非常奇怪，因为你这一篇话，绝不是一个做尼姑的女子所能说得出来的。假使你固然是个这样有思想、有抱负的女子，你又怎么会到庵堂里去做尼姑呢？那么我想来，你是明于责人，而晦于责己，我落草为盗，固然是国家败类，你落发为尼，也是社会废物。我问你，你做人有什么意义？有什么价值？请你也对我说出一个道理来吧。"

"你问得很好，不过我有我的苦衷，我落发为尼，我是独善其身。我固然无益于社会，但也无害于国家。因为我不杀人，我不抢劫，我不扰乱治安，我至少比你要强得多。"

慧英做梦也想不到他会向自己反责出这几句话来，一时瞠目，不知所对，红了脸，呆了半晌，方才乌圆眸珠一转，很快地回答这几句话。那男子苦笑了一下，望着她粉脸，很感慨地叹了一口气，说道：

"你有说不出的苦衷，那么我难道就没有说不出的苦衷了吗？要知道我落草为盗，不是我甘心情愿，乃是社会上逼我走这一条路，这不是我的罪恶，原是社会的罪恶。"

"你说的，我当然不能深信。因为你是一个强盗，强盗是善于狡辩的。假使你果然有说不出的苦衷，那么你能否向我明白地告诉出来？"

慧英听他回答的话很有些痛苦的样子，显然他的身世中还有无限的隐情，这就故作不信任他的意思，向他一再地追问。那男子似乎很悲痛地在室内踱了一会儿步，他一时之间还不愿意宣布的神气。慧英更靠起了一点儿身子，继续问道：

"先生，你贵姓？"

"我姓鲍，草字复仇。你听了我这个名字，你就可以知道我身世中是有着一件血海深仇的事情了。"

"哦！不知鲍先生是怎么的一回仇恨事情呢？还是商业上争夺的仇恨呢？抑是情场上角逐的仇恨呢？"

"这都算不了是仇，我是为了父母的血海大仇！"

复仇连连地摇头，他说完了这两句话，脸上含了一股子杀气，眼睛里好像要迸出火星来的样子。慧英听他这样说，一颗芳心也由不得肃然起敬，遂跳下床来，坐在床沿边，急急地问道：

"你父母是被仇人杀死的吗？那么你报复了没有呢？"

"当然是报复了，因为社会太黑暗，官场太浑蛋，他们认为我杀死仇人是犯法的事，他们认为我父母死在这班土豪劣绅手里是该死，所以他们要通缉我、捉拿我。我既然得不到社会的同情，我既然不能立足于社会，那我又何必要受法律的制裁？因为法律是只限于我们小百姓的，所以不平则鸣，我索性逍遥法外，来干犯法的事情了。"

复仇的这几句话，慧英听了，似乎表示很同情，微微地点了一下头。但一会儿却又微微地摇了一下头，用了温和的口气，低低地说道：

"我明白，你只是为了一时愤激的缘故。不过你为整个的国家着想，你为你自己的前途问题做打算，我觉得你的思想和行动完全是错误的。因为你虽则是与黑暗的社会斗气，但实际上是在毁灭你自己的前程，假使有一日你被警察捕获了，外界会同情你是一个良善的老百姓吗？所以我觉得你现在的处境是太危险了，悬崖勒马，回头是岸，倘若执迷不悟，悔之晚矣！"

"我不是一个糊涂之人，我也受过相当的教育。聆君一席话，胜读十年书。你这一番金玉良言，我是感铭心版。不过我虽有改过自新之意，但社会不肯原谅我，到处通缉，到处捕捉，奈何？奈何？"

慧英听他说完了这两句话，摊着两手连呼奈何，那种愁眉苦脸的样子，令人很是不忍，遂凝眸含颦地沉吟了一会儿，方才微微地一笑，说道：

"只要你肯改过自新，我倒可以给你想个两全其美的办法。"

"假使我再不改过做人，那我也没有心肝的了。你说吧，你有什么好办法？"

复仇很欢喜地走近了两步，望着慧英脸，一本正经地回答。慧英心中当然也十分兴奋，假使自己真的能够引导他步入正规的道路，这在我也总算替国家尽了一部分的力量了，于是又假意俏皮地激他说道：

"这办法听起来很容易，但做起来也许有些困难。别的倒没有什么问题，就怕的是你没有这种胆量，没有这种勇气。"

"啊！你这话把我活活地气死了！我鲍复仇出生入死，虽赴汤蹈火，绝无惧色。你且快快说出来，到底叫我怎么做？粉身碎骨，万死不辞！"

果然不出慧英所料，复仇忍不住暴跳如雷起来，涨红了脸，大声地回答。慧英听了，不免暗暗欢喜，遂正色问道：

"敌人侵略我们东北，今日之中国，河山已经被敌人踏为破碎，若不是你辈青年前赴战地，执戈卫国，那么还有谁的责任呢？我在报上看见司徒明师长开拨关外，与马将军合力抗敌，驱逐胡儿，还我河山，这在你不是一个很好报国的机会吗？鲍先生，你有没有这个胆量呢？"

"对对对！我一定听从你的话，况且我的老母和弱妹，还远居在东北这破碎的国土上呢！"

"啊！原来你还有老母和妹妹？"

"是的，为了爸爸的大仇，我们母子三人孤苦无依地逃亡他乡。因为仇人心肠太狠，杀了我爸爸不算，还要我们母子的性命，所以我们是不得不离开了北平。"

"那么你这次一个人是为了报仇而来的啰？"

"是的，我在这里一住两年了，本当我报了大仇就要回去，因被这一群给社会厌弃的可怜虫所留住了，我为了解决他们的民生问题，我不得不在这里做了老大哥了。"

复仇说到这里，好像有难为情的样子，低了头，不敢仰视。慧英点了点头，显出同情他的样子，说道：

"我知道你是为了'义气'两个字才这么做的，那当然是情有可原。不过当然也不能忘了远在千里之外的老母呀，是不是？你妹妹几岁了？"

"我走的时候，她还只有十三岁，现在……嗯，差不多十五岁了吧。"

"她叫什么名字？"

"叫陆小青。"

"陆小青？她姓陆，你姓鲍，你这话就太不符合了。"

"是的，我本来就姓陆，我的名字叫志良。为了报仇，我到北平之后，才改了名叫鲍复仇的。"

"但是，你现在仇已经报了，应该可以恢复真姓名了，所以我往后得叫你陆先生。"

"随便你叫什么都行，一个人的名字，无非是代表一个记号而已，不成什么问题。"

"我想你这次能够带了众弟兄们去为国效劳，这是很好的，一面还可以探望你的母亲和妹妹。因为你们分别两年，老实说，在她们心中等你回去也可说是望眼欲穿了。"

"是的，我决心依照你说的那么做。"

"陆先生，你们弟兄一共有多少人？"

"不算少，一百出头。"

"但是打敌人去，我认为太少一点儿了。"

"嗯，你这话有道理，我们可以再招募，你觉得怎么样？"

"是的，我的意思和你一样，凭了你这一股子忠勇气概，我相信你的部下，他们一定都会服从你的命令。"

"那当然。"

陆志良回答了这三个字，觉得和慧英谈话，在这里算是告了一个段落。他反背着双手，在室中只管来回地踱步。慧英不明白他是吗意思，遂忍不住咳了一声，叫道：

"陆先生，你还有什么其他的考虑吗？"

"不，绝对没有什么考虑。哦，我想到了，瞧我这人糊涂得可怜。你救了我的灵魂，你救了我的前途，我却连个姓名都没有问上你一声。"

陆志良听问，方才停止了踱步，回头望了她一眼回答。忽然他想到了什么似的，"哦"了一声，立刻用了抱歉的态度，又低声地问。慧英说道：

"我姓曹，名叫慧英。"

"曹小姐，你这么一个有思想的女子，却会落发为尼，那就叫我太不明白了。"

"有什么不明白？我不是早跟你说过吗？我有不得已的苦衷。"

"那么你能告诉我吗？"

"其实你也没有知道我的必要，总之，我是一个很苦命的女子。"

"我这么地瞎猜一句，你别生气，也许你是死了丈夫。"

"只差了一点儿，但跟死了丈夫就没有什么两样。"

慧英摇摇头说，她粉脸上浮现了一层凄凉的颜色，大有悲愤的样子。陆志良用了猜疑的目光，望了她一眼，又低低地说道：

"照你这么说来，你难道是被丈夫遗弃的不成？"

"陆先生，我以为对于这一点，你可以不必加以研究。现在第一要解决的问题，你是不是有把握能够使你部下服从你的命令？"

"这我可以绝对地有把握，不过我希望你能够不再去过那毫无意义、莫名其妙的生活，你应该协助我来完成抗敌的工作。"

慧英听他向自己这么恳求，遂颦蹙了眉尖，暗自想道：记得过去司徒明曾经对我这样说，你既然劝我把儿女情爱看得淡薄一点儿，要努力为国事才好，但匹夫固然有责，匹妇岂能没有责任吗？他这两句话的意思，也是叫我干一些为国效劳的事情，那么今天当然也是一个好机会。慧英这样想着，她把消极的思想和行为立刻变得激烈起来，不过她还不肯马上有所表示，口里还很谦虚地说道：

"你要我来协助，那我太没有这个资格了。"

"不，简直太有资格了。曹小姐，你不但有资格，而且还希望你做我们的领导。"

"啊呀！你不要损我，叫我听了，可太不好意思了。"

"你不用客气，我希望你能够答应我。"

志良十二分恳切的态度，低低地要求。慧英乌圆眸珠一转，好像有个深深考虑的样子，说道：

"不过我有一个条件。"

"是什么条件？"

"那是很简单的，希望你不要把我当作女性看待，我们在一处就像兄弟一样。我们的心中，除了为国效劳、杀鬼子兵外，就什么都不想。"

"我明白你的意思。"

"你既然明白我的意思，那就很好，好在我是一个光头，明儿穿上了西装，谁也不知道我是一个女子。"

志良听她这样说，倒忍不住笑起来了，但是他立刻又皱了眉毛，很怀疑的样子，轻声问道：

"我觉得你的行动太神秘了，你所以落发为尼，也许是为了避人耳目，说不定你本来就是个巾帼英雄。"

"不，我是个平庸的女子，你心中又何必这么猜疑？"

"曹小姐，人是感情动物，那么尤其在男女之间，更是避免不了情感的发生。我不说谎，我这人本来就不爱女色，见了这些忸忸怩怩的姑娘，我心中就觉得讨厌。不过，我见了你这么一个有思想的姑娘，我心中就动了感情，我还没有结过婚，我想娶你！"

"但是，我已经嫁过人了，我是个有夫之妇，而且我可以告诉你，我的丈夫，就是在关外跟鬼子兵拼命的司徒明。"

慧英对于志良的意思，可说是早已料得到的。她并不怪志良无礼，因为正如他所说，人乃感情动物，假使没有感情，也绝不会替祖国效劳跟鬼子兵拼命去了。不过她淡然一笑，便把这些话老实地告诉出来。志良听了，"啊"了一声，他不免有些将信将疑，急急问道：

"曹小姐，你这话可是真的？"

"若有半句谎话，天诛地灭。陆先生，我们应以国事为重，把儿女私情最好抛过一旁，我可以答应你和你合作共事，但是我希望你把全副精神都放在工作上去。"

"好！你既然就是司徒夫人，我乃有人格的青年，心中岂敢再有非分的妄想？况且我生平最敬爱的是民族英雄，我怎么能做对不起司徒先生的事情呢？"

"陆先生，你是英雄，我更感激你！"

"曹小姐，你是英雌，我更感激你！"

慧英听他这样说，心里是欢喜极了。她情不自禁地猛可走上去，和他手紧紧地握住了。志良知道这就是她所谓彼此像兄弟一样的意思，遂也握了她一阵手，两人都感动地笑了。

从此以后，慧英由僧服而改换了西服，她便在山上居住下来，一面先用悲壮激昂的言语，激动了一班部下的弟兄。爱国之心，人皆有之，一班弟兄们因为听了志良和慧英演说东北沦陷后的人民痛苦生活，声泪俱下，因此无不感动，报国之心，也油然而生。

光阴匆匆，不觉一年，志良和慧英已经招募了千余弟兄，开拔关外，为国效劳。这正是：

风萧萧兮易水寒，壮士一去兮不复回。

第五回

到底有缘温柔入抱时

志良和慧英到了关外之后，便组织了一支游击队，因为他们没有什么师长旅长的分别，而且也没有军服军帽，平日之间，和老百姓一样，都是穿了便服。只不过他们自己有个暗号，知道是自己的兄弟们罢了。志良到了关外，弟兄们都集中在长白山上，他自己先回家探望了母亲和妹妹，母子见面，共话阔别。

这天约了慧英，预备到家中来商量一切事务，万不料家中出了这个乱子，当下听了妹妹小青的告诉，他悲痛欲绝地和慧英奔进房中来。谁知慧英和司徒明在骤见之下，大家心中都觉万分惊奇，不约而同地"啊呀"一声叫起来了。原来慧英在这些日早已蓄留了头发，为了避人耳目起见，依旧用女子装束，所以司徒明的心中不免有些将信将疑，觉得那女子容貌虽和慧英相像，但慧英已经削发为尼，她在静土庵里预备终老此生了，她如何又会老远地跑到这里来呢？在这样转念之下，以为自己一定认错人了，所以他立刻低下头去，表示并没有什么意思。慧英心中自然十分奇怪，她见司徒明忽又不理睬自己了，这就迫不及待地问道：

"你……你……不就是司徒明吗？"

"啊！你这位小姐怎么认识我的呀？"

"什么？我是你的曹慧英，你难道连我都不认得了吗？"

"慧英，慧英，你真的是慧英？哦，你不是削发为尼，预备终老在静土庵了吗？怎么你会到这冰天雪地的关外来呢？"

司徒明想不到这个女子竟然是真的慧英，一时把他惊喜莫名，遂情不自禁地推开了秦国忠，跌跌撞撞地奔到慧英的面前，紧紧地握住了她的纤手问。慧英喜欢得有些悲伤，她的眼泪几乎夺眶淌了下来，遂低低地说道：

"这事情一言难尽，我们慢慢再详细地谈吧。我给你们先来介绍介绍，这位是陆志良先生，他是我的同志。这位是司徒明，就是我的外子。"

"司徒将军，你是一位民族英雄，久仰大名，如雷贯耳。今日得瞻威容，真是不胜荣幸之至。"

"哪里哪里，陆先生过分褒奖，诚使小弟不胜汗颜了。我也给你介绍，这位是我的同志秦国忠先生。"

司徒明听慧英这样介绍，一时心头更有说不出的甜酸苦辣滋味，暗自想道：从这几句话中，可见慧英和陆志良是纯洁无邪的了。于是连忙也把秦国忠向他们介绍，彼此握手招呼。国忠忙向司徒明又说道：

"司徒师长，你是受伤之人，快到床上躺下休养吧。"

"啊，莫非将军就是为了救我妹妹而受伤的吗？"

"不是，不是。"

司徒明连说了两个"不是"，他此刻也觉得实在难以支撑了，便回身向床边走。慧英忙上前去扶他，给他躺到床上。忽然志良放声大哭，急忙回身去瞧，只见他伏在娘亲的尸体上悲痛欲绝。小青见哥哥一哭，她也掩面呜咽起来。慧英遂把志良劝住了，悲愤地说道：

"陆先生，我们北国的同胞死在敌人的铁蹄之下，也不知万千。现在事到如今，哭也没有效用，我们只有誓死杀敌，为你娘报仇，为我们四万万的同胞报仇！"

"不错，从今天起，我恨不得生啖敌人血肉，痛饮敌人之血。娘亲英魂不远，一定会保佑你的儿子杀尽敌寇的！"

陆志良这才收束了眼泪，咬牙切齿地说。小青这时又向志良告诉，若没有司徒将军和秦将军相救，我也一定遭鬼子兵的毒手了。志良听了，忙向司徒明和国忠道谢，一伸手，拿鬼子兵身上的刺刀，将两个鬼子兵的尸体又戳成了肉酱一般，方才恶狠狠地说道：

"鬼子！鬼子！我一日不死，一日不忘国仇家仇！虽然我一个人的力量薄弱，但总有一天，会踏平三岛地，杀尽鬼子头！"

"陆先生此志可嘉，今后还希合作抗敌，以报国仇！"

秦国忠见志良这样激烈愤恨地说，遂非常安慰地回答。志良把国忠手紧紧一握，兴奋地说道：

"这次我与曹小姐所以来到关外，也是预备以身许国，共杀仇敌。现在得遇两位将军，真是老天有眼。我老实相告，弟等尚有热血健儿千余人，都愿效死沙场，与敌人拼命，请将军收录，上马杀敌，万死不辞。"

"陆先生，你这话可当真的吗？"

司徒明虽然是已经躺在床上了，但他的耳朵是很注意着他们的谈话。今听志良这么地告诉，他心里一快乐，也忘记了身子有伤，不等国忠回答，就先从床上跳起来急急地问。志良和国忠都急得奔向床边去，连忙按住他，劝他躺下。志良又诚恳地说道：

"当然真的，将军倘若不信，可问尊夫人便知详情了。"

"阿明，是的，这次我们由北平来此，训练好一千多弟兄们，现在都安顿在长白山上，正苦无处投奔，今日和你相遇，岂不是天助我们吗？"

"可怜我军誓死抗敌，虽然敌寇炮火猛烈，但我们以血肉相拼，到今日全军覆没，三军为国牺牲，可怜我虽受伤，但部下已无一兵一卒。现在我又得了你们这支生力军，重振旗鼓，使我胆量也壮了起来。参谋长，事不宜迟，我们快快同赴长白山，共商大事，报仇雪恨！"

司徒明听慧英也这样说，方知事情果然属实，一时大喜，遂又跳下床来，向国忠急急地说。慧英见司徒明的腿上还汨汨有血水流出，遂委婉说道：

"阿明，你不要太以性急呀。我瞧你身上也不是些微伤，若不把伤处静静地休养好了，恐怕于进行事务反而不便的，因为你是我们的领导者，蛇无头不行，所以我们劝你千万保重要紧。"

"师长，你夫人说得很有道理，依我之见，我先和陆先生同赴长白山，把千余弟兄们改编一下，使军队有了纪律。师长在这儿养伤，夫人在你身边服侍，不知你的意思怎么样？"

"秦将军的意思很好，我想司徒将军不必再有什么意见了。妹妹，你要好好儿地招待他们两位，我和秦将军马上动身了。"

志良不等司徒明回答，也十分赞成地怂恿，一面又向小青低低地吩咐，方才和秦国忠先把母亲和鬼子兵的尸体埋了，然后匆匆告别走了。这里小青到厨下烧粥去，慧英拿了一盆温水，走到床边，向司徒明低低地说道：

"阿明，你的伤处我觉得应该用温水洗涤清洁，然后好好儿包扎。否则，那是很容易腐烂的。"

"嗯，是的，我真是万分感激你。"

"为什么和我这样客气？"

司徒明点了点头，向她望了一眼回答。但慧英听了，却逗给他一个妩媚的娇嗔般地微微地笑了。司徒明心中说不出有的是什么滋味，因此他也只好微微地笑起来，接着谁也没有说话。慧英用了很敏捷的手术，把他伤处洗净，慢慢地包裹，见阿明眉头一蹙，好像有些痛苦的样子，遂又关怀地问道：

"怎么？你觉得痛吗？"

"还好，慧英……"

"做什么？你有话跟我说吗？"

慧英见他摇摇头，望着自己呆呆地出了一会子神，好像欲语还停的样子，遂一撩眼皮，向他温和地问。司徒明叹了一口气，说道：

"天下的事情真是变化太快了，令人捉摸不到的。"

"你是说我忽然到关外来，所以使你感到惊奇吗？"

"当然啰，这是我做梦也想不到的事情。"

"其实，这也算不得什么稀奇，当初我不是对你说过吗？只要有机会，说不定我也会替国家出一份力量，那现在的情形就是应了我过去的这一句话。"

慧英微微地一笑，得意扬扬地回答，表示言而有信的意思。司徒明似乎也想到了过去她曾经对自己有过这几句话，遂点点头，说道：

"那么你今日的壮举，在过去是早已有这个意志了。可是我总觉得你削发为尼，和投军杀敌，其间的距离太远，似乎这种思想进步太快，所以我感到你有些神秘。"

"这也算不了什么神秘，我当初是因为看破红尘，心灰意懒，所以才削发为尼，这是所谓穷则独善其身。不过一个人的思想是随环境而改变的，我觉得一个人生长在世界上，独善其身，到底及不来兼善天下有意义得多，所以我决心效尤你的好榜样，为国家出力来了。"

"慧英，你真是一个不平凡的姑娘，在过去，我是有眼无珠，一切还得请你原谅才好。"

司徒明听她这一番言语，心中十分感动，情不自禁地从床上坐起来，用了歉疚的目光望着她粉脸面，低低地说。慧英慢慢地坐到床边，微笑道：

"过去的还谈它做什么？这原因是我们之间太没有认识。"

"专制婚姻往往会害了儿女的终身。慧英，你还恨我吗？"

"不，我一点儿不恨你，尤其你听从了我的话，今日居然成功了这么一位万人敬仰的民族英雄，我觉得非常安慰。"

"慧英，你现在承认我是你的外子了，我真感激你。"

慧英听他这么说，又见他紧紧地握住自己的纤手，一时很有些难为情，两颊便不由自主地一圆圈一圆圈红晕起来，羞涩地说道：

"我觉得有些放浪，你觉得我太轻狂吗？"

"不，这是哪里话？你本来就是我的妻子了。不过，我有些奇怪，当初我到静土庵中来向你恳求，你不答应，怎么现在倒又想过来了呢？"

"这是难怪你要问我的，不过在这里我当然也有一个原因。"

"是什么原因呢？你能否向我告诉吗？"

司徒明这样地问她，把个慧英问得连耳根子都涨得绯红起来。因为慧英是个聪明的女子，她细细体会司徒明的话中，大有奇怪着俗语所谓请酒不吃吃罚酒的作用，因此她不得不慢慢地吐露出心头的苦衷，遂正色地说道：

"你知道我所以到关外来的缘故吗？"

"是呀，我正想请你告诉我一个明白。"

慧英于是把那夜庵中来了强盗，险些遭了劫难的话，向司徒明一五一十地告诉了一个详细，然后又低低地说道：

"志良当时听我说司徒明就是我的丈夫，他便肃然起敬，他说生平最敬爱的是民族英雄，所以他对我不敢再有非分的妄想。从此，我虽然置身在强盗窠里，但我安如泰山。今日我和你见面，假使我不先向你这么地承认，这叫志良心中不是要大起疑窦了吗？你现在总可以明白我心中的意思了。"

"慧英，以你这么一个弱女子，居然能够说服一班蛮不讲理的强盗，把这许多社会上的寄生虫一变成为爱国的壮士。啊！你的功劳太伟大了，你真是一个了不起的女性，我司徒明今日才知道你是一个英雄！"

司徒明听了她这一番报告之后，心中方才有个恍然大悟，一时把慧英手紧紧握住了不放，敬佩得五体投地的样子，赞颂地说。慧英摇头笑道：

"你何必这样地夸奖我？我不过是一个被人抛弃没有出息的女子

罢了。"

"慧英，你说这几句话，那你还是把我重重地痛打几下来得干脆。唉，在过去，我确实是太不应该了。"

慧英见他满面显出痛苦的样子，眼泪却是夺眶流了下来，一时芳心倒又觉得不忍，遂取出手帕，轻轻地给他拭揩，说道：

"阿明，不要难过，我知道你的痛苦，因为在这环境之下，事情本来是左右为难的，所以我倒没有怪你无情。假使你和我结合，你在张小姐身上又会变成无情的人。我既然知道你苦楚，所以我才削发为尼，成全了你。"

"是的，你是个不平凡的女子，所以做出事情来，也是常人所及不到你的，你当初肯这样地成全我，这也是你异于常人的地方。有你这过去大度容人的思想，那么你今日之为，其实也没有什么惊奇了，因为除了你之外，谁也干不出这样伟大的壮举来。"

司徒明见她给自己拭眼泪，那种举动是多么柔情绵绵，一时更加地感到心头，爱入骨髓，他把慧英差不多要捧到三十三天之上去了。慧英的芳心也是感觉到说不出的安慰，遂微微地一笑，却并不作答。两人相对默然了一会儿，慧英又把他扶了下来，低低地说道：

"你躺下来息息吧，话谈得太多了，也要伤精神的。"

"不，我满心眼儿里都觉得兴奋，我的伤一点儿也不痛了，也许我已经是好了。"

"这是你一时刺激的缘故，啊！瞧你，额角上有些烫手呢，可见你身上还有着热度呢！"

"不要紧，这热度明天就会退的。"

"那么你躺下来息息也好。就是你要跟我谈话，睡着不一样可以谈吗？"

慧英又温情蜜意地向他劝告，就在这时候，小青端了一盘子粥菜进来，说："两位肚子一定饿了，就马马虎虎吃一点儿吧。"

慧英见了，遂向司徒明又说道：

"那么你就吃了晚饭再睡吧。陆小姐，对不起，要你辛苦了，那么我们大家一块儿吃吧。"

"辛苦不了什么，你们不要客气。我饱得很，我此刻不想吃。"

陆小青勉强装着微笑，低低地回答。这里慧英端了粥碗，向司徒明望了一眼，低低地说道：

"怎么样？你手臂有伤，拿不来碗，我服侍你吃好不好？"

司徒明有些不好意思，但又不忍拂她的情意，因此微红了脸，点点头，表示答应的意思。慧英于是服侍他吃完了饭，方才扶他睡下，一面叫小青和自己一同吃饭。小青却泪眼盈盈的，只是说吃不下，好像尚有无限悲痛的样子。慧英知道她是因为娘亲被鬼子兵杀死的缘故，遂向她低低地劝慰了一番，遂也胡乱地吃完了饭，帮着小青把碗筷收拾出去；再到床边张望了一眼，只见司徒明已经鼾声呼呼地睡着了。

匆匆地过了几天，司徒明的伤也慢慢地复原了。国忠和志良来向司徒明报告改编队伍的经过情形，司徒明很觉满意。当下大家一同迁居到长白山上，每日训练一班弟兄们作战的经验。

这天晚上，司徒明一个人在房内独自徘徊，心中暗暗地忧愁，因为和敌人抵抗，最要紧的就是军械。现在我们光着两手，全凭一点儿计谋和敌人作战，这总不是根本解决的办法。想到这里，忍不住连声地叹气。正在这时，忽然外面狂风大作，把这一间板屋吹得哗哗地作响，好像要吹倒的样子。司徒明遂步出门外来，只见一片山地上的白雪，因为风势的紧猛，都被吹卷起来，和天空中落下来的大雪打成一片，远远地望去，似烟似雾，好像白浪银涛滚滚地翻了过来，扑打在司徒明身上，一头一脑，几乎跌倒地下去。遂慌忙返身入屋，走到火盆旁去，两手在融融燃烧着的柴枝上取暖。就在这个当儿，慧英含笑推门而入，低低地说道：

"今夜风势这样紧，我们倒可以设法去劫营，上面没有接济，我们下面也不能等死，还是向鬼子兵那儿去动动脑筋。"

"我也这样想的，国忠和志良上哪儿去了？"

司徒明抬头望了她一眼，若有沉吟地回答。慧英走到他的身旁，一面拍去了自己头上的雪花，一面也烤火取暖，说道：

"他们下山探听消息去了。"

"去了多少时候了？"

"快两个钟点了，他们托我来向你说一声，我和小青谈着话，倒几乎忘了。"

慧英微笑着回答，司徒明不作声，只管烤着火。不多一会儿，忽然见国忠和志良兴冲冲地从外面回来。他们满身都沾了白雪，好像是个雪人的模样。慧英先急急问道：

"你们得了什么好消息没有？"

"有，有，今夜我们也许可以得五百支来复枪、一百箱子弹。"

"什么？你这话打哪儿说起？敢是跟我开玩笑吗？"

司徒明一听志良这样回答，一时乐得跳起来。他比得获了珍宝的消息还要兴奋，忍不住跳起来问。国忠脱下獭皮帽，在地上甩了甩，抖下了雪花，正经地道：

"这消息是千真万确的，离祈家堡西五里路有三百敌兵驻扎在那里，是解军械到司令部去的，只因狂风大作，不能前进，所以预备明天再行赶路。你想，这不是天助我们吗？"

"哈哈！鬼子兵知道我们缺少军械，所以特地来孝敬我们了。既然这样，我们快去劫营。事不宜迟，迟则生变的。"

司徒明忍不住哈哈地大笑了一阵，一面说，一面传令，挑选了三百弟兄，遂和国忠、志良带领了弟兄们冒雪下山。慧英一路送着祝告道：

"但愿你们此去马到成功，这就叫人谢天谢地了。"

"那是一定的，你放心好了。不过你在山上，要好好儿地防范，不要让奸细混进来才是。"

司徒明也向她再三地叮嘱，于是匆匆分手，作别而去。说来真是可怜，司徒明带着三百兄弟，其中只有十二人拿着手枪，此外都只有带了一柄快刀。当下他们冒了纷纷大雪，急急前进，来到敌人营帐附近的时候，已经三更敲过。司徒明当即阻止众人前进，吩咐国忠说道：

"你且率领弟兄们在此等候，我和志良先去偷袭敌营，且看举火为号，可呐喊杀奔而来。"

国忠听了，点头答应。这里司徒明和陆志良遂带领十余人，于雪地中蛇行前进。只见营帐旁守夜的敌兵缩颈而立，因为风紧雪大，他们好像已经冻僵的样子。司徒明向众人低低地说道：

"你们分路前进，可把每个营帐前守夜的敌兵击毙。"

众人点头会意，各自分头进行。这里司徒明和陆志良蛇行似的爬到一个敌营旁边，悄悄地起立，蹑脚步至敌兵的后面，遂拔出刺刀，向敌兵后背猛力一刀。这时狂风呼呼，大雪飘飘，也听不到旁的声音，所以那个敌兵扑倒地上，却一点儿也没有声息。司徒明回头去见志良，不料他却和一个敌兵扭作一堆，在雪地上滚来滚去厮打，于是慌忙奔了过去，把那敌兵一脚踏住。志良趁势用两手在那敌兵的颈项上狠命地一扼，只见那鬼子两眼一眨，待他放手，早已气绝而死。司徒明连忙点起火把，向上一举，就抛向敌营的顶上去。那边众兄弟一见火光，知道时候已到，遂一阵狂喊杀杀，早已奋不顾身地杀奔过来。这时敌兵在营帐之中正在酣睡未醒，突然听了这呐喊之声，都在睡梦之中糊糊涂涂地惊觉，而且见火光烛天，每个营帐都已燃烧起来，也不知有多少人马到来，吓得心慌意乱，个个都窜出营外来各自逃命。但司徒明与众弟兄早已把守在每个营前，见一个杀一个，三百敌兵被他们杀得干干净净，只见满地白雪都已染了玫瑰的颜色。司徒明见了，不禁哈哈地狂笑起来。当下吩咐把敌兵的钢盔、刺刀、制服、步枪，统统剥下。眨眼之间，三百个敌尸早已埋没在白雪堆里了，于是众人满载而回。慧英连忙率众迎接，因为敌营之中还有许多军粮，类如面包、牛肉、啤酒等之物，司徒明遂犒赏予弟兄们，大家欢然畅饮，以志庆祝胜利。这夜，司徒明、慧英、小青、志良、国忠五人也坐在一室，烤火饮酒，十分快乐。志良给司徒明和慧英各斟一杯酒，脸上含了笑容，说道：

"我曾经听曹小姐说，司徒将军因为另有所爱，所以不肯与曹小姐洞房花烛，以致曹小姐一怒之下，落庵为尼。后来因为司徒将军的爱人成了疯痴，所以曾经又向曹小姐一度求她还俗，可是那时候曹小姐决意看破红尘，所以又坚决地拒绝了将军。现在很曲折地你们在这里又相遇了，不过为了国事，我们天天忧愁，无心提说私事。今日天赐我们得到了这么大获全胜，我们真是非常快乐。所以我借此有个请求，希望你们两位再来一个洞房花烛之夜，那么我过去的抢劫曹小姐固然有罪，但今日你们破镜重圆，夫妇言归于好，则小弟又成为一个和事佬了，至少也可以将功赎罪了吧。"

志良这一番话说出了口，把个慧英羞得粉脸通红，低垂了头默默无语。就是司徒明也微红了两颊，弄得不知如何回答才好。但国忠和小青却早已拍手赞成，连连笑道：

"这意思好极了，我们赞成。师长，我以为拣日不如早日，今夜良宵，就算你们夫妇花好月圆之夜。不过此刻已经不早，我们应该自己识相，志良兄，来来，我们也各自回房去吧！"

"哎哎哎！你们……太开我们玩笑了！"

司徒明见国忠、志良拉了小青真的笑嘻嘻地走出房外去了，一时便急了起来，连说了三个"哎"字，很难为情地说，但他们三个人却故作不理会的样子，自管去安息了。这里房内就只剩下了司徒明和慧英两个人了，慧英听司徒明这样说，而且此刻又垂了头连连搓手，好像表示很为难的样子，一时心中有些难堪，遂也悄悄地向房门外走了。司徒明这才发觉了过来，慌忙赶上两步，把慧英手拉住了，低低地说道：

"怎么？你走到房外去了？"

"你不是说他们跟你开玩笑吗？"

慧英回过头来，秋波水盈盈地逗了他一瞥媚眼，这目光中至少是包含了一点儿哀怨的成分。司徒明慌忙温和地笑道：

"我是故意这么地和他们说，无非是为了避免难为情的意思。怎么，慧英，你心中恨着我吗？"

"不，我为什么要恨你？"

"你不恨我，那你为什么要走出房外去了呢？"

"匈奴未灭，何以家为？所以我觉得志良这一番话，确实是太开我们的玩笑了。"

"不是这么说的，国难临头，抗战固然要紧，生产也是要紧。假使没有小国民继续我们老国民的意志，共同抗战，那么将来祖国还是不容易兴强起来啊。"

慧英听他说得那么俏皮，一时忍不住也嫣然地笑起来，但笑出来之后，却又感到十二分难为情，这就通红了粉脸，低头不答。司徒明把她慢慢地拉到床边坐下了，很兴奋地笑道：

"我们结婚，是远在六七年之前的事情，但想不到在六七年之后的战地中，我们才结成了一对真正的夫妻，所以我们真可以说是战地鸳鸯了。"

"我的本意，今生是再也不想和你有团圆的日子，但天下的事情，真所谓变幻莫测，这样说起来，我和你无缘之中到底算是有缘分哪。"

慧英十分感慨的样子，赧赧然地回答。司徒明笑了一笑，望着她红红的粉脸，觉得她的心里一定是十分喜悦，遂情不自禁偎过身子去，把她纳入怀中，亲亲热热地吮了一个嘴儿，笑道：

"我们本来是有缘的，慧英，过去的事，我们别谈了。良宵一刻值千金，这宝贵的光阴，我们不要错过呀！"

"瞧你这样子，还像是个什么民族英雄？简直是个风流贼！"

司徒明扑哧一笑，却不再回答。两人宽衣解带，共入罗帐。慧英的芳心是跳跃得厉害，两眼是微微地闭着，她羞得连望司徒明一眼的勇气都消失了。司徒明自从那夜和兰芬享受过一次温柔之后，悠久一年以来，今天还只有第二次。他想不到自己仅仅两次的享受，却消失了她们两个珍贵的处女，一时又欢喜又难受，觉得自己未免有伤阴骘。但仔细一想，她们本来是我的妻子，我又不是强占民女，这又何必感到不安呢？这样一想，他又兴奋起来了，遂得意忘形地笑道：

"慧英，你瞧我现在这样子，还不是一个勇敢前进的民族英雄吗？"

"啐！亏你说得出来？不怕羞的！"

慧英恨恨地啐了他一口，却忍不住也好笑起来。司徒明见她闭着眼睛，蹙了眉尖，粉脸上又像笑，又像不胜忍受的样子，这就不敢过分地勇敢，低低地说道：

"慧英，你怎么不睁开眼睛来？"

"嗯！我不要见你那种不讲理的野蛮举动。"

司徒明听她说得有趣，倒又忍俊不禁了。寂寞嫌夜长，欢娱恨时短。两人在经过一次兴奋甜蜜之后，也就沉沉地熟睡去了。第二天醒来，慧英想到了什么似的，便向司徒明低低地问道：

"兰芬小姐的疯病还没有好吗？"

"嗯，没有好……"

司徒明害怕她知道了自己和兰芬已经享受过夫妻的权利，使她心中要感到不快乐，遂支支吾吾地说了一个谎话。他心中暗想：反正一个在南，一个在北，她们一时里也不会碰面，我就瞒骗她一下也不要紧。慧英听了却很表同情地叹了一口气，说道：

"真奇怪，难道医生没有办法把她医治好了吗？"

"嗯。"

司徒明既然说了这个谎，他心中却感到极度不安，遂难过地应了一声，却不多开口。慧英心中只道他感到难过，于是也不再问他了。两人匆匆地起身，各自梳洗。从此以后，司徒明虽在冰天雪地之中，却有素心人相伴，所以倒也不觉寂寞。不过想起兰芬的时候，未免暗暗伤感怀念不已。

光阴匆匆，又过了数月。司徒明与鬼子兵也打了数十次仗，都因为军械缺少，受了很大的打击。这天，司徒明忽然想着北平家中尚有洋房一座、良田两百亩，这实在是没有什么用处，就说兰芬母女三人的生活，也绝用不了这么许多。我何不前去卖了，把所得款子去购买军械，岂非把无用之财变作有用之物了吗？而且趁此机会，也可以回家一探兰芬母女。想定主意，遂悄悄地告诉慧英和志良等知道。志良、国忠都很赞成，慧英欲跟了同去，司徒明听了，自然十分焦急，只好说路上诸多不便，还是我一个人来去便利。慧英不好意思强欲同往，遂千叮万嘱地叫他小心。司徒明点头答应，方才和众人分手而别。

司徒明到了北平，屈指一算，离开这儿故乡，又有一年半的时间了。他归心如箭地急急赶回家来，只见兰芬怀内抱了一个婴孩，正在会客室中干着针活。两人见面，一时悲喜交集，握住了手，大家忍不住都流下泪来了。

第六回

毁家纾难慷慨创壮举

兰芬做梦也想不到司徒明这个时候忽然回来了，一时又喜欢又悲伤，呆呆地望着司徒明，说不出一句什么话来，只有眼泪扑簌簌地滚落了两颊。司徒明的眼角旁也涌现了亮晶晶的热泪，良久，方才低低地说道：

"阿兰，我们好久不见了吧，你的脸瘦削了。"

"阿明，你也更苍老了，唉，在外面太辛苦了吧？"

"'辛苦'两字也不必说了，一天到晚，就只是愁着没有枪弹，因此把我的人儿就愁得苍老了。哎，这孩子是谁呀？"

司徒明轻轻地叹了一口气，向她很感慨地告诉。忽然瞥见到她怀内抱着的婴孩，他便忍不住奇怪地又急急地问。兰芬被他这么一问，倒忍不住破涕为笑，说道：

"啊呀，瞧你，连自己的儿子都不认识吗？"

"什么？他是我的儿子？你别跟我开玩笑吧！"

兰芬这两句话听到司徒明的耳朵里，一时又惊又喜，但却有些怀疑的样子，笑嘻嘻地问。兰芬逗给他一个白眼，笑道：

"这可不是玩的事，我怎么会跟你开玩笑？"

"我和你只不过一夜夫妻呀，想不到竟有那么巧？"

"哼！你这话奇怪了，难道疑心我跟人家做了不端的行为吗？"

"哪里哪里，我实在奇怪着这一下子竟有那么准确。"

司徒明见兰芬鼓着粉脸，大有娇嗔之意，方才连连地否认，同时笑嘻嘻地把婴孩抱在怀里，有趣地说。兰芬觉得他这个话似乎包含了一点儿神秘的意思，因此粉脸一阵阵地红晕起来，羞涩地白了他一眼，笑道：

　　"你瞧瞧他的脸，像不像你？"

　　"像极了，和我小时候一个样子，真是出人意料之外的事情，想不到我这次回家，倒又做着爸爸了。阿兰，你给他取了名字没有？"

　　司徒明把那孩子细细地端详了一会儿，觉得果然很像自己，因此喜欢得拉开了嘴，忍不住笑出声来了。兰芬也得意地含了笑容，说道：

　　"因为你叫阿明，我就叫他小明。其实孩子的名字，是要你做爸爸取的，你现在回来了很好，你就给他取一个名字吧。"

　　"小明这名字很好，不用再取了。啊呀，你也糊涂，还没有告诉我，他是男孩子还是女孩子？"

　　"你猜一猜，是男的还是女的？"

　　"看他眉清目秀，倒好像是个女孩子，但你不取小兰名字，我可就知道他是一个男孩子了，你说对不对？"

　　"嗯，那你就聪明了。"

　　"这孩子对我笑了，哈哈！他竟一点儿也不认陌生的，多好玩儿，不知几个月了？"

　　"他自己的爸爸怎么会不认识呢？你算吧，快接近七个月了。"

　　兰芬笑嘻嘻地告诉，司徒明因为自己做了爸爸，感到意外惊喜，便把孩子小脸连连地亲吻。不料他满腮长了胡须，孩子被他刺痛了，便哇的一声哭起来。兰芬连忙抱回去，一面哄着，一面笑道：

　　"爸爸不好，这么长的胡须把我们宝宝脸刺痛了。阿明，你快休息休息，我倒杯茶给你喝吧。"

　　"阿兰，你别忙，我不渴。阿芸呢？"

　　"阿芸撮药去了。"

"什么？谁病了？"

"我妈病了，这几年来妈身子益发衰弱了。"

"不知道病了多久了？我想这是你的责任呀，你应该早给她老人家吃些补品才是。"

"你不知道，我妈是个多么节俭的人，她就是舍不得用钱。前几天病倒了，我给她请医生，她起初还不答应，说睡两天会好的。她连病了还不肯花钱，何况好好儿的时候给她吃补药呢，那就更不用说了。"

司徒明听兰芬这样说，心中十分感动，觉得燕纹真是一个心地良善的好长辈，遂说：

"此刻去瞧瞧她吧。"

两人于是匆匆地步入燕纹的卧房。只听燕纹在连连地咳嗽，兰芬先走到床边，含笑告诉道：

"妈，我告诉你一个欢喜的消息，阿明回来了。"

"真的吗？谢天谢地，阿明平安地回来了，他的人儿呢？"

"妈，我在这里，你老人家怎么病了？"

司徒明听床上的燕纹好像无限惊喜的口吻急急找自己的人，这就很快地步近床边，亲热地叫了一声妈，低低地问。燕纹见司徒明果然站在床边，她喜欢得眼泪都流了下来，伸出枯槁的手。司徒明理会她老人家的意思，遂坐到床边，把手让她拉住了，抚摸了一会儿。燕纹颤抖的声音低低地说道：

"阿明，我这病不要紧，过几天就会好的。你回来了，我很欢喜。知道了没有，我们阿兰给你养下一个儿子了，你现在是做了爸爸了。"

"可不是，阿兰做产的时候，全靠妈你照顾服侍，我心中真感激。"

"阿明，你还说感激的话，那不是太以见外了吗？阿兰是我的女儿，我照顾她，她服侍我，这是分内的事情呀。阿明，你瞧瞧，这个孩子像不像你啊？"

燕纹说到这里，她把视线又接触到兰芬抱着的小孩儿脸上去，笑嘻嘻地问。司徒明因为要引逗她的高兴，遂格外兴奋的样子，笑道：

"那两条眉毛像我，眼睛却像阿兰，还有他的鼻子，倒像着你外祖母呢！"

"真的吗？怕不见得，那根鼻子就像他的娘。"

"像他的娘，那就是像你老人家一样，阿兰不是你的女儿吗？"

司徒明这两句话，把燕纹和兰芬都说得笑起来了。过了一会儿，燕纹望着司徒明黝黑的脸，又低低地问道：

"阿明，你这次回来，总可以不再到外面去了吧？"

"嗯……是……是……的。"

司徒明应了一声，他想从实地告诉，但是又怕急坏了她生病之人，所以只好胡乱地回答了一句谎话。燕纹似乎得到了深深安慰的样子，点了点头，继续着又说道：

"那就好了，因为我年纪老了，好像是风前残烛，不久之后，那烛焰总要熄下去。假使你不在的话，剩下了他们三个年轻的人，我真有些放心不下。现在你回来了，我是一切都安心，就是我到了烛火熄灭的时候，我也没有什么记挂的了。"

"妈，你好好儿的为什么要说这样令人伤心的话呢？"

兰芬站在旁边，不等她再说下去，就哀怨地阻止她，眼皮忍不住有些红润起来。司徒明也皱了眉尖，低低地说道：

"妈，你不是说这病睡两天会好起来吗？那你为什么要胡思乱想呢？"

"会好起来，那当然是我所希望的，就只怕年老不中用了。"

"妈今年也不过五十几岁的人，算不了老，你静静地休养，吃上一两帖药就好了。兰芬，兰芳呢？"

司徒明一面劝慰她，一面不愿再谈这些令人伤心的话，遂回过头去，搭讪着问。兰芬说："读书去还没有回来。"正在这时，阿芸撮药回来了，一见了司徒明，便口叫少爷，显出十二分欢喜的样子。司徒明要了她药方看了一遍，知道是血亏神衰的病症，最要紧的是补她元气。但年老人在病中却又不宜大补，因此也只有静静休养为本。阿芸把药味拿到厨房去煎了，这里他们三个人在房中又谈了一会儿分别后经过的事情。兰芬忽然想起了一件事，遂叹了一口气，说道：

"这还是去年的事情，静土庵里发生盗劫，把一个智慧师太劫去了。起初我还不知道智慧师太是谁，后来报上登载了她一篇小传，方才明白就是曹慧英小姐。到现在快近一年多了，但消息沉沉，杳如黄鹤，这件案子却没有破获。唉，我真想不到曹小姐的命竟会苦到这般地步，你想叫人可叹不可叹呢？"

司徒明听了，心中早已明白，他又想直接地把这件事情告诉出来，但是他到底又忍熬住了，始终鼓不起这个勇气，而且还表示非常痛惜的样子，低下头，默然了一会儿。兰芬见他神情有些痛苦，一时倒又深深地悔恨起来，不该把这个消息向他告诉，倒使他心中多受了一个刺激。大家正在沉默，兰芳挟了书包匆匆地回家来了。司徒明趁此便含笑叫了一声："兰芳。"兰芳突然见了司徒明，倒是愕住了一会儿。司徒明忍不住站起身子，笑着又说道：

"兰芳，你怎么不认识我了吗？"

"认得，认得，大哥，你又回来了……呀！大哥，这回你的胡须比上回更长、更多了，我以为家中怎么来了一个印度人呢！"

兰芬这才笑盈盈地奔到司徒明的身旁，很滑稽的表情，絮絮地说。倒叫燕纹和兰芬听了忍不住都笑了起来。司徒明见兰芳的个子儿又长了不少，穿了一件青布的棉旗袍，就好像是个小姑娘的样子，遂拉了她手，笑着问道：

"兰芳，你也长得这么高了，那就无怪你大哥要老了。你今年几岁了？"

“我十岁了，哈哈！大哥，你回来得正巧，我十岁要做生日了，你是不是回来拜我的寿辰？”

“啊呀！瞧你这痴妮子，真是够淘气的！大哥才回来，你就顽皮得一点儿规矩都没有了，这还了得！”

燕纹躺在床上，却先笑骂起来。兰芳听了，把乌圆眼睛望着司徒明，而且还把舌一伸，憨然地娇笑。兰芬和司徒明也忍不住笑了，说道：

“这真是黄毛丫头十八变，我才一年半不见，兰芳不但长得高了，而且话也会说得多了。兰芳，你几月里生日？我买一样礼物送送你。”

“算了，我生日已经过了两月，明年补给我吧。大哥，这回你调回来了，不再到外面去打仗了？”

“嗯……”

司徒明回答不出什么来才好，因此只有“嗯”了一声，没有再说下去。兰芳却又要叫他讲述在前线打仗的情形，司徒明笑道：

“讲给你听原也可以，但是你听了，别叫害怕。”

“咳，大哥在前线身入其境也不害怕，我听听就会害怕吗？那你把我胆子也看得太小了。”

“兰芳噘了小嘴儿，啐了他一口，表示不相信的意思。司徒明于是把几次最激烈的战争，向她们绘声绘色地告诉。当她们听到司徒明全军覆没，被秦参谋相救逃走，而后面敌兵又紧紧追赶的时候，她们的脸色由紧张而显出害怕的表情。兰芳偎着姊姊的身怀，忍不住“啊呀”一声叫起来，连连问道：

“啊呀！那可怎么办？那可怎么办？该死的日本鬼还不肯放松大哥吗？”

“是呀！后来幸亏躲避在一个山洞里面，方才保全了性命哩！”

“真是阿弥陀佛！”

“谢天谢地！”

燕纹和兰芬都不约而同地感激着苍天了，大家脸上还显出慌张的表情。但兰芳却怒目切齿的神气，恨恨地说道：

"敌人这样地可杀，大哥，我长大之后，一定也要去打仗，替这班被打死的弟兄们报仇！"

"好，你真有志气！"

"傻孩子又说痴话了，你是一个女孩儿家，怎么能去打仗呢？"

司徒明笑着称赞她，但燕纹却表示不以为然的样子说。兰芳听了，便哼了一声，拍拍胸部，笑嘻嘻地说道：

"妈，你这是什么话？女孩子难道不是人吗？我在书本里读过了木兰从军的故事，她不也是一个女子吗？从前的女孩子尚且这么勇敢，那何况我们是现代的女子呢！大哥，你说是吗？"

"不错，你的思想很好，中国有你们这班爱国的好孩子，我相信中国将来一定是会兴强起来的。"

大家正说着话，阿芸端了一碗煎好的药汁进来。司徒明趁燕纹喝药的时候，便回到自己房中来休息了。燕纹见兰芬没有跟了出去，遂向她说道：

"兰芬，你快跟阿明回房去服侍他呀。我喝了药后，要睡一会子。你们一年多不见面了，总该有许多话要谈谈了。"

"那么妈好好儿睡一会子吧。妹妹，我们一块儿去。"

"哼！我没有那么笨！"

"瞧，这妮子跟自己姊姊也开起玩笑来了。"

兰芬微红了粉脸，秋波逗给她一个娇嗔，忍不住笑着抱了小明回房去了。到了房里，见司徒明对了镜子却在剃刮满腮的胡须，遂笑道：

"你用的东西，我都给你安放在老地方，你都找得到吗？"

"找到的，兰芬，我和你虽然分别了好多日子，但我一走进这屋子，觉得一切都和从前一个样子，没有一点儿变换，我心里非常欢喜，而且也非常地感激你！"

227

"嘿！这用得了什么感激吗？那是我分内之事呀！"

兰芬因为怀内小明睡着了，便把他放在床上，一面说，一面还给阿明亲自倒了一杯茶。司徒明已把胡须刮好，放下手巾，回过身子去，拉了兰芬的手，两人相对地望了一会儿，各人心中真有说不出的喜欢。司徒明低低地说道：

"兰芬，上次我动身走的时候，你不是跟我说，有许多的话，等我回来的时候，好好儿地跟我谈谈吗？但今天我们又见面了，你为什么却不跟我说呢？"

"阿明，我心中真的有千言万语要跟你说，但不知道打从哪一句说起才好。你不要性急，我慢慢儿自会跟你说的呀。"

"兰芬，我没有什么话可以再来表达我心中的爱你，我只有……"

司徒明说到这里，伸手猛可抱住了她的脖子，低下头去，在兰芬小嘴儿上紧紧地吻住了。兰芬又羞又喜地踮起了脚尖，仰了脖子，默默地承受着他的吮吻。良久，兰芬才透了一口气，推开他的脸，秋波逗了他一瞥媚眼，低低地笑道：

"够了，阿明，我们坐下来谈一会儿吧。"

"好。阿兰，你给我养了儿子，你在这十月怀胎之中，一定是为我吃了许多的苦吧？"

两人并肩在长沙发上坐下，司徒明望着她白里透红的脸，微笑着说。兰芬听了，微蹙了眉尖，说道：

"十月怀胎倒并不怎么痛苦，就是在分娩的期里……"

"怎么啦？大概孩子生下来的时候吧？"

"几乎没有了性命……"

"这……这是怎么一回事？"

司徒明听她说分娩时候很痛苦，因为这句话神秘性的成分包含太浓了，所以他真忍不住笑出声音来，但是听到几乎没了性命的时候，方才把他急了起来，立刻收了笑容问。兰芬尚有余惊的样子，

228

说道：

"发生了难产……要不如医生手术高明，我和孩子至少要牺牲一个。"

"那我情愿牺牲了孩子。"

司徒明搂着她腰肢，急急地说，表示这份爱她的意思。兰芬偎在他的怀内，微微地一笑，很欣喜地说道：

"但是，老天可怜我们，给我们母子平安，你想，这是多么一件快乐的事情。"

"这也许是你良心好，所以才会逢凶化吉，我真感谢苍天。"

"你的良心也不坏，所以在猛烈的炮火之中没有遭到意外的不幸。现在安然地回到故乡，那我也多么地感谢上帝呢！"

"你们一个感谢苍天，一个感谢上帝，我在这里给你们感谢着菩萨了。"

两人冷不防半路里听到了这几句话，大家都回过头去，原来是兰芳站在房门口已哧哧地笑弯了腰。司徒明连忙向她招手，兰芳走到他们跟前，司徒明把她拉入怀内，在她小脸上吻了一个香。兰芳躲藏着哧哧地笑，司徒明道：

"大哥胡须已经剃光了，不会刺痛了你的小脸呀。"

"嗯！我人大了，你再吻我的脸，不怕难为情吗?"

"啊呀，照这么说，你已经是个大人了，我快些给你做媒去，可以嫁丈夫了。"

"嗯！嗯！我不要，我不要，姊姊，你骂他几句，他欺负我。"

兰芳涨红了小脸，偎在兰芬的怀里，撒娇着说。倒叫司徒明和兰芬听了，都忍不住笑了一阵。就在这个时候，阿芸进来，请他们用晚饭去了。

晚上，司徒明和兰芬在闺房之中熄灯安息了。因为小明此刻真睡得熟，这是一个很好的机会，兰芬自然是不忍拒绝他的，夫妻两人又享受了一番甜蜜的温柔。司徒明情不自禁脱口地说道：

"上次这么一来，今天回家，在床里多了一个小明。今夜又这么一来，等我下次回家的时候，那在床外一定又多了一个小兰了。"

"什么？阿明，你这是什么话呀？"

司徒明说者无心，但兰芬听者有意，她芳心里吃了一惊，忍不住急急地问道。但司徒明却还茫然无头绪的样子，不了解地问道：

"兰芬，你怎么……"

"你不是说这次回来不再到外面去了吗？但是，我听你现在说的话，明明是你仍旧要走的呀？"

司徒明被她这么一说，方才知道自己说的话露了马脚，这就沉吟了一会儿，不得不从实地向她告诉道：

"兰芬，我这次回家，其主要原因，确实是为了替军队里办一件事情来的，办舒齐了后，我怕仍旧要走的。因为恐怕你妈病中着急，所以我是故意这么瞒骗着她。"

"嗯……"

兰芬听了，把刚才的甜蜜和喜悦又被一阵阵的悲哀所侵占了，她低低地应了一声，心头是微微地有些痛苦。夜虽然是漆黑的，他们两人面对面地也瞧不见彼此的眼鼻，但司徒明知道她是在淌眼泪了，因为他的感觉上，兰芬的脸上已经有些润湿了。这就很难过地默然了一会儿，方才低低地问道：

"兰芬，你听了我这个消息，你心里悲伤吗？"

"不，我没有悲伤。"

兰芬口里虽然是这么地回答，但她的喉间有些哽咽，显然是包含了颤抖的成分。司徒明在这时候，不得不用悲壮激烈的词句，向她说道：

"兰芬，敌人侵占了我们的东北，可怜那边的同胞，天天在水深火热之中受苦楚，在敌人的铁蹄下过着地狱的生活。他打了你，还要你说他好；他奸淫了你，还要你赔笑脸。在这环境之下，真是求生不得，求死不能，假使没有我们这一班弟兄们和他们作对反抗，他们是更加地肆无忌惮，可以随心所欲了。所以我们一日不死，我们总希望把敌人驱逐出去。虽然我们的力量薄弱，我们的处境困难，但是我们要用正义的举动，来激发起全国的同胞，来激发起全世界维护正义的国家，给予我们有力量的援助。所以我不能贪生怕死，我要做他们的领导，跟敌人拼命！兰芬，你笑我傻吗？"

"不！"

"那么你同情我吗？"

"是的，我同情你，而且我赞成你这样做。我恨我的感情太浓厚，神经太脆弱，我为了自己的一点儿私爱，我心里总觉得有些悲哀。但我现在明白了，这悲哀是可耻的，我应该高兴，我应该拥护你，你是一个博爱的圣人，你是一个民族英雄！"

司徒明听她滔滔不绝地这样说，心里乐得什么似的，遂忍不住笑起来。但听到"圣人"两个字，他有些羞愧的样子，低低地笑道：

"兰芬，'圣人'这两字不敢当，我到底还是一个凡夫俗子。"

"你是说我们夫妻在闺房之中享受着人生之乐吗？但'食色性也'，这是圣人的话，那是没有关系的。孔子要没有闺房之乐，他的下代又从什么地方而来呢？不过君子不犯二色，犯二色者方可称为是荒唐了。"

"你这话很对，圣贤者不过是思想伟大，具有忠孝仁义之心罢了。对于闺房之乐，那是没有关系的。"

司徒明口里虽然是这么地回答，但是想起了和慧英的结合，不知是否算可耻的？但这是环境逼得如此，和普通的犯二色者，当然是不可同日而语的了。想到这里，遂也坦然无愧了，一面又谈到正经上去，说道：

"兰芬，你是一个爱国的好女儿，所以你赞成我这么做。现在我还有一件事要和你商量，不知道你能不能答应我？"

"是什么事情呢？你说吧。"

"我这次回家目的，是要卖去我的田地和房产。"

"啊！那是为什么？"

"我要毁家纾难。"

兰芬听了，大吃一惊，急急地追问，及至听到了他说出这六个字，方才"哦"了一声，表示明白的意思。司徒明不等她说话，他又悲壮地继续说道：

"要与敌人作战，要把敌人杀尽，最要紧的就是军械充足，但可怜我们的国家太穷苦了，尤其是我们在关外抗战的弟兄们，平日之间，是只有冒了极大的危险，去抢劫敌人的枪炮，再去攻打敌人。你想，在这样情形之下，我们的用心不也太苦了吗？我为了这样，我想把我的家产全部变卖，去购买枪械，来增强我们抗战的工作。兰芬，你的意思，不知也能赞成我这么做吗？"

"你有这样爱国的精神，我自然十二分地赞成，不过我们这一家人住到什么地方去呢？"

"你放心，我当然把你们会安顿好的，至于你们的生活费，我也会给你们弄舒齐的。至少的限度，是绝不会给你们冻饿的苦楚。"

"那很好，只要给我们能够有粗衣淡饭的生活，我就很知足了。"

司徒明听兰芬这样说，心里是感动极了，而且也敬爱极了，把她紧紧地搂在怀里，亲亲热热地吻着她的脸，说道：

"兰芬，我这次回乡来预备做这一件事，我心中就只是忧愁着你不肯答应，就是答应了，我认为至少也得费我许多的口舌，但万也料不到你一听了我这些话，便马上地表示赞成。唉，我觉得像你这么大方贤德的妻子，在这个自私心最厉害的时代中实在再也找不出第二个人了。兰芬，我亲爱的妻子！我真不知该怎样来表示感激你才好！"

"阿明，你又说呆话了，我们之间还说得到'感激'两个字吗？无论什么都得看情形而说，假使你把祖产卖了是去嫖赌，那我当然是加以反对；现在你是把祖产变卖去干这样伟大的工作，我赞成你、鼓励你还来不及，我怎么会来阻止你呢？老实说，中国的人民，都

232

是只愿自己发财，不管国家兴亡，他们的存心，是国家亡了，他们可以到海外去做寓公，根本与他们个人毫无关系。你看历任的财政部长，谁不是捞足了，像肥猪一样地胖？假使个个像你那么毁家纾难的精神，中国早就强盛起来了。"

"可不是？所以言之令人心痛。兰芬，我的意思，你妈我给她明儿送医院去疗养，这里房屋登报出让，一面我给你另找房屋，你看好不好？"

"这样也好，我们明天劝劝妈，看她老人家肯不肯上医院里去疗养。"

当夜夫妻两人商量安定，遂沉沉地睡去。到了次日，司徒明和兰芬燕纹要燕纹到医院去诊治，说可以好得快一点儿。燕纹起初不肯，后来经两人再三相劝，方才应诺，于是一面送燕纹入院，一面登报卖屋卖田，一面另租狮子胡同三十八号的一间统厢房，给她们安顿。不多几天，司徒明把事情一切都已办理舒齐，计得现款六十八万五千元。当时把八万五千元的数目交给兰芬，说道：

"这八万五千元给你们留在家中作为生活费用，我把六十万整数，马上要到天津去购买枪械。我想你们省吃俭用，大致不会有冻饿之虞。"

"什么？你此刻马上就要动身吗？"

兰芬听了，非常难过，遂惊慌了脸色，急急地问。司徒明点点头，他竭力抑制着感情作用，遂坚决地说道：

"是的，我回家后，到今日算来，不知不觉地已有半个月了。所以再要延迟下去，只怕弟兄们的心都要生变了。兰芬，一切都委屈了你，我是只好管不得你了。"

"阿明，你今天这一走后，我们不知何年何月再可以相见呢？"

兰芬到底是忍熬不住内心辛酸的悲哀，她说完了这两句话，眼泪是已经扑簌簌地滚下了两颊。司徒明不是一个木然无知的人，听她这样问，一时觉得这一幕生离的悲剧，实在也可说是人间伤心之事了。况且我们又养下了这么一个小孩子，万一我杀身成仁，血染黄沙，剩下他们孤儿寡妇，这以后的景况，其悲惨凄凉，那真是不堪设想的了，因此眼泪也夺眶而出，只好低低地安慰她说道：

"兰芬，你不要伤心呀，我明年不是仍旧可以回家来探望你吗？请你把我们的孩子好好儿抚养，假使他长大了之后，也能和他爸爸一样，做一个勇敢的军人，那就叫我十二分安慰的了。"

"是的，我把孩子一定好好儿地教养，总不会使你感到失望的痛苦。"

"我知道你是一个好母亲，在你教导之下，孩子一定是个有出息的人才。"

司徒明说到这里，他伸手抱过小明的身子，偎着他小脸，亲吻了一会儿。在亲吻的时候，他心里有一个悲哀的感觉。苦命的孩子，等你长大的时候，只怕你爸爸早已不在人世了吧！有了这一个想头之后，他是多么悲痛，因此泪又掉了下来，但他竭力地忍熬住了，拭去了眼泪，向兰芬说道：

"阿兰，你妈那儿我想不去告别了，因为她听了这个消息，恐怕要伤心流泪，这对于她的病体是很不利的，所以等她完全复原了之后，你就代为向她说一声吧。"

"好的……阿明，今天时候已经不早，你能不能明天动身呢？"

兰芬见他说完了话，又把小明交还给自己，他似乎欲走的样子，因此又依依不舍地劝留他。在她的芳心之中，当然是和阿明多相聚一分钟就好一分钟的意思。但阿明不肯为了儿女情长，因此误了国家大事，遂勉强笑道：

"阿兰，我明白你的意思……但是你要仔细地想，就是我再留住了十天八天的时间，但也不过是转眼间的工夫，等过完了这十天，我还是要走的。所以这离别的难过，始终是免不了的。所以我认为就是再住上了几天，于我们固然无甚益处，而对国事恐怕大有进出。阿兰，并非我不答应你再住一夜，实在因为关外弟兄们等我接济枪

234

械，好像比救火更要性急，所以对于这一点千万请你加以原谅才好。”

“是的，这完全是因为我情感作用太浓厚的缘故，现在被你这么一说，我当然不愿意再劝留你了。阿明，那么你早些动身上火车去吧。”

“不错，阿兰，我们再见！”

司徒明听兰芬这样说，不由笑了起来，遂伸过手去，和兰芬紧紧一握，提着那只小小的皮箱，头也不回地跨出院子去了。兰芬抱了小明，急急地从后面跟随出来。在院子门口，兰芬又依依不舍地说道：

“阿明，我们送你上车站好不好？”

“这可不必了，反正你送我到车站，还是要分别的。”

“那么你就这样一个人走了？”

兰芬问这句话的神情，大有茫然无所依的样子，这叫司徒明的哀思又一阵阵地涌塞了心头，一时却不知怎么地回答才对，倒是怔怔地愣住了一会儿，良久，才低低地说道：

“你只当我出门做生意去，那你就不会伤心了。”

“其实我并不伤心，我只不过有些难过罢了。”

司徒明觉得她这两句话是相当矛盾，不过仔细想来，她总不免使人感到有些可怜，遂故意微笑着说道：

“你不伤心，那当然很好。兰芬，我们再见！”

“大哥，大哥，你……你又到什么地方去了啊？”

司徒明第二次说再见，他还想伸过手来和兰芬相握，但不知在怎么一个感觉之下，他立刻缩了回去，跳上了一辆街车，就叫他拉到火车站去。不料在这时候，齐巧兰芳放晚学回来，见了司徒明坐上街车走了，她便急急地叫着大哥地问。司徒明在人力车上回过头去，但人力车夫已拉远了十多丈路，于是什么也不说，只把手摇了一摇。车身慢慢地远了，他依然回过头来，两眼平视着斜阳西照，

235

黄昏笼罩着大地的景物，只觉无限凄凉陡上心头，全身抖了一抖，忍不住长叹了一口气。天下之黯然销魂者，唯别而已矣！

司徒明在天津办齐了军火，就急急地动身赶回关外。不料来到长白山上，当国忠、志良接见了司徒明的时候，他们都含泪相告，说曹慧英小姐受伤深重，危在旦夕。司徒明冷不防得知了这个惊人的消息，一时心痛宛若刀割，不禁"啊呀"的一声叫起来了。

第七回

千古多情壮志留鹃血

　　长白山上的众弟兄们，自从司徒明回北平之后，天天盼望他早日运了军火到来。可是等候了一个多月，确实信息杳然，好像石沉大海。大家心头当然闷闷不乐，尤其是慧英的芳心里更为忧煎异常。这日，国忠和志良在外面探听了一个消息回来，说敌人又有大批军火在这里附近经过，假使要劫夺他们，那又是一个好机会。不过这回敌人防范十分严紧，恐怕不容易得手。慧英沉思良久，眸珠一转，说道：

　　"我们要得这一批军火，非里应外合不可。"

　　"里面没有办法进去，这'里应'两字的希望又从哪里起实现呢？"

　　国忠搓了搓手，表示很困难的样子。慧英微微地一笑，雪白的牙齿微咬着嘴唇皮子，点了点头，说道：

　　"办法是有一个，只不过我们须冒极大的危险，而成功与否，那还是一个问题。"

　　"谋事在人，成事在天。只要有办法，我们总得干一下子。"

　　"志良这话不错，不入虎穴，焉得虎子？司徒夫人，你不妨把办法说出来听听。"

　　国忠听志良这样说，认为这办法不错，遂点点头，又向慧英低低地问。慧英一本正经的态度，很认真地说道：

"敌人是十分好色的，所以我利用这一点，不妨来一个美人计。我的意思，你们两人之中，无论哪一个跟我一块儿下山去，假称兄妹，趁有机会，混进敌营。单等晚上，你们带了众弟兄悄悄地埋伏在四周，只看敌人营内有火光烛天，就知道我在里面事情成功，你们可以大举进攻了。这个办法，不知道你们也认为好吗？"

"司徒夫人这个办法好极了，我跟你一同下山去好了。"

"不，还是我跟了一同下山去。"

"你们两人不用争执，下山的责任虽大，但在山上领导众弟兄埋伏的责任更是重大。现在我的意思，志良既然先说跟我同去，那么国忠就留在山上吧，等到天色昏黑，你就要带领弟兄们下山来埋伏了。"

慧英见他们两人都要抢着同去，遂用了正义的态度调遣着说。当下国忠不敢违拗，立刻答应下来。这里慧英和志良大家各自去化装成一对乡村人家兄妹的样子，和国忠握手分别，匆匆地走下山来。将近敌营的旁边，慧英和志良故意在地上坐了下来，装出赶路很吃力的样子。不多一会儿，前面走来一个身穿西服的男子，他匆匆地低头而过。慧英故意咳嗽了一声，那男子方才发觉路旁有人，遂回过头来向他们望了一眼。当他见到慧英的时候，脸上立刻显现了惊喜的颜色，便慢步地走了回来，和颜悦色地问道：

"喂！你们这两个人怎么坐在这里干什么呀？"

"哦，我们是探亲去的，路过这里，因为走得吃力，所以在这里休息一会儿的。"

慧英听问，故作羞涩的样子，低垂了粉脸，却默不作声。志良却装出诚实的样子，很老实地告诉。那男子点头道：

"你们是两口子吗？"

"不，我们是兄妹。"

"这里过去有日本兵，你们走过去，恐怕要把你们当作奸细看待，所以我劝你们还是不要过去的好。况且你妹妹又是一个小姑娘，那是更危险了。"

"啊呀！那可怎么办呢？我们老远地来此，若再回转去，我们不是白费心血了吗？"

志良听他这样说，显出十分焦急的样子，急急地说。那男子笑了一笑，说道：

"你们不要着急。假使你们要过去，我可以送你们过去的。"

"你……你是什么人？难道日本兵肯买你的交情吗？"

"我是司令部的翻译，和日本兵都认识的，那不要紧。"

"哥哥，我看还是回去的好，因为我心里有些害怕。"

慧英见他留了小胡须，看情形也是和敌人有关系的人，知道这是一个好机会，但表面上还故意显出害怕的样子，低低地拒绝。那男子急忙说道：

"姑娘，你不要害怕，我既然答应送你们过去，我当然有这个把握。老实说，我虽然是日本司令部的翻译，但我到底是个中国人，我当然要帮自己的同胞，你们说是不是？"

"妹妹，这位先生的话很有道理，那么我们就跟他过去吧。"

志良也假意儿向慧英劝慰，慧英还装出疑惑不决的样子，迟疑了一会儿，那男子又连连相催，说自己还有别的公事去干，你们要真的不想过去，他便不管这个闲事了。志良听了，连忙又向慧英再三地怂恿，慧英才委委屈屈地站起身子来，一步挨一步地和志良跟着那男子向前面走了。当他们走到日本兵营帐的前面，忽然听那男子向站岗的日本兵说了几句日本话。那两个日本兵立刻狰狞了面目，好像虎狼一般地凶恶，奔了过来，把志良和慧英抓了，向兵营里走了。慧英和志良不由大喜，但表面上却害怕得"啊呀"一声叫起来了。

你道这是为了什么缘故？原来这押军火的大队长山木小郎是个好色之徒，他要弄个女人玩玩，所以叫这个翻译去办女人。不料巧遇到志良、慧英，所以那个翻译心中大喜，设计把他们骗了过去。

但他哪里知道慧英、志良是将计就计，实实在在是那个翻译上了他们圈套。当时慧英被他们拉拉扯扯地抓到大队长的房间，只见山木小郎是个短小精悍的人儿。那个翻译随后跟进，向山木小郎说了一会儿日本话，便即退到外面去了。这里慧英假痴假呆地掩着脸，呜呜咽咽地哭起来。山木小郎走到慧英身旁，拍拍她的肩胛，笑嘻嘻地说道：

"姑娘，侬好来西，勿要哭呀，阿拉交关欢喜侬。"

"侬是啥人？为什么把我抓到这里来呀？"

慧英停止了哭泣，抬起粉脸，故作害怕的样子，秋波盈盈地瞟了他一眼，低低地问。山木小郎倒也很会说几句生硬的中国话，遂笑着说道：

"我是大队长，阿拉势力交关交关。侬拨阿拉做家主婆，阿拉欢喜侬。侬勿答应，阿拉马上把侬枪毙！侬要死要活？"

慧英见他说到这里，立刻把脸改换了，笑容收起，显出杀气腾腾的样子，恶狠狠地问。一时心中暗想：我若不牺牲一点儿色相，事情怎么能成功呢？这就含了妩媚的娇笑，偎到山木小郎的怀里去，惊喜地问道：

"你……你要讨我做家主婆吗？真的还是假的？"

"当然真的，我说的当然真的呀！"

山木小郎对于慧英这个举动倒是出乎意料之外，因此乐得什么似的，把她紧紧搂住，在她粉颊上连连地吻香。慧英推开他的脸，笑嘻嘻道：

"那么我不是可以做队长太太了吗？"

"嗯！我是大队长，你是队长太太。来来来，好姑娘，阿拉马上性交性交。"

"哎！慢慢交，慢慢交！你不要性急来，天色还没有黑下来，阿拉怕难为情。等到夜里，阿拉两个人喝些酒，大家好好儿地白相白相，你说好吗？"

慧英见山木小郎兽性勃发，拉了自己，马上就要抱到床上去了，这就心生一计，向他羞答答地说。山木小郎平日和女人交合，总脱不了是强奸的方式，虽然是解决了性欲问题，但到底没有什么滋味。今天得到了这么一个美貌的女子，而且她自动地愿意给自己好好儿地玩弄，虽然是要到了晚上才能享受这甜蜜的滋味，但也只好暂时熄了欲念，放了慧英，笑道：

"好，好，阿拉到了夜里，再和你白相白相吧。"

"那么我还有一个哥哥，他被你们部下抓住了，请队长快放了他。"

"没有关系，没有关系，阿拉马上放他好了，你哥哥叫什么名字？他不是游击队吗？"

"什么游击队？他和我到亲戚家中去的，他是一个好百姓！"

慧英竭力镇静了态度，故作不明白的样子，急急地解释。山木小郎含笑点点头，遂立刻传令出去，把志良带进队长室来。当下志良和慧英见面，故作十分悲伤的样子，抱头大哭。山木小郎在旁边劝道：

"喂！你不要哭，你不要哭，你妹妹给我做家主婆，这是她的好福气呀！你叫什么名字啊？"

"我叫志良……"

志良恐怕慧英已经告诉过他姓什么，所以他不敢把"陆"字说出来，单告诉"志良"两个字。好在山木小郎对于这些并不十分注意，点点头，又问道：

"你妹妹嫁给了我，你愿意在我这里做事情吗？"

"我愿意的，只要你队长吩咐我做什么事，我心里一定很高兴。"

"那很好，你就做我的卫兵，怎么样？我给你一个符号吧！"

"好的好的，队长这样看得起我，我心里太高兴、太感激了。"

"你是我的大舅子，我们是亲戚了，没有关系，你不要客气，不要客气。"

山木小郎笑嘻嘻地说，表示非常得意的样子，一面带领志良到外面，和其余的卫兵介绍一番，并且传令下去，今夜队长要结婚了，晚上大家可以饮酒作乐，表示庆祝的意思。部下得了命令之后，大家兴高采烈，自然是十分欢腾。

夜里，队长的卧室内也摆了一席酒菜。慧英握了酒瓶，笑盈盈地在玻璃杯子内满满地斟了一杯酒，媚眼儿含了勾人魂灵的目光，向他逗了那么一瞥，温情蜜意地笑道：

"队长，我们多喝几杯吧，喝了酒后，我们可以更加地欢喜欢喜！"

"哈哈！哈哈！花姑娘，你真美，你真好，阿拉爱你极了。"

"真吗？队长，我也爱你极了。"

山木小郎醉眼模糊地望着慧英的粉脸，觉得是美丽极了，他伸手抬着慧英的下巴，忍不住大笑起来。慧英觉得在这个时候，若不牺牲一点儿美色，事情是不大容易成功的，于是把娇躯偎到他的怀内，她喝了一大口的酒，凑到山木小郎的嘴边。山木乐得魂灵也飞出躯壳去了，连忙把口一张，便将慧英灌过来的酒早已喝了下去。慧英还妩媚地含笑问道：

"队长，这酒的滋味甜吗？"

"甜，甜，甜极了！好姑娘，你给我再吃几口吧！"

慧英巴不得他有这几句话，心里也欢喜万分，遂不顾羞耻地就把酒用嘴一口一口地灌给他喝，直喝得山木小郎酩酊大醉，身子也有些摇摇摆摆起来。他搂了慧英的腰肢，笑嘻嘻地说道：

"好姑娘，阿拉可以白相白相了。"

"好的，好的，队长，你先到床上去躺着，我一定陪你困觉。"

慧英含笑点头，她扶了山木小郎，走到床边睡下。当山木小郎躺下的时候，她早已奔到那一箱手榴弹的旁边，取了一枚手榴弹，拔去了柄，也不管三七二十一地就向床上掷了过去，只听哗啦啦一声响亮，顿时火光四射，浓烟飞冒。山木小郎的身子，早已头归头、脚归脚地飞腾起来。因为室内面积小，慧英奔逃不开，所以自己也不免被弹片波及，她只觉一阵子疼痛，早已跌倒地下。因为这时卧室本来是用帐篷搭成的，所以火光飞着，早已燃烧起来，于是国忠在四周埋伏的弟兄们，一见火光烛天，便大举进攻，一时之间，枪声大作，杀声震地。敌兵正在兴高采烈地饮酒作乐，冷不防有此变化，大家慌张十分，手足失措，都莫名其妙地奔窜出去。但外面把守的国忠，带领弟兄们架了机关枪，一阵子扫射，敌人死者，不知其数。

当队长室内爆炸的时候，志良心里是很明白的，他立刻急匆匆地奔了进来。只见室内火光四射，浓烟弥漫，却不见慧英人在何处。他心中急得什么似的，遂连连叫喊，只听慧英在地上答应，连忙低头去看，慧英果然倒在地上，于是立刻把她抱起，只见前面帐篷已经烧破，这就从火堆里蹿了过去，没命似的往冷僻地方奔逃出去了。

慧英这一下子美人计虽然是成功了，把几百个敌人都歼灭尽绝，而且还夺获了不少的军火，可是她的本身，因为受伤惨重，竟至奄奄一息。志良和国忠十分悲痛，正在无可奈何的时候，忽然司徒明完成了使命回来，当下一听了这个消息，不由心碎肠断，三脚两步地奔到慧英的床边。只见慧英脸色惨白，星眸微闭，好像已经死过去了的样子，这就忍不住哭叫起来，说道：

"慧英，慧英！"

"啊，你……是阿明？"

"是的，我是阿明。"

"难道我们在梦中相会吗？"

"不！不！我从北平已经办了军火回来了。"

"好！你已完成了使命，我也尽了国民的责任。阿明，我真想不到还能够和你见到这最后一面，那我们也真可以说是有缘的了。"

慧英被司徒明急促的呼声一阵子叫喊，她慢慢地睁开眼睛来，当她见到司徒明的时候，心中惊喜得又兴奋起来，不过她还有些疑惑的样子，直待证明这是事实，她终于是默默地流下眼泪来。司徒明的热泪也纷纷地滚下了两颊，哽咽了声音，说道：

"慧英，你为什么这样性急，不等我回来呢？"

"我已杀了敌人，我们已夺获了敌人许多的军火，我虽然死了，我没有悲伤，我的死是有价值的。"

慧英惨白的脸上犹含了一丝淡淡的微笑，低低地回答，话声是显得十分轻微，显然是有气无力的样子。司徒明还说什么话好呢？他只有默默地流着眼泪。站在床边的志良、国忠、小青，以及众弟兄们，大家因为感到她的勇敢伟大的精神，所以也凄然泪下。慧英似乎感到很兴奋的样子，望了众人一眼，又说道：

"大家不要为我而流泪，不要为我而伤心，死是人人逃不了，我认为我今日的死，是已经像做生意似的，赚了不少的性命了。"

"是的，司徒夫人的精神永远不死！"

国忠含泪回答，他虽然是个最强硬的个性，不过他此刻也觉得有些酸鼻。慧英听了，十分欢喜，所以精神又振奋起来，她要小青把她扶坐起身子，靠在床栏的旁边，用了很沉重的语气，说道：

"众位弟兄们都在这里，那很好，我要跟你们最后说几句话。"

"慧英，你……你还是保养精神吧！"

"不，阿明，你别阻我，我此刻的精神好极了。我本来是一个军阀的女儿，我素来恨我爸爸的行为，但是我做女儿的没有办法，况且我又并没受过高等的教育，虽然我很懂得一点儿忠孝节义，但我始终是关在所谓闺房里的。为了旧式婚姻的压迫，我曾经一度做过尼姑，在清静的佛地中也曾经度过了好几个的春秋。但是世事浮云，变化无定，我却会做到抗敌的工作，这是谁也想不到的事实。"

"司徒夫人，这是我害了你的。"

"志良同志，请你别那么说，我要如在静土庵中偷活了一生，倒还不及在这里过了一日。所以我认为我今日能够替国家尽了这一份力量，完全还是你的造就，我应该是要深深地感谢你的。"

慧英说到这里，顿了一顿，她似乎感到有些吃力。众人劝她躺下，但是她不肯，仍旧很吃力地说下去道：

"敌人侵占了我们东北四省，可怜我们同胞的命运，就比鸡犬都不及了。他打了你，他再要你笑，你忍着痛，只好装笑脸。他把雪亮的刺刀，向你身上随心所欲乱戳，他不当你是人类，他把你当作畜生一样地要杀就杀，要剐要剐。可怜我们同胞在这样恶劣的环境之下，求生不得，求死不能，天天在水深火热的活地狱里受苦、受委屈。但我们同样是大地上的人类，我们为什么要受这样的痛苦？我们要自由，我们要平等，我们只有起来反抗！我们要杀……"

慧英说到这里，咬牙切齿地涨红了脸，握紧了拳头，猛可向上扬了扬，表示那份悲壮激昂的样子。众人听了，无不为之动容。慧英却接下去又壮烈地说道：

"我们好在有流不完的铁血，杀不尽的头颅，我们要报仇，我们要收复这破碎的山河，我们要为五千年来大中华民国雪耻争光！我们绝不怕死，我们要起来拼命！亲爱的弟兄们，我们不要在耻辱下偷生，我们要在光荣下死。假使忍辱而生，这还不如光荣而死好得多了吗？我们应该知道，保全个人的地位，而辱没国家大体的人，这是最可耻、最卑鄙的东西！想我们身为队伍中人，上不使国家受辱，下不使同胞受苦，这便是我们军人的本色！"

"夫人的话，我们都已经知道了，请夫人保重贵体要紧。"

国忠见她说得大有上气不接下气的样子，遂又低低地回答。小青含泪上前，连忙把她身子又扶到床上。慧英长叹一声，说道：

"从此以后，我恨我再也不能临阵杀敌了。但愿众弟兄跟随司徒将军奋勇杀敌，还我河山，则我今日之死，也含笑九泉了。"

慧英说到这里，众弟兄都挥泪不已。志良遂命众人暂退，让夫人静静休养。他自己和国忠、小青也都回身退出房外来，于是室内只留了司徒明一个人，他捧着慧英的粉脸，低低地泣道：

"慧英，你太勇敢了，你太伟大了，你到底实践了匹妇有责的这一句话了。你真不愧是个巾帼英雄！"

"阿明，我不敢承认是个英雄，我只不过替国家尽了一份的责任罢了。虽然我今日之死，是死得其所，可是留下了你一个人，在这破碎的山河里，我心里总觉有些遗恨。假使兰芬小姐好好儿地在着，这我倒可以安慰了不少，偏偏她是疯了。现在你两个妻子，一个疯了，一个死了，假使把你换作了我，恐怕也要心痛欲绝了。但好在你的身体已经是贡献给国家了，对于儿女之情当然是置之于脑后了。所以我希望你不要伤心，不要悲痛，把你的热情和热血，领导着众弟兄，跟敌人去拼命吧！"

司徒明听她这样说，一时想起自己瞒骗了她，而她却真情真意地关怀着自己，因此更伤心得流泪不已。慧英被他一哭，因此也挥泪如雨，正是英雄气短，所恨的是儿女情长。两人哭了一会儿，慧英把手颤抖地抚摸着司徒明的头发，低低地又道：

"阿明，我本来是个被你厌弃的女子，但今天能够使你在我床边为我而流泪，这我已经是扬眉吐气了。所以我死了，我并不觉得可惜，况且死了我一个人，而杀了敌人数百，又得了这大批军火，我死了，还有什么不值得呢？想你的志愿，是救中国，救民族，那么你一定会替我报仇！替我雪恨！阿明，你说我这话是不是呢？你不会恨我无情而抛弃你吧？"

"慧英，你为民族自由解放而死，你为祖国而牺牲。你以理智来克服这一切情感，我不怨你无情，你真是一个古今第一多情人！我听你的话，我不再伤心，我一定要替你报仇！"

慧英听了他这一番言语，芳心中似乎深深地得到了无上的安慰，她惨淡的脸上，不觉微微地笑了起来，但是在这一丝微笑中，她的眼皮也就慢慢地闭下来了。司徒明连连地推着她的身子，哭叫着："慧英，慧英，你难道真的忍心抛下我走了吗？"慧英的嘴里是透着游丝那么的气息，听他这么地哭叫，像尚有知觉地勉强地睁开眼睛来，向司徒明逗了那么一瞥，但一会儿又闭了下来。在她眼角旁，这就涌上一颗亮晶晶的眼泪，而透完了她最后的一口呼吸，这一缕英勇的芳魂，也就永远地脱离这个世界了。

慧英死后，司徒明继她未了的志愿，继续抗战，为了祖国，而忘记了家庭。这样岁月悠悠地一年一年过去，在这碧血沙场之上，司徒明也记不得究竟度过了多少春秋。眼看着国忠、志良都相继地流血成仁了，但热血的健儿，在后面还是一个个地补充着队伍。他觉得中国是不会亡的，中国的民心并没有死啊！敌人侵占了东北，但还没有满足他们的欲望，于是"一二·八"之役，"七七"卢沟桥事变，跟踪而来的是"八一三"沪战发生，于是慢慢地终于展开了第二次的世界大战。这时的司徒明已经快近五十岁了，他为了祖国奔波流浪，当局因他历年抗战，功绩不少，这次"八一三"沪战，遂委以重任，为前敌总司令之职，但以门户洞开的中国，敌兵到处可以登陆，因此形成孤岛的上海不得不忍痛放弃，其时敌军遂向国军侧面包抄过来。蕴藻浜、张华浜也都上陆，杨行、广福、庙行都有激战，守了七八日，国军退至大场。司徒明以大场乃险要之处，倘大场一失，将牵动全局，遂亲赴前线指挥督战。

这天，敌军分三路总攻，司徒明身先士卒，全部将士奋力抵抗。这一仗杀得白骨堆山，血流成河，果然克服了庙行。但双方死伤惨重，而忠勇的司徒明将军也在这一役受了重伤，他正在伤兵医院里睡着的时候，忽然见一个二十左右的青年军人，他急匆匆地走来跪到司徒明的床前，叫了一声"爸爸"忍不住哭起来了。这一下子情形，把个司徒明弄得目瞪口呆，倒是怔怔地愕住了。

第八回

万世流芳热血洒忠魂

天空是阴沉沉的，没有一丝阳光在照耀，浓浓的浮云在半空里驶行，这像一个忧郁的脸，连一点点笑容都没有。这是一间静悄悄的病房里，病床上睡着一个年老的妇人，她的容颜是憔悴不堪，枯黄得没有一丝血色。她睁着那双没有精神的眼睛，呆呆地望着窗外被风吹着的片片落叶，她的心头会激起了无限悲哀的思绪，暗自想道：我这生命也和那落叶一样，随风飘飞，回头落在污泥的时候，也就是我进坟墓的当儿了。想到这里，一阵子悲伤，她的眼泪也会滚滚地掉了下来。那个老妇人就是被司徒明送到医院里来疗养的燕纹。她正在独自伤感，忽听一阵步履之声，只见兰芬抱了小明，拉了兰芳，一同匆匆地走了进来。兰芬先低低地问道：

"妈，你这两天好些了吗？"

"我本来就没有什么病呀。兰芬，我要回家了。住在医院里，多花费金钱，这又有何苦来呢？况且我一个人也觉得很冷静，倒还是住在家中舒服得多了。"

燕纹皱了眉毛，显出不愿意的样子，低低地说。兰芬也觉得有些为难，沉吟了一会儿，方才安慰她说道：

"妈，也花不了多少钱一天，你不必操心，就静静地休养几天，等你人完全复原了，你再出院也不迟呀。"

"要我完全地复原，那希望恐怕是很少的了。唉！"

248

"妈，你为什么要说这些话呢？这叫人心中不是很难过吗？"

兰芬听妈这样说，她眼皮微微地一红，几乎要流下泪来，但到底又竭力地忍熬住了，向她柔和地劝慰。燕纹并不作声，望着兰芬怀中的小明，忽然想起了阿明，遂连忙说道：

"我进院之后，阿明却没有来望过我一次，他到底在忙些什么呢？"

"妈，你不要生气，阿明……他还有些未了的公事在办理，所以没有空闲的工夫，明后天他一定会来望你的。"

兰芬忍住了悲哀，只好向母亲低低地说了一个谎话。但站在旁边的兰芳似乎再也忍熬不住了，遂插嘴说道：

"妈，姊姊骗你，大哥把房子卖了，他又到关外打仗去了。"

"啊！什么？他卖了房子干什么呀？"

燕纹听了兰芳这几句话，她吃惊得"啊呀"了一声叫起来，遂慌张了脸，向兰芳急急地追问。兰芬也觉得这是瞒不过妈的，遂轻轻地叹了一口气，说道：

"妈，阿明这次回家，原来是为了他们军队中缺少军火，所以他负责来采办的。不过国家穷，经济困难，阿明爱国之心浓于常人，所以他要毁家纾难，以救祖国。他曾经向我征求同意，我知道他不远千里地回来，目的就是在采办军火，那么我岂能阻拦他呢？所以我当然是赞成他这样做的。不过他怕妈在病中得了这个消息，心里要难过，所以他要妈到医院里来休养的目的，也就是为了这个缘故。妈，你老人家千万可怜他是一片热诚的爱国之心，你应该原谅我们小辈的不孝之罪吧！"

"哦，那么……阿明……他……他的人到哪里去了？"

兰芬明白地向燕纹告诉了之后，她方才有个恍然大悟，"哦"了一声，呆呆地木然了一会子，方才断断续续地问出了这一句话。兰芬的眼眶里已贮满了晶莹莹的泪水，她心中是辛酸得好像衔了一个青梅子。兰芳不待姊姊说话，先开口代为说道：

"妈，大哥在前两天已经走了。"

"走了？他丢下了年轻的妻子、年幼的孩儿，就这么毫无留恋地走了？"

燕纹听了这个消息，心中好像受到一枚利箭的刺戮，使她感到无限的痛苦，她颤抖地说着，喉间已经有了哽咽的成分。兰芬知道母亲心中有些怨恨阿明的意思，这就低低地说道：

"为了国，可以忘了家。妈，我同情阿明，阿明太伟大了。"

"虽然阿明是对得起国家，但是他到底对不住家呀！兰芬，你是一个年轻之人，而且又给他养了儿子，上面更有我这个年老的弱母，那么你将来的生活……你的责任不是也太重了吗？"

燕纹的心中原有她的想头，她听女儿还庇护着阿明，一时便忍不住地直接地说出了这几句话。兰芬点点头，遂忙告诉道：

"妈，我知道你的意思，你是担心我们将来的生活费吗？但阿明不是一个糊涂的人，他已经给我们留下了八万多元的生活费。我想在这五六年的日子中，谅来绝无什么问题。所以你老人家是不必担忧的，况且在这五六年的日子中，阿明少不得要回家来的。"

"嗯，现在我既然什么都已知道了，那么我又何必再住在医院里多花钱呢？兰芬，我是决心预备今天就回家去住了。"

燕纹这才稍为放下一点儿心来，但是她想到从此没有人赚钱了，所以她格外地要节省起来，很坚决地说。兰芬知道母亲的脾气，一时也没有办法，只好把燕纹从医院里迁居回家。不料燕纹自从回到这新居的房屋之后，她的病体就格外地沉重起来。

这是一个静寂的夜里，四周是显得分外凄凉。燕纹躺在床上，脸色灰白，两眼失神，已经是奄奄一息的光景。兰芬和兰芳伏在床边，满面沾着眼泪，伤心忍熬不住，呜呜咽咽地哭泣着。燕纹叹了一口气，枯槁的手摸着兰芳的脸颊，痛苦地说道：

"唉！苦命的孩子，你在三岁的时候就死了爸爸，谁知道你在十岁的时候，你可怜的母亲又要抛弃你而死了。我满想把你抚养成人，那么你以后也不会吃苦，但老天太残酷，我的愿望今日却成了泡影，那叫我还有什么可说呢？好在你还有一个姊姊，姊姊的本身虽然也是一个苦命的人，但她到底比你大了几岁，一切的事情，她总有办法解决。兰芳，你妈是个垂死之人，以后你对姊姊要当作妈一般地看待，什么事都得听从姊姊的话。兰芬，你念在手足之情，也千万好好儿地照顾着她吧！"

"妈，你为什么要这样说呢？我的心也碎了。"

燕纹说到这里，不住地气喘。兰芳是早已哇的一声哭了，兰芬的心是像刀割一般地痛苦，她的眼泪也像雨点儿一般地滚落下来了。燕纹呆呆地似乎想了一会儿什么心事的样子，两眼望着兰芬，又低沉地问道：

"小明呢？"

"妈，小明睡着了。"

"能不能抱来让我看看？"

"妈，你看他的时候多着呢。"

"不，此刻不见他一面，明天就只怕没有这个机会了。"

燕纹有气无力地回答，她口中的呼吸是只有叹出来，没有吸进去。兰芬虽然是痛到心头，但事到如此，也只好把小明去弄醒了，抱来给燕纹看。燕纹向小明呆视良久，她此刻却连说话的能力都没有了。小明正在好睡，被兰芬吵醒，他小心灵中感到不舒服，这就哇哇地哭泣起来。就在小明这一阵哭声中，燕纹这一缕孤洁的幽魂，也终于飘然地飞向天际去了。剩下的是兰芬兰芳姊妹俩悲悲切切的呜咽之声，在这凄凉的夜里流动、播送。

这好像是一棵树，枯老的叶子脱落了，嫩绿的新叶抽长起来，新陈代谢，人们也就是这个样子。兰芬教导兰芳，抚育着小明，同时她自己又考入医院里去实习。因为她在过去也曾读过了一年的医科，这是为了她将来能够立足于社会而着想的。岁月悠悠地过去，兰芬的头上已添了几许灰白的颜色，显然她已经是一个中年以上的妇人了。这时兰芳也已经二十多岁了，她在大学毕业那年，就跟了一个知心的朋友一同出洋留学去了。现在兰芬的身边是只有一个唯一的爱儿小明了。小明虽然还只有十八岁，但个子长得很高，脾气是相当刚强，但对他的母亲却非常孝顺。他常常地说，我没有母亲，我活不到今天的日子。兰芬看着英俊的小明，他就会想到年轻时的阿明，父子两人一举一动的情形实在太酷肖了。但现在的阿明呢？也许是苍老得满面都显着皱纹了吧？她想到这里，眼眶子里常常会贮满晶莹莹的泪水。这是小明高中毕业的那一年，兰芬是打算着给小明进大学，但小明却要去投考陆军学校，预备继父亲的志愿。兰芬想着自己受了半世凄凉的生活，她不愿意未来的媳妇也像她婆婆一样地孤苦无依，所以为了她一点儿感情作用，当时极力地反对。小明觉得母亲有些奇怪，遂低低地说道：

"妈，你老人家不是很爱国吗？况且你又常常提起我爸爸的忠勇爱国，他为了抗战，半生漂泊，抛弃了家庭，为国效劳，这是多么令人可敬呀！我是爸爸的儿子，做儿子的若不能继爸爸的志愿，来为国出力，这又是多么可耻呢！所以孩儿一心要投考军官学校，也就是这个缘故。难道妈不愿儿子做一个忠勇爱国的青年，却愿意儿子在社会上做一个碌碌无用之辈吗？"

小明这几句话把兰芬说得默默无语，心中一阵子悲酸，眼泪便夺眶而出。小明见母亲这个样子，他不禁向兰芬跪了下来，也含泪求恕道：

"妈，孩儿冲撞了您老人家，请妈饶了我吧！"

"不，你没有冲撞我，我知道你是一个忠孝的好孩子。你妈很惭愧，为了一些自私的心，所以阻拦了你。小明，你起来，妈老实对你说，因为舍不得你离开我。"

兰芬一面说，一面把小明扶起身子，眼泪忍不住又扑簌簌地滚落下来。小明偎着兰芬的怀内，他还像是一个大孩子似的，感动地说道：

"妈，我知道你疼我爱我，孩儿是十分感激。唉，母性的崇高，真是至尊无上的。不过妈是个习医的人，您老人家天天在医院里服务病人，不管自己，回家的时候老闹着腰酸背痛，但到了明天，你照常地还是到医院里去工作。妈，你不顾自己身子，却顾全大众的幸福，那你老人家不是有着博爱精神吗？现在我国是这么危险，外侮日亟，孩儿愿意献身祖国，救民族存亡，那孩儿也是被母亲所感化的呀！妈，你老人家就成全我吧！"

"孩子，你的话不错，妈明白了，妈不但成全你，而且还祈祷你，愿你像你爸爸的样子，做一个伟大的民族英雄！"

兰芬抱着小明的身子，她虽然是这么地答应了，但她的话声是颤抖得很厉害，同时眼泪也仍旧不断地滚下来。小明偎在兰芬的怀内，也流着欢喜和伤心交集的眼泪，母子两人默默地亲热了一会儿。小明含了辛酸的心，在一个暮霭笼罩下的黄昏，终于别了慈爱的母亲，匆匆地走了。兰芬的心头是空洞洞的，她觉得自己就是这么孤零零的一个人了，于是她把全副的精神都贡献给大众，永远地为病家造福了。

光阴匆匆地过去，野心家一步一步地实行他侵略的计划。"七七事变"爆发，兰芬随了太和医院同迁上海。这时战局一天一天地紧张，我国在忍无可忍的情形之下，不得不有保卫国土的准备，于是在八月十三那天早晨，大战就在吴淞口外开始爆发了。

兰芬在报上瞧见司徒明任为前敌总司令之要职，一向石沉大海、杳如黄鹤，今日发觉了这一个消息，兰芬心中是多么惊喜，不禁为之破涕笑了起来。于是她便发起组织战地救护团，一面为国效劳，一面借此可以碰见十多年不曾碰面的丈夫了。

上海乃一隅之地，国军足足抵抗了三个月的日子，敌人增援六次，方才踏破我军中央防线。我军当局因为既已展开全面抗战，遂诱敌深入腹地，不得不忍痛撤退，但绝不给敌人长驱直入，每至一处，必予以迎头痛击，故大场一役，连司徒明身为长官者也受重伤了。当司徒明睡在战地医院的时候，忽然见一个少年军人匆匆奔入病房，伏在病榻旁边，口叫爸爸，却忍不住哭泣起来，这就惊骇莫名，连忙急急地问道：

"你是谁？怎么叫我爸爸的？"

"我是小明！爸爸，我是小明！"

原来这个少年军人真的就是小明。小明毕业军校之后，因成绩优良，就升任中尉。这次大战爆发，他也调遣在上海作战。因为他官职较小，平日之间很不容易见到司徒明，所以他明知在爸爸部下工作，却是难获一面之机遇。这次国军退守大场，浴血一战，方知爸爸身受重伤，睡在战地医院，于是他趁此匆匆前来相见。当时司徒明听了"小明"两字，他倒不禁呆呆地愕住了。两眼望着小明的脸，不由暗暗地想道：我见到小明的时候，才不过只有六七个月的年纪，怎么一忽儿我的小明就有这样高大了吗？难道这是我在做梦不成？但伸手摸摸自己的胡须，差不多已经有些花白了，同时望到小明的脸孔，和自己小时候一式一样，他方才觉得这是事实。想不到自己儿子也能够为国效劳了。他这一欢喜，便情不自禁地跳起身子来，但他忘记了自己身子已经受了重伤，当下触痛了创伤，两眉一皱，立刻又倒下床去，满脸显出痛苦的样子。急得小明连忙把他身子抱住，慢慢地放下床来，叫道：

"爸爸，你怎么啦？你静静地休养吧！"

"没有什么，我太兴奋了，我太欢喜了。我想不到在这里会遇到我的亲骨血，我唯一心爱的儿子，同时又被我抛弃在脑后的儿子！小明，你爸爸太残忍了，太没有慈爱了，没有尽教养的责任，你爸爸真觉得惭愧！孩子，好在你有着一个好母亲！"

司徒明涨红了脸，他颤抖着声音低低地说出了这两句话，同时他的老泪也纵横在脸颊上了。小明也扑簌簌地流着泪，他摇摇头，低低地说道：

"不，爸爸，你没有残忍，你的爱太伟大了。你为了祖国，你牺牲了一生的幸福，世界上谁及得爸爸那么伟大的精神？孩儿虽然从小到大，没有听到爸爸的教训，但时常听到母亲说起您老人家的爱国精神。孩儿的心中、脑中就深深地刻画了'爱国'两个字，所以今日能够在枪林弹雨之中和爸爸见面，这还不是受了爸爸的影响吗？"

"喔！我的好儿子！我的好儿子！你爸爸这二十年来，什么都不想，只想一个'杀'字，我要杀尽我们的敌人，我要杀尽这班野心的狗！但是，我从今以后，只怕是不能够了。也许是老天不忍心我这么孤单单地在这战地里咽气吧，所以在临死之前，给我遇见了我的亲骨血，哦，我是多么地感谢着苍天啊！"

"爸爸，你别这么地说，你的伤也许是有救的，大夫呢？大夫呢？"

小明听爸爸这样说，他的心是碎了，他的肠也断了，一面安慰，一面连叫大夫在什么地方。就在这时候，外面有人报告着说，张大夫来了。小明连忙回头去望，只见一个妇人，身衣白色制服，旁边有两个看护小姐，提了药箱，匆匆地进来。定睛一看那妇人，不觉喜出望外，遂急急说道：

"爸爸，妈来了，妈来了，你老人家有救了。"

小明一面说，一面早已奔了上去，猛可拉住了那妇人的手，急急地叫了一声妈，说道：

"你老人家快快救救爸爸吧！"

"啊！你是小明？"

那张大夫原来就是兰芬，她做梦也想不到小明也会在这里遇见了，当时她心中又喜又悲，也形容不出她心中感到的是什么滋味，除了流泪之外，她什么话也说不出来。但司徒明在床上也惊喜得高叫起来道：

"什么？兰芬，你做了大夫了？"

"阿明，你受了伤了？"

255

兰芬被司徒明这么一叫喊，方才舍了小明，向床边直奔了过去，望着司徒明的脸，急急地问。两人流泪眼望着流泪眼，各人心中都有这么一个感觉：我们都老了。过了一会儿，兰芬才揭开他盖着的军毯。"啊！"她不禁尖叫起来，原来司徒明一条腿已经不见了，雪白的纱布都渗满了鲜血。兰芬的脸变成死灰的颜色，她全身顿时瑟瑟地发起抖来。小明别转身子去，忍不住也呜咽着哭了。司徒明却微微地一笑，说道：

"别怕，别怕，多多少少的健儿，都是这么牺牲的。为了抗战，这是光荣的。傻孩子，你哭什么呢？"

"是的，爸爸，我没有哭！"

小明猛可地回过身子来，他已拭干了眼泪，无限勇敢的样子回答。司徒明点点头，他浮现了欣慰的笑容，说道：

"好孩子，你听爸爸我的话，哭是弱者的表示，哭是不会得到旁人的同情。你爸爸是没有救了，本来我心中是觉得十分遗憾，但现在我已经瞧到了我最亲爱的夫人和儿子，我还有什么放不下呢？况且我夫人和儿子也都会替祖国出力了，我今天死得实在太快乐了！哈哈！哈哈！"

司徒明说到这里，忍不住哈哈地狂笑起来了，笑得兰芬和小明都泪下如雨。兰芬因为阿明的伤势太重，就是设法医治，一时也不能痊愈，这就把军毯又给他慢慢地盖上，觉得非好好儿送到后方医院医治不可。但司徒明这时又向兰芬说道：

"兰芬，我们二十年不见了，你给我尽了这么大的责任，给我教养了这么一个争气的好儿子，我心中太感激你了。"

"阿明，你别说这些话，这是我应尽的职分。"

"而且，你做了战地之上的慈爱天使了，我想不到你有这么伟大的进步，我真又太敬佩你了。"

"那是因为受了你的影响，你给我的勇气太多了，你给我的精神太伟大了。"

"我一生尽忠于国，自革命到现在，快近三十年了。当初我在关外抗战的时候，几次三番地从死里逃生，都仗几位老友的帮助，类如秦国忠、陆志良等弟兄们，他们都先我而成仁了。所以我今日之死，还不能算太快呢。'忠孝节义'这四个字，我总算都有着了。我死了还有什么遗憾呢？"

　　司徒明说到这里，声音渐渐地低沉，脸色也慢慢地惨白。他的血流得太多了，他已经不能再留恋在这个破碎的国土上了。正在这个当儿，忽然轰隆隆的一阵炮声响遏云霄了，把个司徒明震惊得已经低垂的眼皮立刻又睁大起来，他急急地问道：

　　"什么？敌人又在攻击了吗？"

　　"爸爸，你静静的……"

　　"孩子，去吧！别留恋着一个已经不中用的爸爸，你继续我的志愿，去杀敌吧！我相信，我死了不要紧，我还有儿子，我将来还有孙子，一代一代抵抗下去，总有那么一天，胜利会降临在我们的头上！"

　　司徒明说完了这两句话，他的忠魂已脱离躯壳终于与世长逝了。兰芬心痛如割，不禁伏尸大哭。但外面的炮声愈响愈密了，忽然哗啦啦的一阵子响亮，这战地医院也震动得摇撼起来。小明顾不得父母，急匆匆地奔出外面。只见黄昏的天空，已经被炮火烧得血一般地红，一阵阵前进的军号是不停地吹，青天白日满地红的旗帜在高空飘扬。小明随了众弟兄，便奋勇地杀奔过去了。正是：

　　　　　忠魂鹃血尽作古，壮志杀敌不复回！

附　　录

从鸳鸯蝴蝶派谈到冯玉奇小说

裴效维

　　《民国通俗小说典藏文库·冯玉奇卷》将收录冯玉奇的百余种小说作品，此举极其不易。现在，我愿以这篇文章给出版者呐喊助威。尽管我人微言轻，但我毕竟是一个中国文学的研究者，为鸳鸯蝴蝶派说些公道话是我的责任。

　　冯玉奇是一位鸳鸯蝴蝶派作家，因此我们要想了解冯玉奇，必须首先厘清有关鸳鸯蝴蝶派的一些问题。

一、何谓鸳鸯蝴蝶派

　　鸳鸯蝴蝶派作家平襟亚在《关于鸳鸯蝴蝶派》（署名宁远）一文中对鸳鸯蝴蝶派的来历说得很清楚：

> 　　鸳鸯蝴蝶派的名称是由群众起出来的，因为那些作品中常写爱情故事，离不开"卅六鸳鸯同命鸟，一双蝴蝶可怜虫"的范围，因而公赠了这个佳名。

> 　　　　　　　　　　——载香港《大公报》1960 年 7 月 20 日

　　可见鸳鸯蝴蝶派并不是一个有组织有宗旨的小说流派，而是因

261

为当时流行的言情小说多写一对对恋人或夫妻如同鸳鸯蝴蝶般相亲相爱，形影不离，因而民间用鸳鸯蝴蝶小说来比喻这种言情小说，那么这种言情小说的作家群当然也就是鸳鸯蝴蝶派了。这种说法应该是可信的，因为民间常用鸳鸯和蝴蝶来比喻恋人或夫妻，很多民间文学作品中不乏其例。这一比喻非常形象生动，但并无褒贬之意，因此不胫而走。

传到新文学家那里，便加以利用，并赋予贬义，作为贬低对手的武器。但新文学家对鸳鸯蝴蝶派的界定并不一致，大致有两种看法。

一种看法认同民间的比喻说法，即将鸳鸯蝴蝶派小说局限为通俗小说中的言情小说，将鸳鸯蝴蝶派局限为言情小说作家群。鲁迅是这种看法的代表，他在1922年所写的《所谓"国学"》一文中说："洋场上的文豪又作了几篇鸳鸯蝴蝶派体小说出版"，其内容无非是"'卿卿我我''蝴蝶鸳鸯'"（载《晨报副刊》1922年10月4日）。又于1931年8月12日在社会科学研究会做了《上海文艺之一瞥》的长篇演讲，其中对鸳鸯蝴蝶派小说更做了形象而精辟的概括：

这时新的才子＋佳人小说便又流行起来，但佳人已是良家女子了，和才子相悦相恋，分拆不开，柳阴花下，像一对蝴蝶、一双鸳鸯一样。

——连载于《文艺新闻》第20、21期

此外，周作人、钱玄同也持这种看法。周作人于1918年4月19日在北京大学文科研究所小说研究会做《日本近三十年小说之发达》的演讲中，就说现代中国小说"还有《玉梨魂》派的鸳鸯蝴蝶体"（载《新青年》第5卷第1号）。次年2月，周作人又发表《中国小说里的男女问题》（署名仲密）一文，认为"近时流行的《玉梨魂》，虽文章很是肉麻，（却）为鸳鸯蝴蝶派小说的鼻祖"（载《每周评论》第 5 卷第 7 号）。与周作人差不多同时，钱玄同在 1919 年 1 月 9 日所写的《"黑幕"书》一文中也说："人人皆知'黑幕'书为一种不正当之书籍，其实与'黑幕'同类之书籍正复不少，如《艳情尺牍》《香闺韵语》及'鸳鸯蝴蝶派小说'等等皆是。"（载《新青年》第 6 卷第 1 号）这种看法后来被人称之为"狭义的鸳鸯蝴蝶派"看法。

另一种看法却将鸳鸯蝴蝶派无限扩大，认为民国年间新文学派之外的所有通俗小说作家都是鸳鸯蝴蝶派，他们的所有通俗小说都是鸳鸯蝴蝶派小说。这种看法的代表人物是瞿秋白和茅盾。瞿秋白从小说的内容方面来扩大鸳鸯蝴蝶派小说的范围，他在《财神还是反财神》一文中说，"什么武侠，什么神怪，什么侦探，什么言情，什么历史，什么家庭"小说，都是鸳鸯蝴蝶派小说（见人民文学出版社 1953 年 10 月版《瞿秋白文集》）。茅盾则从小说的形式方面来扩大鸳鸯蝴蝶派小说的范围，他在《自然主义与中国现代小说》一文中认定鸳鸯蝴蝶派小说包括"旧式章回体的长篇小说""不分章回的旧式小说""中西合璧的旧式小说""文言白话都有"的短篇小说（载 1922 年 7 月《小说月报》第 13 卷第 7 号）。这种看法后来被人称之为"广义的鸳鸯蝴蝶派"看法，而且逐渐成为主流看法，以致后来的文学研究者都接受了这种看法。

新文学家不仅在鸳鸯蝴蝶派的界定问题上分成了两派，而且在鸳鸯蝴蝶派的名称上也花样百出。如罗家伦因为徐枕亚等人好用四六句的文言写小说，便称其为"滥调四六派"（见署名志希的《今日中国之小说界》，载 1919 年《新潮》第 1 卷第 1 号），但无人响应。郑振铎因为《礼拜六》杂志为鸳鸯蝴蝶派的主要刊物之一，便称其为"礼拜六派"（见署名西谛的《新文学观的建设》一文，载 1922 年 5 月 21 日《文学旬刊》第 38 号）。这一说法得到了周作人、茅盾、瞿秋白、朱自清、阿英、冯至、楼适夷等人的响应，纷纷采用，以致使用频率越来越高，知名度越来越大，终于成为鸳鸯蝴蝶派的别称了。于是"鸳鸯蝴蝶派"和"礼拜六派"两个名称便被新文学家所滥用。如郑振铎在《新文学观的建设》一文中称"礼拜六派"，而在《〈文学论争集〉导言》一文中却称"鸳鸯蝴蝶派"（见上海良友图书公司1935年10月出版的《新文学大系·文学论争集》卷首）。还有人在同一篇文章里既称鸳鸯蝴蝶派，又称礼拜六派。如阿英在1932年所写的《上海事变与鸳鸯蝴蝶派文艺》一文中说：张恨水的所谓"国难小说"，与"礼拜六派的作品一样，是鸳鸯蝴蝶派的一体"，"充分地说明了鸳鸯蝴蝶派的作家的本色而已"（见上海合众书店1933年6月出版的《现代中国文学论》）。

茅盾在20世纪70年代觉得统称鸳鸯蝴蝶派或礼拜六派都不合适，于是提出了一个折中的看法，他在《紧张而复杂的生活、学习与斗争（上）——回忆录（四）》中说：

> 我以为在"五四"以前，"鸳鸯蝴蝶派"这名称对这一派人是适用的。……但在"五四"以后，这一派中有不少人也来"赶潮流"了，他们不再老是某生某女，而居然写家庭冲突，甚至写劳动人民的悲惨生活了，因此，如果用他们那一派最老的刊物《礼拜六》来称呼他们，较为合式。

——载1979年8月《新文学史料》第4辑

事实是该派在"五四"前后没有根本变化，都是既写言情小说，又写其他小说，将其人为地腰斩为两段，既显得武断，又无法掩盖当时的混乱看法。

这些混乱的看法导致后来的文学研究者无所适从：或沿用"鸳鸯蝴蝶派"的说法（如北大本《中国文学史》和《中国小说史稿》、

复旦本《中国文学史》和《中国近代文学史稿》等）；或沿用"礼拜六派"的说法（如山东师院本《中国现代文学史》等）；或干脆别出心裁地称之为"鸳鸯蝴蝶—礼拜六派"（见汤哲声《鸳鸯蝴蝶—礼拜六小说观念的价值取向及其评价》，载《苏州大学学报》1992年第2期）。这可真算是中国小说史上的一出有趣的滑稽戏了。

二、如何评价鸳鸯蝴蝶派

鸳鸯蝴蝶派的开山作品是1900年陈蝶仙的言情小说《泪珠缘》，因此鸳鸯蝴蝶派应该是指言情小说派，这也就是后来的所谓"狭义的鸳鸯蝴蝶派"，但被新文学家扩大为"广义的鸳鸯蝴蝶派"，实际上也就是民国通俗小说派。

鸳鸯蝴蝶派与同时期的"南社"不同，既没有组织，也没有纲领，而是一个在思想倾向和艺术风格上大体相同或相近的小说流派，连"鸳鸯蝴蝶派"这一招牌也是别人强加给它的。然而客观地说，鸳鸯蝴蝶派确实是一个产生过巨大影响的小说流派。在"五四"以前的近二十年间，它几乎独占了中国文坛；在"五四"以后的三十年间，虽然产生了新文学，但新文学只是表面上风光，而鸳鸯蝴蝶派却一派兴旺发达景象。我对"广义的鸳鸯蝴蝶派"做过不完全的统计：该派作家达数百人，较著名者有一百余人，所办刊物、小报和大报副刊仅在上海就有三百四十种，所著中长篇小说两千多种，至于短篇小说、笔记等更难以计数。在此前的中国文学史上，还没有哪个文学流派有过如此宏大的规模，产生过如此巨大的影响。

鸳鸯蝴蝶派由于规模宏大，又处在历史的一个巨变时期，其成员的确鱼龙混杂，其作品也良莠不齐，但总体来说，它形象地记录了中国二十世纪前五十年的历史，为中国读者提供了丰富的精神食粮，对中国小说的传承起过积极作用，因此应该给予充分的肯定。

鸳鸯蝴蝶派小说已经不是中国传统通俗小说的复制，而是一种改良的通俗小说。在形式方面，它既采用章回体，也采用非章回体，甚至采用了西洋小说的日记体、书信体等，至于侦探小说则更是完全模仿自西洋小说。在艺术手法方面，受西洋小说的影响非常明显，如增加了人物形象和景物描写，结构与叙事方式也趋于多样化，单线和复线结构并用，第三人称和第一人称叙述法兼施，还采用了倒叙法和补叙法。在内容方面，鸳鸯蝴蝶派小说已经扩大了描写范围，反映了当时社会生活的各个方面，甚至已经紧跟时事，及时反映当前的社会现实，被称为"时事小说"。如李涵秋的《广陵潮》描写辛亥革命，而他的《战地莺花录》则描写五四运动，这种及时反映当时发生的重大政治事件的小说，与多写历史故事的古代小说完全不同，显然是一大进步。鸳鸯蝴蝶派的言情小说，也不同于古代的才子佳人小说，而是一种新才子佳人小说。古代的才子佳人小说因面对森严的封建礼教，只能写才子与佳人偶尔一见钟情，以眉目传情或诗书传情的方式进行交流，最后皆是有情人终成眷属的大团圆结局。而这种大团圆结局完全是人为的：或出于巧合，或由于才子金榜题名，皇帝御赐完婚，这就完全回避了封建包办婚姻的问题。而民国年间的封建礼教已经在一定程度上松绑，尤其像上海、北京等大城市得风气之先，恋爱自由和婚姻自主思想已经渐入人心。因此有些鸳鸯蝴蝶派的言情小说也突破了古代才子佳人小说的窠臼，才子佳人已经敢于"相悦相恋，分拆不开，柳阴花下，像一对蝴蝶、一双鸳鸯一样"。其结局也不再全是有情人终成眷属的大团圆，而是"有时因为严亲，或者因为薄命，也竟至于偶见悲剧的结局……这实在不能不说是一个大进步"（鲁迅《上海文艺之一瞥》，连载于1931年7月27日、8月3日《文艺新闻》第20、21期）。言情小说由大团圆结局到悲剧结局的确是一个大进步，因为前者是回避封建包办婚姻礼制，而后者是控诉封建包办婚姻礼制。而这一进步的开创者是曹雪芹和高鹗，他们在《红楼梦》里所写的婚姻差不多都是悲剧。因此胡适称赞《红楼梦》不仅把一个个人物"都写作悲剧的下场"，而且最后"作一个大悲剧的结束，打破了中国小说的团圆迷信"（《〈红楼梦〉考证》，见1923年亚东图书馆版《胡适文存》）。可见鸳鸯蝴蝶派的言情小说在一定程度上继承了《红楼梦》开创的爱情婚姻悲剧模式，因而具有相当的反封建意义。我们可以徐枕亚的《玉梨魂》为例加以说明，因为该小说被新文学家指为鸳鸯蝴蝶派的代表性作品。

《玉梨魂》的故事很简单——清末宣统年间，小学教员何梦霞与年轻寡妇白梨影相爱，但两人均认为他们的这种行为是不道德的。为了得到感情的解脱，白梨影想出个"移花接木"的办法，即撮合何梦霞与自己的小姑崔筠倩订了婚。然而何梦霞既不能移情于崔筠倩，白梨影也无法忘情于何梦霞，结果造成了一连串的悲剧——白梨影在爱情与道德的激烈冲突下郁郁而死；崔筠倩因得不到何梦霞之爱而离开了人世；白梨影的公公因感伤女儿、儿媳之死而一病身亡；白梨影的十岁儿子鹏郎成了孤儿。何梦霞为排遣苦闷，先赴日本留学，继又回国参加了辛亥武昌起义（即辛亥革命），壮烈牺牲。

《玉梨魂》不仅描写了一个爱情婚姻悲剧，而且不同于一般的爱情婚姻悲剧。一般的爱情婚姻悲剧都是由封建势力造成的，即由包办婚姻造成的；而《玉梨魂》所写的爱情婚姻悲剧，其原因却是何梦霞和白梨影自身的封建道德。他们既渴望获得恋爱自由和婚姻自主的权利，又不能摆脱封建道德和封建礼教的束缚，两者激烈冲突，造成三死一孤的惨剧。从而揭露了封建道德和封建礼教的影响力是多么巨大，它已深入人们的骨髓，使其不能自拔。因此，它的反封建意义比一般的爱情婚姻悲剧更为深刻。

其实，新文学阵营也不是铁板一块，虽然大多数新文学家对鸳鸯蝴蝶派全盘否定，但也有少数新文学家态度比较客观，他们对鸳鸯蝴蝶派也给予一定的肯定。鲁迅是其中最突出的一位，他不仅认为某些鸳鸯蝴蝶派的悲剧言情小说是"一大进步"，而且不同意某些新文学家对鸳鸯蝴蝶派消极影响的夸大其词。他说：

至于说他流毒中国的青年，那似乎是过虑。倘有人能为这类小说所害，则即使没有这类东西也还是废物，无从挽救的。与社会，尤其不相干，气类相同的鼓词和唱本，国内非常多，品格也相像，所以这些作品也再不能"火上添油"，使中国人堕落得更厉害了。

————《关于〈小说世界〉》，载《晨报副刊》

1923 年 1 月 15 日

这种客观的观点与前述周作人无限夸大鸳鸯蝴蝶派作品能使国民生活陷入"完全动物的状态"乃至"非动物的状态"的观点形成了鲜明对比。当抗日战争爆发后，鲁迅更提倡文学界的抗日统一战线，主张团结鸳鸯蝴蝶派一起抗日。他说：

我以为文艺家在抗日问题上的联合是无条件的，只要他不是汉奸，愿意或赞成抗日，则不论叫哥哥妹妹，之乎者也，或鸳鸯蝴蝶都无妨。但在文学问题上我们仍可以互相批判。

————《答徐懋庸并关于抗日统一战线问题》，

载《作家》月刊第 1 卷第 5 期

鲁迅不仅提倡团结鸳鸯蝴蝶派一起抗日，而且主张新文学派与鸳鸯蝴蝶派在文学问题上"互相批判"，这种平等对待鸳鸯蝴蝶派的度量，也与那些视鸳鸯蝴蝶派如寇仇，必欲置诸死地而后快的新文学家形成了鲜明对比。

对鸳鸯蝴蝶派给予肯定的不只鲁迅，还有朱自清和茅盾。朱自清认为供人娱乐是中国传统小说的特点，因此不赞成将"消遣"作为罪状来批判鸳鸯蝴蝶派小说。他说：

> 在中国文学的传统里，小说……更是小道中的小道，就因为是消遣的，不严肃。不严肃也就是不正经，小说通常称为"闲书"，不是正经书。……鸳鸯蝴蝶派的小说意在供人们茶余酒后的消遣，倒是中国小说的正宗。

> ——《论严肃》，载《中国作家》创刊号

茅盾也承认鸳鸯蝴蝶派小说也"写家庭冲突，甚至写劳动人民的悲惨生活"。他还从艺术性方面对鸳鸯蝴蝶派小说给予一定肯定。他认为鸳鸯蝴蝶派的有些长篇小说"采用西洋小说的布局法"，如倒叙法、补叙法，以及人物出场免去套语、故事叙述"戛然收住"等等，这一切是对"旧章回体小说布局法的革命"。还认为鸳鸯蝴蝶派的有些短篇小说学习了西洋短篇小说"截取一段人生来描写，而人生的全体因之以见"的方法："叙述一段人事，可以无头无尾；出场一个人物，可以不细叙家世；书中人物可以只有一人；书中情节可以简至只是一段回忆。……能够学到这一层的，比起一头死钻在旧章回体小说的圈子里的人，自然要高出几倍。"（《自然主义与中国现代小说》，载 1922 年 7 月 10 日《小说月报》第 13 卷第 7 号）

鲁迅、朱自清、茅盾毕竟属于新文学派，因此他们对鸳鸯蝴蝶派的肯定是有限的。我们应该摆脱成见与束缚，从中国文学史的角度，对鸳鸯蝴蝶派做出客观公正的评价。

三、如何看待冯玉奇的小说

我们澄清了以上有关鸳鸯蝴蝶派的三个问题，等于为介绍冯玉

奇的小说提供了一个坐标，也等于为读者提供了一把参照标尺。读者用这把标尺，就可自行评判冯玉奇的小说了。

冯玉奇于 1918 年左右生于浙江慈溪，笔名左明生、海上先觉楼、先觉楼，曾署名慈水冯玉奇、四明冯玉奇、海上冯玉奇。据说他毕业于浙江大学（一说复旦大学）。1937 年九一八事变后寄居上海，感山河破碎，国事蜩螗，开始写作小说以抒怀。其处女作为《解语花》，由上海春明书店出版。出版后旋即由东方书场改编为同名话剧，演出后轰动一时。那时他才十九岁。由此一发而不可收，至 1949 年 7 月《花落谁家》出版，在短短十来年时间里，他创作的小说竟达一百九十多种，平均每年近二十种，总篇幅应该不少于三千万字，只能用"神速"来形容。这时他只有三十一岁。近现代文学史料专家魏绍昌先生（已去世）所编《鸳鸯蝴蝶派研究资料（史料部分)》（上海文艺出版社 1962 年 10 月出版）开列的《冯玉奇作品》目录只有一百七十二种，也有遗珠之憾。不过我们从这一目录中仍可确定冯玉奇是一位以写言情小说为主的通俗小说作家，因为在一百七十二种小说中，言情小说占有一百二十二种，其他小说只有五十种：社会小说三十四种、武侠小说十四种、侦探小说两种。

冯玉奇不仅是一位写作神速且极为多产的通俗小说作家，还是一位热心的剧作家和剧务工作者。早在他二十六岁（1944 年）时，就担任了越剧名伶袁雪芬的雪声剧团的剧务，并为之创作了《雁南归》《红粉金戈》《太平天国》《有情人》《孝女复仇》五大剧本，演出效果全都甚佳。在他二十七到二十八岁（1945～1946）时，又与他人合作，前后为全香剧团和天红剧团编导了《小妹妹》《遗产恨》《飘零泪》《义薄云天》《流亡曲》等二十多个剧本，演出效果同样甚佳。可见冯玉奇至少写过十几个剧本。

冯玉奇一生所写的小说和剧本总计不下两百五十种，总篇幅可能达到四千万字以上，是名副其实的"著作等身"，是当之无愧的中国最多产的作家，号称多产的同派小说家张恨水也难望其项背。当时的文学作品已是一种特殊商品，冯玉奇的小说如此畅销，其剧本演出又如此轰动，这足可以证明其受人欢迎，这就是读者和观众对冯玉奇的评价，它比专家的评价更为准确，也更为重要。遗憾的是，我们无法看到他的剧作和三十岁以后的作品，也不知其晚景如何，卒于何年。

从冯玉奇的生活年代和创作时段来看，他显然是鸳鸯蝴蝶派的后起之秀，所以尽管他作品如此之多，影响如此之大，而同派的老前辈却很少提到他，这也是"文人相轻"的表现之一。

按说要介绍冯玉奇的小说，应该将其全部小说阅读一遍，但我没有这么多时间，也没有这么大精力，因而只向中国文史出版社借阅了《舞宫春艳》《小红楼》《百合花开》三种，全都是言情小说。因此我只能以这三种言情小说为例加以介绍，这可能会犯以偏概全的错误，因此只能供读者参考。

《舞宫春艳》写了两个纠缠在一起的爱情婚姻悲剧故事：苏州富家子秦可玉自幼与邻居豆腐坊之女李慧娟相恋，由于门第悬殊，秦可玉被其父禁锢，二人难圆成婚之梦。不幸李慧娟生下了一个私生女鹃儿，只好遗弃，自己则郁郁而死。鹃儿被无赖李三子收养，长大后卖到上海做伴舞女郎，改名卷耳。中学生唐小棣先是爱上了姑夫秦可玉家的婢女叶小红，不料叶小红失踪，于是移情于卷耳，但无钱为卷耳赎身，两人感到婚姻无望，于是双双吞鸦片自尽。

《小红楼》的故事紧接《舞宫春艳》：曾经被唐小棣爱过的叶小红的失踪，原来也是被无赖李三子拐卖为伴舞女郎，小棣、卷耳自杀后，小红才被救了回来，并被秦可玉认为义女。经苏雨田介绍，与辛石秋相识相恋而订婚。同时石秋的姨表妹巢爱吾也爱石秋，但石秋既与小红订婚在先，便毅然与小红结婚。爱吾为了摆脱难堪的地位，离家出走，下落不明。石秋奉父命赴北平探望二哥雁秋，在火车站被人诬陷私带军火，被军人押到司令部。可巧爱吾此时已成为张司令的干女儿兼秘书，便设法救了石秋一命。但张司令强迫石秋与爱吾结婚，二人既不敢违命，又固守道德，便以假夫妻应付。后来石秋回到家里，终于与小红团聚。

《百合花开》写了两个紧密相关的爱情婚姻故事：二十岁的寡妇花如兰同时被四十二岁的教育家盖季常和十八岁的革命青年盖雨龙叔侄俩所爱，而盖季常的十六岁侄女盖云仙又同时被三十六岁的银行家杨如仁和十九岁的革命青年杨梦花父子俩所爱。经过许多曲折后，终于两位长辈让步，盖雨龙与花如兰、杨梦花与盖云仙同场结婚。

由以上简单介绍可知，冯玉奇的这三种小说共写了五个爱情婚姻故事，其中两个是悲剧结局，三个是有情人终成眷属。这正如鲁迅所说："有时因为严亲，或者因为薄命，也竟至于偶见悲剧的结局……这实在不能不说是一个大进步。"其次，这三种小说的五个爱情婚姻故事，倒有四个是三角爱情婚姻故事，但它们的情况并不雷同。唐小棣、叶小红、卷耳的三角恋是一男爱二女，辛石秋、叶小红、巢爱吾的三角恋是两女爱一男，而盖季常、盖雨龙、花如兰和杨如仁、杨梦花、盖云仙的三角恋更为异想天开，竟然都是两辈嫡亲男人（叔侄、父子）同爱一个女子。可见冯玉奇极有编故事的才能，从而使作品更具吸引力和娱乐性。又次，这三种言情小说的描写极为干净，没有任何色情描写。除了秦可玉与李慧娟有私生女外，其他人都非礼勿言，非礼勿行。如辛石秋与叶小红因婚礼当天石秋之母去世，为了守孝，新婚夫妻在百日之内没有圆房。而辛石秋与姨表妹巢爱吾为了对得起叶小红，虽被张司令强迫成亲，却只做了几天假夫妻。

从表现形式和艺术手法来看，我觉得冯玉奇的小说与当时新文学的新小说都受了西洋小说的影响，基本相同。譬如：两者都突破了传统小说书名的套路，不拘一格，尤其采用了一字书名和二字书名，如冯玉奇有《罪》《孽》《恨》《血》和《歧途》《逃婚》《情奔》等；而巴金有《家》《春》《秋》，茅盾有《幻灭》《动摇》《追

272

求》。两者的对话方式也突破了传统小说的套路，灵活自如：对话既可置于说话者之后，也可置于说话者之前，还可将说话者夹在两句或两段话之间。至于小说的结构法、叙述法与描写法，更是差不多的。譬如人物描写不再是"沉鱼落雁""闭月羞花""倾国倾城"之类的千人一面，景物描写也不再是"落红满地""绿柳成荫""玉兔东升"之类的千篇一律，而加以具体描绘。这里随便举一个例子：

> 小红坐在窗旁，手托香腮，望着窗外院子里放有一缸残荷，风吹枯叶，瑟瑟作响。墙角旁几株梧桐，巍然而立。下面花坞上满种着秋海棠，正在发花，绿叶红筋，临风生姿，可惜艳而无香，但点缀秋色，也颇令人爱而忘倦。

这是《小红楼》对莲花庵一角的景物描绘，虽然算不上十分精彩，但作者通过小红的眼睛描绘了院中的三样东西——风吹作响的"枯荷"、巍然挺立的"梧桐"、正在开花的"海棠"，从而衬托出莲花庵幽静的环境，曲折地表明了时在秋季。频繁使用巧合手法是冯玉奇小说的显著特点，可以说把所谓"无巧不成书"用到了极致。巧合手法有助于编织故事，缩短篇幅，增加作品的吸引力等，但使用过多则时有破绽，有损于作品的真实性。冯玉奇的某些小说也采用了章回体，但只是标题用"第×回"和对偶句，"却说""且听下回分解"之类的套语已不再经常出现，因此并非章回体的完全照搬。况且章回体并非劣等小说的标志，它在我国小说史上发挥过巨大作用，产生过杰出的四大古典小说。因此用章回体来贬低冯玉奇的小说，也是毫无道理的。

冯玉奇的小说也有明显的缺点。它们与其他鸳鸯蝴蝶派小说一样，主要注重小说的娱乐性，而忽视小说的社会性和艺术性，因此没有产生杰出的作品。他是南方人而小说采用北方话，加之写作速度太快，无暇深思熟虑，导致语言不够流畅，用词不够准确，还有许多错别字和语病。还有使用"巧合"法太多，有时破绽明显，这里不再举例。

　　总而言之，冯玉奇既不是"黄色"和"反动"小说家，也不是杰出小说家，而是一位勤奋多产、有益无害的通俗小说家，他应在中国小说史尤其是中国现代小说中占有一席之地。

2017 年 6 月 4 日于北京蜗居

图书在版编目(CIP)数据

龙凤花烛·忠魂鹃血 / 冯玉奇著. — 北京：中国
文史出版社,2018.3

(民国通俗小说典藏文库·冯玉奇卷)

ISBN 978 - 7 - 5205 - 0013 - 5

Ⅰ. ①龙… Ⅱ. ①冯… Ⅲ. ①长篇小说 – 小说集 – 中
国 – 现代 Ⅳ. ①I246.5

中国版本图书馆 CIP 数据核字(2018)第 008286 号

点　　校：袁　元　清寒树
责任编辑：牟国煜

出版发行：**中国文史出版社**

网　　址：http://www.chinawenshi.net

社　　址：北京市西城区太平桥大街 23 号　邮编：100811

电　　话：010 - 66173572　66168268　66192736（发行部）

传　　真：010 - 66192703

印　　装：廊坊市海涛印刷有限公司

经　　销：全国新华书店

开　　本：720×1020　1/16

印　　张：17.75　　　字数：226 千字

版　　次：2018 年 3 月第 1 版

印　　次：2018 年 3 月第 1 次印刷

定　　价：52.00 元